Tränenschloss
~
Fesseln der Dunkelheit

ANNA WINTER

ISBN-13: 978-1500980108
ISBN-10: 1500980102

~ Kein Buch mehr verpassen durch den
Newsletter
auf der Homepage ~

http://annawinter.de

Email: write@annawinter.de

Facebook:
https://www.facebook.com/Anna.Winterromane

Lektorat: Dorothea Kenneweg

© Cover Art DESIGN by jdesign.at

WIDMUNG

Für meine lieben Leser/innen
für all die herzlichen Stimmen und wundervollen Rezensionen.
Dank Euch macht Schreiben noch mehr Spaß!
Dieses Buch ist nur für Euch.
Es ist für dich.
Und nun wünsche ich dir ganz viel Spaß beim Lesen.

KAPITEL 1

Ich kenne das Spiel, beherrsche den Schmollmund, den Augenaufschlag, den Hüftschwung. All diese subtilen und weniger subtilen Spiele, die einen Mann glauben lassen, er würde zum Jäger werden. Dabei ist er die Beute.

Es wird sich einer finden, der mich auf die beiden Getränke einlädt, die vor mir stehen und für die ich nicht einmal Geld dabei habe. Als Gegenleistung erhält er nichts. Zur Not helfen die K.O.-Tropfen in meiner Tasche. In den Köpfen der Leute kursiert die Vorstellung, dass nur Frauen sie von Männern verabreicht bekommen. Männer selbst rechnen nie damit, dass es sie auch erwischen könnte.

Ich rutsche auf dem Barhocker vor und nippe an meinem Getränk. Das Blut rinnt meine Kehle hinab und belebt mich wie eine Droge. Die Konturen des Glases wirken nun schärfer und ich erkenne die feinen Bläschen, die im Material eingeschlossen sind. Alles nehme ich verstärkt wahr. Der schwere Duft des Blutes steigt mir in die Nase und verdrängt die anderen Gerüche in der Bar wie eine liebliche Einladung, die auf mich persönlich ausgestellt zu sein scheint. Selbst im Glas ist die Qualität umwerfend. Frisch aus der Ader ist es mir zwar lieber, allerdings bin ich genügsam geworden und wenigstens ist es menschliches Blut und kein synthetisches.

Entspannt atme aus. In meiner neuen Identität bin ich frei. Anderer Name, anderes Aussehen, andere Stadt. Nur Blut sieht immer gleich aus. Ich fische einen Eiswürfel aus meinem zweiten Getränk – Wodka Lemon – und zerknirsche ihn zwischen den Zähnen. Die Kälte beißt sich in meine Zunge und macht sie taub. Ich wünschte, alles ließe sich mit Eis betäuben. Man kann Geschirr in Papier einwickeln und mit Styroporkügelchen abfedern, es gibt Sturzhelme für Köpfe oder Airbags für Autos. Das Herz lässt sich nicht so leicht beschützen. Nur die Zeit kann ihm Linderung verschaffen. Sie vergeht, ganz egal, was geschieht. Alles wird einmal vorbei sein. Alles. Die Uhr tickt weiter und mein altes Leben ist nur noch eine Erinnerung.

Als ich vom Glas aufsehe, landet mein Blick im Spiegel über der Bar und mit einem Mal ist alles anders. Mein Herz hämmert los und pumpt mein Blut wie Säure durch die Adern. Ich schlucke hart, weil sich mir fast der Magen umdreht. In der silbernen Scheibe entdecke ich ein Gesicht, das ich von früher kenne. Ich habe geglaubt, die Vergangenheit abgestreift zu haben, wie Schlangen ihre Haut. Nur eine flüchtige Spiegelung zwischen Rum- und Wodkaflaschen und ich werde eines Besseren belehrt.

Was macht er hier?

Er kann alles zerstören! Wenn er erzählt, wo er mich gesehen hat, *dass* er mich gesehen hat, darf ich nicht mehr hier sein. Dann beginnt alles von vorn. Eine weitere Flucht. Eine weitere Identität, hinter der ich mich verstecken muss. Und sie werden meiner Spur folgen. Der Gedanke lässt mich zittern.

Es besteht die hauchdünne Chance, dass er mich in meiner jetzigen Aufmachung nicht erkennt. Allerdings ist das Glück selten auf meiner Seite.

Panisch sehe ich mich um. Ich kann nirgendwohin, denn ich habe meine Getränke noch nicht bezahlt und kein Geld dabei, das ich einfach auf der Theke liegen lassen könnte. Niemand hat mich bisher eingeladen. Der Barkeeper würde mich stoppen und die Aufmerksamkeit auf mich lenken. Genau das, was ich vermeiden muss.

Nervös beobachte ich ihn im Spiegel, drehe mein Gesicht leicht zur Seite und lasse meine Haare nach vorne fallen wie einen Sichtschutz. Desmodan geht auf die Bar zu. Blond. Selbstsicher. Gut aussehend wie früher. Ich weiß, er kann mich nicht leiden, und dafür verachte ich ihn. Er kennt mich nicht. Er weiß gar nichts. Alles, was er von mir zu kennen glaubt, ist die Inszenierung meines früheren Lebens.

Geh weiter! Komm nicht her!

Doch seine Schritte wechseln nicht den Kurs. Da ist keine Unsicherheit, die ihn innehalten lässt. Bitte, lasse ihn an mir vorbei schauen. Mach, dass er mich nicht bemerkt.

Meine inneren Gebete wünschen sich eine Magie herbei, die es auf dieser Welt leider nicht gibt. Er lehnt sich direkt neben mir über die Theke und spricht mit dem Barkeeper. „Blood on the rocks“, höre ich ihn mit seiner tiefen Stimme sagen. „Schreiben Sie es an, Zimmer 416.“

Ich wende mich ab und greife nach meinem Drink, um einen anderen Hocker anzusteuern, da lässt er sich auf dem Sitz neben mir nieder. Als er dabei meinen Arm streift, spüre ich die Wärme seines Körpers wie einen Schlag. Meine Finger klammern sich um das Glas und ich bin bereits in der Aufwärtsbewegung, als seine Hand auf meiner landet.

„Hey, wo willst du denn mit den Eiswürfeln hin? Dein Getränk ist fast leer. Lass mich dir ein neues spendieren.“

Ich sehe ihn nicht an, versuche nur meine Hand unter seiner fortzuziehen.

„Nein, danke“, murmele ich. Meine Stimme ist fast weg – so verloren, wie ich mich fühle.

Er nimmt meine Hand vom Glas, verschränkt seine Finger mit meinen und zieht mich in seine Richtung. Damit bringt er mich aus dem Gleichgewicht und ich taumele. Verzweifelt versuche ich, nicht gegen ihn zu fallen, doch sein zweiter Arm legt sich um meine Taille und ich lande auf seinem Schoß.

„Hoppla, meine Schöne.“ Desmodan bewegt seinen Mund an mein Ohr. „Da dachte ich, der Tag wäre furchtbar, aber jetzt sind die Aussichten gar nicht so schlecht.“

Ich drehe mich von ihm fort. Er hat noch immer nicht mein Gesicht gesehen und mich trotzdem schon als »seine Schöne« bezeichnet. Ich könnte aussehen wie eine Vogelscheuche, aber das tue ich nicht.

Heute trage ich knappe Jeans und ein blaues Shirt mit

Glitzersteinen, das an einen Abendregen erinnert. Meine Haare sind noch immer lang, aber nun glatt und braun, statt blond und hochtoupiert wie früher. Im Grunde spielt es jedoch keine Rolle, was ich trage, denn meine üppigen Kurven haben Männern schon immer gefallen. Sie würden mich in ihren Augen auch schön aussehen lassen, selbst wenn ich eine Zahnlücke und eine krumme Nase hätte.

Mein Besitzer aus meinem früheren Leben sagte immer, dass ich ein Puppengesicht hätte, Augen fürs Schlafzimmer und einen Mund zum Blasen. Er hat viele hässliche Dinge gesagt. An ihn zu denken, verursacht bei mir das Gefühl zu ersticken. Abscheu steigt in mir hoch und ich versuche den Mann, der mich festhält, wegzudrücken. Auf Nähe reagiere ich nur noch allergisch.

Ich mache mich von ihm los, stolpere rückwärts davon und werde von einem bierbäuchigen Kerl angerempelt, der mich direkt zurück in die Arme des Blonden stößt. Diesmal frontal. Meine Hände landen auf seinen Schultern und meine Haare fächern über sein Gesicht. Ich will weg, doch er hält mich an sich gepresst, während seine Hand meine Haare hinters Ohr schiebt. Seine braunen Augen wandern von meinen Brüsten hinauf zu meinem Gesicht.

Er schaut mich an und ... erkennt mich.

Verdammt!

Ich erfasse genau den Moment, in dem ihm klar wird, wer ich bin.

„Maribella?“, flüstert er entsetzt.

Desmodan drückt mich auf den Stuhl neben sich, als hätte er sich verbrannt. Aus seiner Sicht bin ich vermutlich genau das: ein heißes Eisen.

„Was ist mit deinen Haaren?“, stammelt er weiter und sieht mich nachdenklich an. „Wir dachten schon, du wärst zusammen mit deinem kranken Bruder verschwunden.“

„Halbbruder“, stelle ich klar. Er hatte eine andere Mutter und ich bin wirklich froh darum.

„Tja, was er für dich auch sein mag, jedenfalls wart ihr beide plötzlich wie vom Erdboden verschluckt.“ Er scheint den Schreck über meine Anwesenheit überwunden zu haben und lehnt lässig seinen Arm über die Stuhllehne. Dabei strahlt er eine Überheblichkeit aus, die ihm gar nicht zusteht.

Ich sehe ihn aus schmalen Augen an und frage mich, wie weite Kreise die Sache mit meinem Halbbruder im Verborgenen noch zieht. „Weißt du etwas über Callistus’ Verschwinden?“

Das entlockt ihm einen überraschten Ausdruck. „Gute Güte, nein. Woher soll ich was wissen? Ich bin bloß Fahrer. Zwei Dinge kann ich dir dazu sagen: Er ist nicht in meinem Kofferraum und ich habe ihn auch nicht überfahren.“ Er grinst bei dem Gedanken. „Aber wenn ich es hätte, dann hätte ich auch den Rückwärtsgang benutzt, nur um auf Nummer sicher zu gehen.“

Zufrieden nippt er an seinem Getränk. Vermutlich glaubt er, dass Callistus und mich so eine Art Geschwisterliebe verbindet. Das denken die meisten. Sie alle liegen falsch. Ich hätte bei meinem Abschaum von Halbbruder ebenfalls den Rückwärtsgang benutzt. Aber das muss dieser Idiot Desmodan ja nicht wissen. Er muss eigentlich überhaupt nichts wissen. Ich habe gehofft, ihn, meinen Ex Konstantin und den ganzen

Trupp nie mehr wiederzusehen.

„Was machst du in Las Vegas?“, horcht er mich aus.

Ich starre auf sein Getränk und sehe, wie die Eiswürfel im Blut schmelzen und wässrige Flecken im Rot hinterlassen.

„Urlaub.“

„Urlaub?“, wiederholt er skeptisch.

„Das ist ein Hotel, oder nicht?“

Er nickt und zieht seine Brauen dabei hoch. „Schon, aber ein paar Preisklassen unter deinem Niveau.“

„Was interessiert dich das?“

„Und jetzt bist du brünett und trägst normale Hosen?“ Er lehnt sich vor und sieht mich hämisch an. „Das passt doch gar nicht zu dir. Kein Drama, nicht blondiert. Du läufst doch sonst lieber in deinen Kleidchen herum.“

Ich nicke und ziehe sein Getränk zu mir herüber. Dann proste ich ihm zu und trinke einen langen Schluck, bevor ich das Glas auf die Theke zurückstelle. Der Geschmack erdet mich und schenkt mir eine Kraft, die ich gerade dringend brauche. Mit dem Handrücken fahre ich über meinen Mund und schaue dann auf die feine Blutspur darauf. Ich lächele ihn an und wische das Blut an seinem Shirt ab.

Er sieht mir zu und runzelt die Brauen. „Hey, das war neu!“

Sein Shirt hat bestenfalls fünf Dollar gekostet. Er wird darüber hinwegkommen.

„Und wie geht's dir so?“, frage ich ihn mit gelangweilter Stimme. „Bist du immer noch so ein blasierter Arsch wie damals?“

Sein Blick wird schmal. „Mit mir ist alles in Ordnung.“

„Wenn man mal davon absieht, dass du dir immer zu

schade warst, mich herumzufahren. Sag mal, Desmo, du bist also weiterhin bloß ein kleiner Fahrer?“

„Für dich Desmodan. Außer meiner Familie darf mich niemand Desmo nennen.“

Ich spiele ihm einen enttäuschten Schmollmund vor. „Das macht mich aber traurig.“

„Ich bezweifle, dass du traurig sein kannst. Du bist viel zu kalt und berechnend.“

„Apropos berechnend: Steht deine Getränkeeinladung noch?“

Er schnaubt und schüttelt den Kopf. „Sicher, eine Einladung ist eine Einladung. Selbst bei dir würde ich nie geizig werden.“

Ich lächele ihn gespielt herablassend an und tätschele seine Wange. Dann drücke ich ihm meine Nägel in die Haut, weil es so verkehrt ist, dass er hier ist. Seine Augen weiten sich und halten dann meinem Blick stand. Langsam kratze ich ihn und er lässt es mit sich machen. Ich runzele die Stirn. Wieso regt er sich nicht auf?

Der Barkeeper kommt vorbei. „Alles okay bei euch?“

„Sicher. Meine Getränke gehen auf ihn.“

„Ist das so?“ Der Barmann sieht Desmodan zweifelnd an, doch der zuckt nur die Schultern und nickt.

„Klar, wenn ich nur feine Ladys einladen würde, wäre mein Sparschwein voll. Ich bin nicht wählerisch.“

Der Barkeeper geht weiter und ich starre Desmodan an. Sein hübsches Gesicht ziert nun eine Schramme von meinen Nägeln. Er greift nach dem Glas Blut, dreht es so, dass sein Mund es dort berührt, wo mein Lippenstift klebt, und leert den Rest. Dann atmet er geräuschvoll aus und stellt es ab. Ich kann den Kratzern beim Heilen zusehen. Das Blut beschleunigt die Erneuerung der

Zellen.

Ich habe Lust, ihn zu schlagen, und zittere. Mühsam lasse ich meine Hand sinken und balle sie zur Faust. Er ruiniert alles. Ich will nicht weiterziehen müssen. Ich will, dass er das hier für sich behält, doch die Chancen dafür liegen bei null. Und sollte ich ihn darum bitten, würde er es nur erst recht erzählen.

„Ich habe dich zu einem Drink eingeladen“, murmelt er und steht auf. Er ragt ein paar Zentimeter über mir auf, obwohl ich Highheels trage. Sie sind furchtbar zum Rennen, jedoch fantastisch als Waffe.

„Danke dafür“, sage ich so unverbindlich, wie es geht, und will einen Schritt nach hinten machen, denn ich hoffe, dass er einfach nur verschwindet. Stattdessen landet seine Hand in meinem Rücken.

„Du schuldest mir einen Tanz.“

„Ich schulde Männern gar nichts.“

Er zieht mich näher an sich und hält meine Handgelenke fest. Das ist nichts, was ich nicht schon kennen würde. Festgehalten werden. Hart gepackt werden ... Ich schlucke. Aber er ist nicht grob. Ich versuche mich zu entspannen, doch das ist nicht so leicht. Er ist nur ein Fahrer, aber er ist kräftig gebaut. Desmodan sieht unglaublich jung aus. Ich weiß, dass er wesentlich jünger aussieht, als er ist. Er muss Ende zwanzig sein, denn schließlich fährt er schon so lange für Konstantin, allerdings scheint sein Gesicht kaum das Schulalter hinter sich gelassen zu haben. Obwohl ich ein paar Jahre jünger bin, wirke ich trotzdem deutlich reifer als er. Erfahrener.

Er riecht nach Mann. Durch das Blut, das ich getrunken habe, sind meine Sinne geschärft, und ich nehme ihn überdeutlich wahr. Sein Aftershave hängt wie eine herbe Wolke in der Luft.

„Ich will meinen Tanz“, raunt er und schiebt mich zur Tanzfläche. Hier brennt kein Licht. Alles wirkt dunkel und wie unter einem Schleier verborgen. Trotzdem sehe ich ihn ganz genau und er mich, denn als Vampire sind wir Meister der Finsternis. Ein melancholisches Liebeslied wabert aus den alten Boxen.

„Du wirst doch wohl nicht die Ex von deinem Boss angraben“, ziehe ich ihn auf, als er mich in seine Bewegung zur Musik drängt.

„Ach, weißt du …“ Sein Mund liegt an meinem Ohr, während er spricht. „Ich mag es unkompliziert. Da ist es ganz egal, mit wem du zusammen warst. Du bist einfach nicht mein Fall.“

Ich weiß, dass er lügt. Ich habe seine Augen oft genug im Rückspiegel gesehen. Er mag vielleicht meinen Charakter nicht, doch mein Äußeres lässt ihn nicht kalt.

„Da bin ich froh. Ich will ja einen kleinen Fahrer, der mir absolut nichts bieten kann, nicht enttäuschen.“

Der Zynismus fällt mir ganz leicht. Meine alte Rolle hat mich so lange begleitet, dass ich sie nicht nur abstreifen, sondern auch jederzeit wieder überstreifen kann.

„Also, diese braunen Haare …“, fängt er erneut an. „Das glaubt mir kein Mensch, wenn ich es erzähle. Kann ich schnell ein Foto mit meiner Handykamera machen?“

Er greift in seine Hosentasche und ich packe seinen Arm. „Wage es ja nicht!“

Desmodan sieht mich erstaunt an. Dann grinst er. „Wow, was ist denn mit dir los? Ich weiß ja, dass du zickig bist, aber das …“ Sein freier Arm schlingt sich fest um meinen Rücken und drückt mir die Luft aus den

Lungen.

Ich kralle meine Hände in seinen Arm, der noch immer nach dem Handy sucht. „Hör auf damit!“, keuche ich.

„Atemprobleme?“ Er klingt ganz gelassen und drückt noch fester zu. Meine Nägel beißen in seine Haut und ich kämpfe um meine Kontrolle. Ich bekomme kaum noch Luft. „Ist ein Trick, den mir mein Schwager Marcellus gezeigt hat. Du erinnerst dich bestimmt noch an Konstantins Sicherheitsmann.“ Er zieht die Armschlinge noch fester zu und ich glaube, Sternchen zu sehen, während er weiter mit mir tanzt, als würden wir nur eng umschlungene Liebende sein.

„Ich musste ein bisschen Kraftsport machen“, plaudert er weiter und übergeht meine Fingernägel in seiner Haut. Es duftet nach Blut und ich weiß, dass ich ihn zu fest kratze, doch er ignoriert den Schmerz. Vampire haben ohnehin eine andere Schmerzschwelle und es gibt nicht wenige, die es anmacht, wenn man dafür sorgt, dass Blut fließt.

„Du lässt jetzt meinen Arm los und dann lasse ich dich wieder atmen. Andernfalls gehen bei dir in ungefähr dreißig Sekunden die Lichter aus. Dann wirst du schlapp in meinem Griff hängen und spätestens dann kann ich sowieso alles tun, was ich will.“

Ich weiß, dass er für das hier bezahlen wird, allerdings bekomme ich nicht genügend Luft, um zu überlegen wie. Im Augenblick helfen mir weder die K.O.–Tropfen, noch meine spitzen Metallabsätze.

Ich lasse ihn los, bevor ich bewusstlos werde, und er greift in seine Tasche und macht ein Foto von mir. Ich höre den Auslöser seiner Handykamera, während mein

Sichtfeld schwarz wird.

„Nimm's nicht persönlich, aber irgendwas ist hier seltsam und ich traue dir nicht. Mein Bauchgefühl sagt mir: Mach ein Bild. Und ich handele immer nach meinem Bauchgefühl."

Er lockert den Griff um meinen Oberkörper und endlich strömt wieder Luft in meine Lungen. Ich keuche und stemme die Hände auf meine Oberschenkel. Es braucht eine Weile, bis das Schwindelgefühl nachlässt. Als ich aufsehe, ist er verschwunden.

Hektisch schaue ich mich um, doch es fehlt jede Spur von ihm. Er ist weder auf der Tanzfläche, noch an der Bar. Ich bewege mich zu den Toiletten und versuche, einen Blick nach drinnen zu erhaschen, als ich vor der Tür zu den Männern stehe. Ein Kerl kommt heraus und lächelt mich anzüglich an.

„Hast du einen blonden Vampir gesehen, etwa so groß ..." Ich benutze meinen Arm wie eine Messlatte. „... und vermutlich mit Kratzern?"

Falls das Blut, das er getrunken hat, sie nicht schon wieder geheilt hat.

„Nein", meint der Typ, der aussieht wie ein Lederfetischist. „Aber du kannst mich haben."

Ich lasse ihn stehen und renne zum Aufzug. Ich muss weg. Ganz schnell weg. Er hat mich vor einigen Minuten geknipst und das Foto längst wer weiß wem geschickt. Der Arm meiner Familie ist sehr lang. Falls sie Handlanger in dieser Stadt haben, bleibt mir kaum Zeit. Hastig drücke ich den Knopf für den fünften Stock und sehe, wie die Digitalanzeige die Nummern nach oben zählt, während mich der Lift hinaufträgt. Die Türen gleiten mit einem Ping auseinander und ich zerre meine

Schlüsselkarte heraus und renne in mein Hotelzimmer.

Ich reiße die Schranktür auf, klappe den Koffer auf, lege ihn darunter und fege mit dem Arm die Regalböden leer. Der schnellste Weg zu packen. Dass dabei alles zerknittert, ist gerade meine kleinste Sorge. Mit klammen Fingern öffne ich den Safe und hole mein ganzes Bargeld heraus, das ich in meine Handtasche stecke. Inzwischen zittere ich so sehr, dass ich kaum noch meine Tasche halten kann. Ich eile ins Bad und schnappe meine Sachen. Tränen rinnen über meine Wangen und verschleiern meine Sicht. Ich spüre eine Woge Übelkeit heranrollen und muss mich auf den Toilettendeckel setzen. Atmen. Tief durchatmen. Wo soll ich jetzt nur hin?

Verzweifelt blinzele ich die Tränen weg und starre auf meine Finger. Sie sind ineinander verflochten. Je länger ich sie betrachte, umso weniger scheinen sie mir zu gehören. Es sind fremde Hände. Fremde Tränen tropfen darauf. Es gibt Leute, die irgendwann zu weinen aufhören, als wäre alles weniger furchtbar, wenn schlimme Dinge nur oft genug geschehen. Oder als wäre man innerlich so tot, dass sie nicht mehr mit einem passieren. Ich dagegen habe nie aufgehört zu weinen.

In meiner Vorstellung baue ich ein Schloss aus Tränen. Die Mauern glänzen wie wässrige Spiegel. Jedes Mal, wenn ich weine, wächst es. Ich nehme meine Träume, schneide ihnen die Flügel ab und sperre sie darin ein. Die Hitze auf meinen Wangen erinnert mich daran, dass ich noch immer Träume habe. Es heißt: Die Hoffnung stirbt zuletzt. Das kann ich bestätigen. In mir drin lebt sie noch. Und egal wie oft ich ihr die Flügel schneide, scheinen immer neue zu wachsen.

Ich will nicht mehr wegrennen. Ich will frei sein, will mit den Flügeln davonfliegen.

Mein grauenvoller Halbbruder Callistus ist tot, aber nur weil mein Besitzer nicht mehr da ist, heißt das nicht, dass ich frei bin. In dieser Welt gehören alle Menschen den Vampiren. Und in meiner Familie gehören auch alle Vampirinnen immer zu einem Vampir. Ich war Callistus' Besitz und wie alle Dinge, die den Besitzer im Todesfall wechseln, gehöre auch ich nun einem anderen Mann meiner Familie. Dabei ist es egal, welchem. Sie sind alle furchtbar. Keiner achtet Frauen. In ihren Augen sind wir nur eine Handelsware, die man einsetzen kann, um Geschäfte mit anderen Vampiren zu tätigen.

Früher hat mich Callistus auf Konstantin angesetzt, den Boss von Desmodan.

Desmodan, der mich fotografiert hat.

Der meine versteckte Identität auffliegen lassen kann.

Der ...

Ich runzele die Stirn und blicke auf. Eine Idee formt sich in meinem Kopf. Eine Idee von Freiheit. Von einer Möglichkeit. Ich kann ihn benutzen. Ich kann Desmodan für meine Zwecke benutzen. Ich schniefe und wische mein Gesicht sauber.

Als mein Halbbruder verschwand, beschloss ich, dass Verschwinden eigentlich eine gute Idee wäre. Aber ich lebe seither nur in einem Versteck. Immer in Sorge, gefunden zu werden. Immer mit einem Blick über die Schulter. Und nun ist es passiert. Es war so leicht für Desmodan, doch zumindest ist er nicht gefährlich.

Ich denke daran, wie er mir die Luft aus den Lungen gedrückt hat, und revidiere meine Meinung. Gleichzeitig wischt der Gedanke daran meine letzten Skrupel fort, ihn zu benutzen. Ich schulde ihm noch die Rache dafür und ich werde sie ihm am besten gleich servieren, bevor ich noch mehr meiner knappen Zeit auf einem Klodeckel sitzend verplempere.

Ich stehe auf, richte meine Sachen und streiche meine Haare glatt. Im Spiegel sehe ich mein verweintes Gesicht, die vor Nässe glänzenden Wimpern und die gerötete Nase. Aber das ist einerlei. Für meinen Plan ist es nicht erforderlich, dass ich ihm gefalle. Das braune Haar gefällt mir selbst auch nicht. Das werde ich als Erstes wieder ändern. Von ganzem Herzen bin ich eine Blondine.

Ich straffe meine Schultern und nehme meine Schlüsselkarte und mein Gepäck mit, als ich gehe. Ich habe nicht vor, noch einmal in dieses Zimmer zurückzukehren.

KAPITEL 2

Mit dem Koffer in der Hand fahre ich eine Etage tiefer und suche nach Zimmer 416. Als ich es finde, klopft mein Herz bis zum Hals. Es ist verrückt, doch das macht es gleichzeitig so aufregend. Immer nur vernünftig zu handeln, behagt mir nicht. Bisher war ich bloß defensiv, habe mich verkrochen und den Kopf unten gehalten. Das hat nicht funktioniert.

Man soll ja bekanntlich nichts ändern, was gut klappt, aber an einer erfolglosen Strategie festzuhalten, wäre bescheuert.

Genau.

Das rede ich mir ein, als ich mit zitternder Hand an seine Tür hämmere.

Ich will nicht bescheuert sein, allerdings fühlt sich das hier verdammt danach an.

„Ich habe nichts bestellt", tönt es von der anderen Seite der Tür, doch er öffnet sie trotzdem. Soviel zu bescheuertem Handeln. Desmodan hat sich eine dicke

Scheibe davon abgeschnitten und ich werde es ihn bezahlen lassen.

Als er mich sieht, ist es, als würde er in eine Wand rennen.

„Maribella?"

Er starrt auf meinen Koffer und ich nutze seine Verblüffung, um mich an ihm vorbeizudrängeln. Sein Zimmer sieht beinahe genauso aus wie mein altes, aber Hotels waren noch nie für eine originelle Zimmergestaltung bekannt. Nicht in diesem Preissegment.

Ich deponiere mein Gepäck neben seiner Couch und genieße das Gefühl, als der Druck auf meine Finger nachlässt. Der Tragegriff ist nicht das Einzige, was mich im Leben einschnürt. Ich stemme die Arme in die Seiten und drehe mich zu ihm um.

Er steht noch immer in der offenen Tür und macht sie langsam zu. „Komm doch rein", bietet er lakonisch an.

„Du solltest nicht so oft anschreiben lassen. So kennt absolut jeder deine Zimmernummer. Das kann teuer werden."

Er runzelt die Stirn. „Willst du mir sagen, dass du noch zehn Cocktails auf mein Zimmer bestellt hast?"

Ich schnalze mit der Zunge. „So eine gewöhnliche Gemeinheit für das, was du getan hast, würde mir nie einfallen."

Er legt den Kopf schief und fährt sich durch sein verstrubbeltes Haar, das vor Nässe ganz klamm aussieht. So wie feuchter Sand. Vermutlich hat er gerade geduscht. Mein Blick huscht zum Bad. Feiner Dunst und der Duft von Männerduschgel strömen aus der geöffneten Tür.

„Dann hast du dir eine andere Gemeinheit

ausgedacht?“, fragt er mich.

Eine Minute eher hätte er mir wohl noch nur mit einem Handtuch um die Hüften bekleidet aufgemacht. Ich schüttele die Vorstellung ab.

„Natürlich. Du wirst mir einen Gefallen tun.“

Er lacht. „Warum sollte ich?“

Gespielt gemütlich setze ich mich auf seine Couch. „Ich nehme an, du hast mein Foto schon verschickt.“

„Na klar. Nachdem du so bemüht warst, mich daran zu hindern, konnte ich nicht widerstehen.“

„Tja, du wolltest nicht hören und das verändert dein Leben genauso wie meines. Fair ist fair.“

Sein Blick wird schmal. „Was meinst du?“

„Oh, du und ich, wir sind beide in Las Vegas. Es ist nicht Gretna Green, aber man kann auch hier ganz unkompliziert heiraten.“

Er lacht laut auf, bricht dann abrupt ab und starrt mich an. „Das war doch ein Scherz, oder?“

Ich betrachte meine Fingernägel und schüttele den Kopf. „Für eine hübsche Maniküre habe ich leider keine Zeit mehr, *Schatz*.“ Das letzte Wort betone ich wie ein Schimpfwort. „Aber für dich wird's schon reichen.“

„Ich heirate dich auf keinen Fall! Bist du noch ganz dicht?“

„Ich bin mir sicher, du änderst deine Meinung.“

Er schüttelt ungläubig den Kopf und scheint sich zu fragen, ob er halluziniert. „Ich sage dir mal, was jetzt passiert: Du nimmst deinen kleinen Koffer und verlässt mein Hotelzimmer durch diese Tür. Ich werde sie sogar für dich öffnen.“

Er schwingt sie auf und eine Bedienstete mit Putzwagen sieht irritiert zu uns herein.

„Nein, ich sage *dir*, was passieren wird“, korrigiere ich ihn ungerührt. „Du hast es nicht gut sein lassen und dich stattdessen in mein Leben eingemischt. Und dafür wirst du mir noch heute Nacht einen Ring an den Finger stecken. Andernfalls wird deine Schwester ganz traurig sein. Sie hat Marcellus doch geheiratet, oder nicht?“

„Und?“ Seine Kiefer mahlen. Beim Thema Familie war er schon immer empfindlich.

„Na ja. Marcellus lebt bisher auf freiem Fuß, aber Mord an einem Vampir ist strafbar. Und die Geschichte von damals würde ihn ganz schnell ins Gefängnis bringen.“

Mit steinernem Gesicht macht er die Tür wieder zu. „Wovon zum Teufel redest du?“

Ich lächele ihn kalt an. „Ach, hat deine süße Schwester vergessen, es zu erwähnen? Marcellus hat Callistus ermordet. Ich mache das gerne publik. Das wirft ein schlechtes Licht auf ihn, deine Schwester, deinen Boss ... so ziemlich alle, die du gern hast.“

„Das ist ... gelogen.“

„Nach dem Wort hast du aber lange gesucht. Ruf doch bei ihr an. Sie wird es dir bestätigen.“

Seine Haut wirkt einen Ton blasser. „Wenn das wahr wäre, warum solltest du es tun?“

„Du hast meine Deckung auffliegen lassen, ich mache gerne dasselbe mit deinem Schwager.“

„Was für eine Deckung? Du warst doch einfach nur abgetaucht.“

Es muss schön sein, so arglos zu sein. „Das hat sich sowieso erledigt. Kläre lieber die Sache mit deinem Schwager.“ Ich untermale meine Forderung, indem ich meinen Finger über die Kehle streiche, um ihn an den

Mord zu erinnern.

Er schluckt hart. „Das muss Unsinn sein."

„Ruf an!", wiederhole ich und mein kalter Blick trifft ihn.

„Du würdest nicht wirklich einen Mörder erpressen, oder?"

„Du bist ja keiner."

„Aber ich könnte Marcellus auf dich ansetzen."

Sieh an, er wird vorwitzig.

„Falls ich sterbe, erfährt es die ganze Welt. Dann werden meine Beweise durch meinen Anwalt freigegeben." Ich stehe auf und gehe auf ihn zu. Ich muss ein ganz klein wenig zu ihm aufblicken, doch ansonsten halte ich die Trümpfe in der Hand. „Willst du dieses Spiel wirklich spielen?"

Er starrt mich an. Seine Hand packt meinen Arm und schüttelt mich. Als er mich loslässt, habe ich den Abdruck seiner Finger auf meiner Haut und betrachte ihn demonstrativ.

Er zückt sein Handy und wählt eine Nummer. Dann verschwindet er ins Nebenzimmer. Ich habe keine Ahnung, ob er Marcellus oder seine Schwester Lindana anruft, doch in eine dieser Richtungen geht sein Anruf ganz sicher.

Ich setze mich auf seine Couch und schlage die Beine übereinander, doch ich bin so nervös, dass ich es nicht schaffe, sitzenzubleiben. Also stehe ich wieder auf und schnappe mir eine Packung Nüsse aus seinem Hotelschrank. Ich reiße die Tüte so fahrig auf, dass beinahe sämtliche Nüsse zu Boden fliegen.

Verdammt! Ich muss durchatmen. Er weiß nicht, dass ich bluffe. Weiß nicht, dass ich keine Beweise und auch keinen Anwalt habe. Ich baue einfach darauf, dass Desmodan kein Mörder ist, dass er es nicht darauf ankommen lässt und dass er schlechter pokert als ich.

Mit den Schuhen kicke ich die heruntergefallenen Nüsse unter das Sofa, setze mich dann wieder und kaue ein paar. Ich versuche, so entspannt wie möglich zu wirken, als er zurückkommt. Sein Gesicht ist eine Maske. Ich würde darauf tippen, dass seine Anfrage soeben bestätigt wurde und er erfahren hat, was ich nur mutmaße. Dass Marcellus tatsächlich der Mörder meines Halbbruders ist. Allein für diesen Umstand könnte ich Marcellus die Füße küssen. Dass ich diese Information nun auch noch verwenden kann, um Desmodan zu erpressen, macht es doppelt gut.

„Was bringt dir diese Ehe?“, will er wissen.

Jetzt wird mir bewusst, dass ich gewonnen habe. Er streitet nichts mehr ab, wirft mich nicht hinaus. Er hat einen ganzen Felsen an schlechten Nachrichten zu verdauen. Ich weiß, was es heißt, wenn einem etwas im Magen liegt. Und ich weiß auch, wie das ist, wenn es niemanden kümmert. Für mich hatte keiner Mitleid, also kann ich es mir ebenfalls nicht leisten, nun ihn zu bedauern.

„In meiner Familie muss eine Frau immer einem Mann gehören. Früher war ich Eigentum von Callistus. Nun bin ich es von einem anderen Widerling seiner Verwandtschaft. Deshalb bin ich ja auch abgetaucht. Sie würden mich nie in Ruhe lassen mit ihren Ansprüchen. Der einzige Weg, frei zu sein, ist ein Ehemann. Dessen Anrecht auf mich wäre immer vorrangig.“

Er grinst hämisch. „Dann würdest du mir also gehören?“

Ich könnte ihn auslachen. „Theoretisch ja. Aber vergiss nicht, dass du nur ein kleiner Fahrer bist. Falls du auf die Unterstützung meiner Familie baust, damit man mich maßregelt, wirst du sehr enttäuscht sein. Für die wärst du ein totaler Fehlgriff. Und ich persönlich finde ja, dass das die ganze Sache noch besser macht."

„Du magst deine eigenen Verwandten nicht?" Er wirkt tatsächlich erstaunt und fast beneide ich ihn für sein friedliches Leben.

„Nicht jeder lebt in einer Welt wie aus dem Bilderbuch."

„Du willst mich zwingen, dich zu heiraten, doch wenn ich es nicht tue, gehst du zurück an deine Familie." Er lässt es wie eine Drohung klingen.

Ich zucke mit den Schultern und sehe ihn kampflustig an. „Da war ich schon. Das kenne ich bereits und ich erdulde es zur Not noch einmal. Aber hattest du schon mal deinen Schwager im Knast? Für Mord ersten Grades? Warst du dafür verantwortlich, die Liebe deiner kleinen Schwester zu zerstören? Den Ruf deines Chefs zu besudeln, der in der Sache mit drinsteckt?"

Wieder packt er meinen Arm und mich beschleicht so langsam der Verdacht, dass ich ein Abo für blaue Flecke an dieser Stelle meines Körpers abschließen kann. „Es geht hier nicht nur um einen gewöhnlichen Mord und das weißt du auch."

„Du hast recht. Er hat meinen Halbbruder auf dem Gewissen."

„Deine Familie ist krank. Wenn sie denken, dass Marcellus ihn umgebracht hat, werden sie eine Blutfehde lostreten. Sie werden sich an seiner Frau rächen ... meiner Schwester. Du kannst unmöglich wollen, dass ihr etwas zustößt."

„Das stimmt. Das solltest du vermeiden und mir besser endlich einen Antrag machen."

„Wie bitte?"

Ich zeige mit meinem Finger auf den Boden vor mir. „Geh runter auf die Knie und mache mir einen Antrag. So, wie es sich gehört."

Schon wieder nimmt er meinen Arm in die Mangel. „Nichts hiervon gehört sich!"

„Wann hast du das Foto verschickt? Inzwischen hat es wer alles? Was meinst du? Wie viel Zeit bleibt uns noch für unsere Eheschließung?"

„Maribella ..."

„Wenn ich untergehe, gehst du mit unter", zische ich. „Du und deine ganze Familie. Ich mache das nicht gerne, aber ich habe es satt, dass immer nur mir Mist passiert. Also denk schneller."

„Ich wusste es, als ich in die Bar kam: Dieser Tag ist mies."

„Wer anderen eine Grube gräbt, fällt selbst hinein." Er will mal wieder nach meinem Arm greifen, doch ich weiche ihm aus. „Lass das gefälligst! Wenn du keine richtig furchtbare Ehe willst, wirst du mich nicht ständig festhalten. Ich wusste nicht, dass man auch in deiner Familie Frauen so behandelt."

Er sieht tatsächlich verlegen aus und Röte breitet sich auf seinem Gesicht aus. Es könnte allerdings auch Wut sein. „Du zwingst mir eine Ehe auf. Eine Ehe! Das ist was Ernstes."

„Ach, komm! Als ob du romantisch wärst und ich deine Träume kaputtmache. Du hast doch sowieso eine Bindungsstörung und würdest freiwillig nie heiraten.

Also verbaue ich dir überhaupt nichts. Ich nutze eine Eheschließung, die du sonst bloß verfallen lassen würdest."

Er sieht mir mit einem butterweichen Blick in die Augen. „Maribella, du machst mein Leben kaputt." Seine Stimme klingt flehend und ich wette, dass schon viele Frauen auf seine Schauspielkünste hereingefallen sind. Ich persönlich würde allerdings kein Geld dafür ausgeben.

„Du hast mich noch nie leiden können", erinnere ich ihn. „Für dich war ich immer nur die fehlbesetzte Mätresse deines Chefs. Erwartest du ernsthaft mein Mitleid? Ich schulde dir gar nichts, aber du mir schon, und meine Familie ist reich geworden, weil sie Schulden eintreibt. Das mache ich jetzt auch."

Seine Miene verfinstert sich wieder. Einfach so ist der rührselige Charmebolzen wie weggewischt.

„Dir ist klar, dass du mich erpresst?", vergewissert er sich.

Ich verdrehe die Augen und mache ein überraschtes Gesicht. „Oh, wirklich? Das habe ich gar nicht mitbekommen. Und jetzt mache mir endlich meinen Antrag und höre auf, so lange herumzureden. Seit wann sind Männer solche Plaudertaschen?"

Er sieht aus, als würde er am liebsten schon wieder meinen Arm packen. „Ich gehe vor dir niemals auf die Knie. Ich stecke dir einen Ring an den Finger und ich werde einen besonders hässlichen für dich auswählen. Du würdest meine Schwester einer Gefahr aussetzen und dafür würde ich dich am liebsten erdrosseln oder zusehen, wie Marcellus es tut." Er macht einen Schritt auf mich zu und berührt nun meinen Körper. Ich weiche nicht zurück. „Solltest du, wenn wir verheiratet sind, auch nur ein Wort sagen, das Marcellus oder Lindana belastet, mache ich mit dir, was auch immer dann mit ihnen passiert. Also bete, dass es niemals herauskommt.“

Er lässt mich stehen und verschwindet ins Schlafzimmer. Dann holt er eine kleine Tasche – Männer reisen wohl gerne mit wenig Gepäck – und schnappt meine Hand. Ich schaffe es gerade noch, meinen Koffer zu fassen, dann zerrt er mich mit sich aus dem Zimmer und zum Aufzug. Dabei schlägt mein Koffer gegen mein Bein und ich ahne schon den nächsten blauen Fleck dort. So langsam reicht es.

„Ich kann alleine laufen“, informiere ich ihn und entwinde ihm meine Hand. „Wenn du etwas halten willst, dann darfst du gern meinen Koffer schleppen.“

„Trage ihn alleine.“ Er sieht aus, als sollte ich ihn jetzt nicht reizen. Als würde er meine Tasche am liebsten gegen die Wand treten. So viel Wut habe ich ihm gar nicht zugetraut. Hinter der Fassade des blonden Strahlemanns verbirgt sich wohl ein bissiger Hund.

Wir fahren in die Lobby und checken aus. Ich lasse ihn mein Zimmer bezahlen und er sieht mich finster an, als ihm sechzehn Tage im Hotel auf die Rechnung gesetzt werden. Irgendwo musste ich schließlich wohnen.

Als ich mein Verschwinden inszenierte, habe ich mein Konto leergeräumt, um zur Not bar zu bezahlen, wo es erforderlich ist. Ich wollte keine elektronische Spur mit meiner Kreditkarte durchs Land ziehen. Wenn jedoch die Möglichkeit besteht, mich einladen zu lassen und meine Ersparnisse aufzubewahren, dann tue ich das nur allzu gerne.

Desmodan kritzelt wütend seinen Namen auf die Quittung und zieht mich zu einem blauen Toyota. Er reißt den Kofferraumdeckel auf und verfrachtet seine Tasche hinein. Dann sieht er mich herausfordernd an. Ich hebe umständlich mein Gepäck hoch und hieve es mit Schwung in die Ladeluke, nicht ohne ihm jedoch dabei die Ecke des Koffers gegen den Bauch zu rammen.

„Heute mal ohne Limousine unterwegs?", erkundige ich mich beiläufig und klatsche meine Hände ab, als würde ich sie von Staub befreien.

„Die Limo ist Konstantins Wagen. Ich fahre damit nur, wenn ich im Dienst bin. Jetzt habe ich Urlaub." Er streift mich mit einem Seitenblick. „Und nervende Flitterwochen mit meiner Fast-Frau."

Dann fällt ihm etwas ein und er lässt mich stehen. Desmodan verschwindet zu einem Kaugummiautomaten an der Hotelwand, wirft eine Münze ein und dreht. Er holt eine kleine blasse Plastikkugel heraus und öffnet sie vor meinen Augen. Darin liegt ein hässlicher Ring aus billigem Blech mit einer aufgeklebten rosa Plastikblüte.

„Dein Ehering, *Schatz*."

„Oh, wie schön. So einen hat sich die Puppe meiner Freundin früher auch immer gewünscht." Ich packe ihn ein, weil es ihn mehr nervt, wenn ich ihm keine Szene mache, und steige in sein Auto. Der Fußraum ist kaum geeignet, meine Beine darin auszustrecken, aber wenigstens wird Desmodan mich nicht verprügeln oder misshandeln, und das allein ist unbezahlbar. Was macht es schon, dass sein Wagen nur eine bessere Seifenkiste ist?

Als ich noch Konstantins Geliebte war, wurde ich in dessen Limousine von dem aufmüpfigen Fahrer herumchauffiert, den ich gleich heiraten werde. Als Halbschwester von Callistus stand mir sein Maserati zur Verfügung. Nichts davon habe ich genießen können. Bei der letzten Fahrt im Sportwagen habe ich darüber nachgedacht, ihn mit Vollgas gegen einen Baum zu setzen. Callistus hätte sich über den Verlust seines Autos vermutlich mehr geärgert als über meinen Tod. Nun bin ich froh, dass ich es nicht gemacht habe. Er ist es, der jetzt tot ist, und ich werde in weniger als einer Stunde so gut wie frei sein. Von der Sache mit der Ehe einmal abgesehen.

Desmodan nimmt neben mir Platz und zerrt sich wütend seinen Gurt über die breite Brust. Ich wette, es wären viele Frauen sehr gerne mit ihm verheiratet. Schließlich kann er sonst charmant und witzig sein.

Er startet den Motor, knallt den Gang rein und fährt mit quietschenden Reifen los. Unwillkürlich muss ich an diese Krimiserien denken, denn jetzt sind seine Profilabdrücke auf dem Asphalt und irgendein schlauer Analytiker könnte damit herausfinden, welcher Wagentyp das war. Ich verscheuche den Gedanken, weil es keine Rolle spielt.

Nächster Halt: Altar. Ob ich es will oder nicht, bin ich aufgeregt. Alle kleinen Mädchen träumen von ihrer Hochzeit. Damals habe ich fantasiert, dass meine in einem weißen Ballkleid stattfinden würde, irgendwo in einem friedlichen Schloss. Die Vorstellung lässt mich lächeln. Wenn man Kind ist, besetzt man seine Träume mit echten Prinzen. Der Mann an meiner Seite entspricht diesem Bild überhaupt nicht.

Trotzdem glitzert der Traum von einer schönen Hochzeit aus meinem Tränenschloss hervor und ich ertappe mich dabei, wie ich mich zu Desmodan herüberlehne und ihm sanft meine Hand auf den Arm lege.

„Dort vorne gibt es ein wunderschönes Hotel im Stil einer Burg, wo sie eine bezaubernde Hochzeitskapelle unterhalten. Könnten wir dorthin fahren?"

Er runzelt die Stirn und sieht von der Straße zur Hand auf seinem Arm. Sein Blick ist so finster und kompromisslos, dass mein Herz sich in den hintersten Winkel meines Körpers verkriecht und der Traum von einer leidlich guten Hochzeit sich in dumpfes Herzrasen verwandelt.

„Dort vorne?", vergewissert er sich und deutet in die Richtung.

Ich nicke schüchtern. „Ja."

Desmodan schlägt gegen den Blinker, als wollte er den Hebel abbrechen, und wechselt die Spur. Weg von meiner Wunschkapelle. Weg von einem kleinen Gefallen, der mir törichterweise zu viel bedeutet hätte.

Er sagt kein Wort mehr und ich beiße meine Kiefer fest zusammen. Wie dumm, dass ich ausgerechnet in so einem Moment mit meinen vermaledeiten Tränen kämpfe. Ich wende den Kopf ab und starre aus dem Seitenfenster. Bloß nicht weinen. Nicht jetzt. Nicht hier. Nicht vor ihm. Ich wusste, dass er mich nicht leiden kann. Ich hätte wissen sollen, was mit Träumen passiert, denen man nicht die Flügel stutzt. Desmodan hat das für mich erledigt. Er hat die Schere herausgenommen und sie eingekürzt. Ich sperre sie sorgfältig zurück ins Reich begrabener Wünsche und atme tief durch. Das hier darf mir einfach nichts bedeuten. Und vor allem darf es mir nichts ausmachen.

Ich muss besser darauf achten, mich ihm nicht zu öffnen. Sonst weiß er nur, wie er mich verletzen kann. Innerlich straffe ich mich und schütte ein paar Eiswürfel über mein Herz. Etwas anderes habe ich nicht. Ich kenne noch immer keine Schoner fürs Herz. Man kann nur eine Mauer aus Eis darum ziehen. Dann tut nichts mehr weh. Es schlägt kaum noch und fühlt sich tot an. Aber vielleicht gibt es einen winzigen Funken, nur eine kleine Möglichkeit, es wieder aufzutauen, wenn es besser wird. Wie es wohl wäre, wieder zu leben? Zu fühlen ohne Furcht.

Er setzt erneut den Blinker und biegt mit mir in eine Drive-In-Hochzeitskapelle ab. Vorne am Sprechautomaten bestellt er eine einfache Trauung ohne Zeremonie, Musik, Blumen oder andere Extras. Er zieht seine Kreditkarte durch und steckt zur Erfassung seiner Identität seinen Führerschein in einen Schlitz. Als seine Daten akzeptiert werden, hält er mir seine Hand hin.

„Ich brauche irgendeinen Ausweis oder Führerschein von dir."

Mit klammen Fingern krame ich in meiner Tasche. Alles fühlt sich dumpf an. Das hier ist keine Hochzeit, sondern eine Farce, doch eigentlich hat er recht damit. Es trifft den Charakter unserer Verbindung wesentlich besser. Trotzdem hätte ich zumindest gerne eine Blume gehabt. Die Plastikblüte auf dem Ring muss es wohl tun.

Ich reiche ihm meinen Pass und er zieht ihn durch. Es ist mein echter mit meinem richtigen Namen. Als ich auf dem Bildschirm meine Daten ablese, weiß ich, dass ich mich nicht mehr verstecken brauche. Ich heirate vielleicht nicht den Mann meiner Träume, aber dafür meine eigene Freiheit.

Er wickelt die gesamte Zeremonie am Touch-Screen ab. Nicht einmal für das Ehegelübde zieht er einen Geistlichen zurate. Er bestätigt seine Willenserklärung mit einem Fingerabdruck und spricht sein Ja laut und deutlich in ein Mikrofon. Die Tonaufzeichnung wird zusammen mit seinen Personaldaten erfasst und gespeichert.

Dann bin ich dran. Von meinem Sitz aus erreiche ich weder das Mikrofon noch den Fingerscanner, also schnalle ich mich ab und klettere halb auf seinen Schoß. Er lehnt sich weit im Sitz zurück, um so wenig Körperkontakt wie möglich mit mir zu haben. Eigentlich will ich ihn auch nicht berühren. Es muss purer Trotz sein, der mich dazu verleitet, im Vollkontakt auf ihn zu steigen, um meine Daten von dem Gerät erfassen zu lassen.

Dann krabbele ich zurück auf meinen Sitz und schnalle mich wieder an. Der Automat spuckt zwei Quittungen über die staatlich anerkannte Eheschließung aus und Desmodan reicht mir mein Exemplar mit einem unterkühlten Blick.

„Jetzt ist es offiziell“, sagt er nur und fährt sein Fenster wieder hoch.

Ich betrachte das Blatt Papier in meinen Händen. *Maribella Martin* steht dort. Sein Nachname ist Martin? Innerlich zucke ich die Schultern. Zum Glück braucht man den Familiennamen fast nie. Das Dokument ist ganz und gar schmucklos. Eine kleine Goldkante würde es ungemein aufwerten und ich nehme mir vor, die Urkunde etwas aufzuhübschen, sobald ich zu Hause bin.

Der Gedanke lässt mich schlucken. Wo ist mein Zuhause?

Ganz sicher nicht bei meiner Familie. Ich gehöre nun zu Desmodan, der vermutlich trotz Eheschließung im Quadrat springen würde, wenn ich ihn Desmo nenne.

„Wo werden wir wohnen?“, frage ich ihn.

Er knallt frustriert seine Faust aufs Lenkrad und löst die Hupe aus. Der Ton dröhnt durch den schmalen Drive-In-Schalter und vermutlich hält der Angestellte es für Freudenhupen. Für mich klingt es einfach nur zornig.

„Ob es dir gefällt oder nicht, wir werden unser Leben irgendwie regeln müssen“, setze ich vorsichtig an.

„Ach, ja? Bisher wohne ich bei Konstantin. Frag ihn mal, wie toll er es fände, wenn ich dich mit dazu hole ... und dass ich seine Exhure geheiratet habe!“

Ich knalle ihm eine. Das hatte ich nie vor, aber das Wort Hure brennt sämtliche Sicherungen in mir durch. Mätresse oder Geliebte zu sein ist unter Vampiren halbwegs gesellschaftsfähig, doch eine Hure ist es nicht. Das bin ich nicht.

„Scheiße“, murmele ich und steige aus. Ich balle meine Hände zu Fäusten und kralle die Nägel in meine Handflächen, bis ein brennendes Gefühl sich in meine Haut beißt, und dann schreie ich. Einfach so. All der Frust plärrt aus meiner Kehle und ich fühle mich hilflos.

Dann spüre ich seine Hände auf meinen Schultern. Als ich ihn nicht wegstoße, zieht er mich in seine Arme. Ich spüre seinen Mund an meinem Ohr, seinen Atem in meinem verdammten braunen Haar.

„Shhhh“, murmelt er. „Schon gut. Es tut mir leid.“ Seine Hand streichelt über meinen Rücken und seine Finger spielen mit meinen Haarsträhnen. Ich bin mir nicht sicher, ob er überhaupt merkt, was er da tut. Diese Geste ist viel zu vertraut, viel zu sanft. Ich weine in seinen Armen und schlinge meine Hände um seine Taille.

„Wenn du es meinem Vater erzählst, legt er mich übers Knie“, gesteht er. „Und wenn du es meiner Mutter erzählst, wird sie mich mit einem Holzlöffel durch die Küche jagen.“ Er atmet resigniert aus. „So rede ich sonst nicht mit Frauen. Mir steckt diese Erpressung noch in den Knochen und das, was du über Marcellus gesagt hast. Du hast mich kalt erwischt.“

Er schiebt mich ein Stück von sich fort und streicht mit seinem Daumen die Tränenspur von meinen Wangen. „Am besten wäre jetzt ein Schnaps, bloß bin ich Fahrer und lasse von so was die Finger. Willst du Alkohol?“

Ich schüttele den Kopf.

„Schokolade?“, hakt er nach.

Wieder schüttele ich den Kopf.

„Du wolltest die andere Kapelle, richtig?“

Mein Magen dreht sich um und ich schlucke. Das darf mir nichts ausmachen. „Es ist egal.“

Das ist es zwar nicht, doch er mag mich zu wenig, um offen mit ihm darüber zu reden. Ich fürchte, dass er es in einem anderen Moment nur wieder gegen mich verwendet.

„Ich weiß, dass ich keine Hure geheiratet habe“, sagt er mit fester Stimme. „Und sollte das irgendjemand behaupten, werde ich ihn schlagen, okay?“

Soll das romantisch sein? Ich finde ja nicht. Gewalt hat für mich nichts Positives.

Still wische ich mir die Nase mit einem Taschentuch sauber. „Das war mein letztes“, sage ich laut. Dass es daran liegt, dass ich zu viel weine, behalte ich für mich.

Er zaubert eine neue Packung aus der Tasche und

reicht sie mir. „Hier, ein kleines Hochzeitsgeschenk.“

Ich stecke sie wortlos ein und frage mich, wie wir diese peinliche Situation beenden können. Dann fällt mir etwas ein. Es hat nichts mit der Zeremonie zu tun, denn eigentlich, wenn man den normalen Weg einer vampirischen Trauung gehen würde, müssten wir uns jetzt ein Zimmer nehmen und Blut und Sex austauschen. Zum Glück gilt die Hochzeit auch so.

„Ich würde gern zu einem Friseur gehen“, sage ich.

Er runzelt die Stirn, weil der Themenwechsel ihn etwas aus dem Konzept bringt.

„Ähm ...“

„Ich hasse diese braunen Haare“, gebe ich zu und hoffe, dass er mir nicht erneut meinen Wunsch tötet. Doch diesmal nickt er.

„Ist gut, ich fahre dich zu einem.“

Wir steigen ein und er setzt mich tatsächlich vor einem Frisiersalon ab. Ich bin so paranoid, dass ich befürchte, er könnte einfach wegfahren, während ich dort bin. Als ich es ihm sage, werden seine Augen schmal.

„Stimmt, du bist paranoid. Wenn es dir hilft, setze ich mich dort auf den Stuhl und lese Zeitschriften. Als Chauffeur bin ich Warten gewöhnt. Okay?“

Ich nicke und er hält Wort. Zwei Stunden später bin ich wieder platinblond und fühle mich zum ersten Mal seit Langem wie ich selbst. Nicht alles an meinem früheren Aussehen war aufgesetzt oder ein Fremdkörper.

Ich lächele mir selbst im Spiegel zu, während ich meine Haare betrachte.

KAPITEL 3

„Und was jetzt?“, frage ich ihn.

Er sieht von der Zeitschrift auf und blinzelt mehrmals. „Wow“, murmelt er und ich würde darauf tippen, dass es ihm unabsichtlich herausgerutscht ist. Das lässt mich schmunzeln. Gegen echte Komplimente schützt mich nicht einmal mein Eispanzer.

Desmodan faltet seine Zeitschrift zusammen, als wäre es eine Zeitung, bevor er merkt, was er tut.

„Hoppla“, meint er und steckt sie zurück in den Ständer. Er reibt sich verlegen über den Nacken und studiert meine Schuhspitzen. Ich trage Tiptoes mit blutrot lackierten Zehennägeln. Meine Absätze sind gefühlte zehn Meter hoch. Das mag ich. Es gibt mir Selbstsicherheit und das Gefühl zu thronen.

„Ich habe die Woche frei“, sagt er. „Also will ich noch nicht zurück nach Tulsa zur Arbeit.“

Ich nicke. „Okay.“

Himmel, ein Job würde mir auch gefallen. In meiner

Familie ist es nicht üblich, dass Frauen einer normalen Tätigkeit nachgehen. Bildung wird uns nicht zuteil. Es genügt, dass wir hübsch aussehen und uns im Schlafzimmer nicht dumm anstellen. Ich würde es mögen, eine Arbeit zu haben. Etwas, das mir das Gefühl gibt, mehr zu können und mehr zu sein. Dass ich mit einem Mann der Mittelschicht verheiratet bin, wirkt sich bereits in meinem Denken aus. Er kann mich ohnehin nicht komplett finanzieren mit seinem Einkommen. Besser, ich helfe nach. Was er wohl davon hält?

„Sag mal, würde es dich stören, wenn deine Frau arbeiten geht?"

Er runzelt die Stirn und bewegt seinen Kopf wie eine Schildkröte vor, während der Rest von ihm stehenbleibt. Ich bezweifle, dass er merkt, was er da für lustige Körperhaltungen annimmt.

„Ob es mich stört?", fragt er ungläubig. „Ganz sicher nicht. Es ist doch normal, dass beide arbeiten. Lindana ist auch weiter Erzieherin, obwohl sie verheiratet ist. Warum sollte sich dadurch etwas ändern?"

„Also wäre es okay für dich, wenn ich mir später einen Job suche?"

Er stößt die Luft aus. „Mach, was du willst, Maribella. Ganz ehrlich?" Er zeigt mit dem Finger zwischen uns hin und her. „Das hier fühlt sich sowieso nicht echt an. Du ... Du bist nicht wirklich meine Frau. Nicht so, wie andere das sind, wenn sie heiraten. Am besten, du mischst dich nicht bei mir ein und ich lasse dich in Ruhe." Er streckt mir seine Hand hin, als wollte er es mit einem Handschlag besiegeln.

Ich schlucke und starre auf seine Finger. Er hat natürlich recht. Das weiß ich. Trotzdem bringe ich es nicht über mich einzuschlagen. Ja, unsere Ehe ist eine Scharade, aber das ändert nichts daran, dass wir verheiratet sind.

Er kneift seine Augen zusammen, schüttelt den Kopf und lässt die Hand sinken. „Was genau willst du eigentlich von mir? Das hier machen wir doch nur, damit deine Familie keine Ansprüche erhebt. Das tut sie jetzt nicht mehr. Der Deal war, dass ich dir einen Trauschein gebe und dass du dafür dichthältst."

„Ich werde ja auch nichts sagen."

„Schön." Er wippt unbehaglich auf seinen Schuhen vor und zurück. „Du hast es ja schon erkannt: Ich wollte nie heiraten. Ich bin kein Typ für die Ehe. Ich mag Frauen, aber ich lege mich nicht gerne fest."

Das weiß ich schon. Er ist ein Casanova.

„Ich will bestimmt nicht für dich kochen oder waschen. Ein paar Schnittpunkte wird es trotzdem geben. Wir müssen zusammen wohnen, weil meine Familie das erwartet."

Er schaut an die Decke und seufzt. „Bitte beachten Sie den Beipackzettel. Du willst bloß einen Trauschein und außerdem noch dies und das. Mir sind die Erwartungen deiner Familie egal."

„Wenn wir nicht zusammen wohnen, werden sie versuchen, die Ehe zu annullieren. Sie werden sagen, dass du nur Rechte als mein Ehemann hast, wenn wir in einer Ehe leben."

„Ja? Liegst du jetzt auch in meinem Bett, oder was?"

„Das können sie nicht überprüfen", stammele ich.

„Ich nehme an, das ist ein Nein."

„Ja. Ich meine nein." Ich atme tief durch. „Auf jeden Fall getrennte Schlafzimmer."

Er starrt mich finster an. „Super, ich bekomme die Arbeit, aber der Spaß bleibt auf der Strecke."

Wütend stemme ich die Hände in die Seiten. „Ich dachte, ich bin nicht dein Typ."

„Bei Nacht sind alle Katzen gleich", feixt er.

„Ich weiß gar nicht, was Frauen an dir finden. Du bist so ein Ar..." Ich schlucke das Wort herunter.

„Ar...?"

„Armleuchter." Ich verschränke die Arme vor der Brust und ziehe einen Schmollmund.

Er breitet die Hände aus. „Du kannst auf keinen Fall mit zu Konstantin und da wohne ich nun mal."

„Weil ich Hausverbot habe?" Nicht, dass ich auch nur einen Fuß auf sein Grundstück setzen will. Das war absolut kein glorreiches Kapitel in meinem Leben.

„Du bist seine verdammte Ex!", stellt er klar. „Er ist inzwischen verheiratet und hat eine Tochter. Ich wette, dass Konstantin lieber Ausschlag am Hintern hätte, als dich in der Nähe seiner Familie zu sehen."

Ich übergehe seine Nettigkeiten. Dieses Miteinander funktioniert besser, wenn ich das meiste seiner Sticheleien ignoriere. Hoffentlich geht das nicht ewig so weiter.

„Wo wohnen wir dann?"

Er keucht. „Ich soll wirklich ausziehen?"

Meine Güte, er wohnt bei seinem Boss. Wie schlimm kann es sein, sich etwas Eigenes zu suchen?

„Du hast selbst gesagt, dass ich dort nicht hin kann, und uns gibt es nur im Doppelpack."

„Uns? Es gibt kein Uns!", krächzt er.

Ich trete ihm auf den Fuß und sehe ihn empört an. „Ich kann dich auch nicht leiden, trotzdem behandele ich dich nicht ständig wie eine Pustel. Wir können nicht zu Konstantin und auch nicht zu meiner Familie."

„Meiner stelle ich dich sicher nicht vor." Der schiere Gedanke daran wirkt auf ihn wie Juckpulver. Das merke ich mir. Wenn er weiter gemein zu mir ist, packe ich ihn an seiner empfindlichsten Stelle: seiner Familie.

Ich trete nochmal auf seinen Fuß.

„Au!"

„Was ist eigentlich so verflucht schlimm an mir?"

„Ich will dich nun mal nicht."

„Du hältst dich wirklich für was Besseres?", frage ich erstaunt.

„Allerdings." Er sagt es so selbstverständlich, als läge es auf der Hand.

Meistens bekommen die Männer feuchte Träume bei meinem Anblick und er tut so, als wäre ich die schrumplige Variante eines Stinktiers. Er ist auch nicht Gottes Geschenk an die Frauen. Ich weiß von den gebrochenen Herzen, dic seinen Weg durch die Betten pflastern.

„Warum fangen wir unsere Bekanntschaft nicht noch einmal neu an?", schlage ich vor. „Wir könnten versuchen zu vergessen, was bisher war, und einen Neustart hinlegen."

„Das würde auch nichts ändern. Du bist, wie du bist."

Mir bleibt bei seiner Verachtung die Spucke weg und etwas in mir bekommt gemeine Sprünge. Das macht mir nichts aus. Das macht mir auf keinen Fall etwas aus, dass er mich nicht mag. Er ist niemand. Wir sind aneinandergekettet wie in einem Gefangenentransport. Es dient nur als Mittel zum Zweck. Trotzdem soll er aufhören, mir wehzutun. Ich denke daran, wie seine

Mutter ihn mit einem Holzlöffel durch die Küche jagt, und fasse einen Plan.

„Dann suchen wir uns eben eine eigene Wohnung“, sage ich so gleichgültig wie möglich.

„Mehr als drei Zimmer kann ich mir nicht leisten.“

Sein Einwand ist mir egal. „Hauptsache, es gibt mindestens zwei Räume, damit wir getrennt nebeneinanderher wohnen können.“

Wir gehen zurück zu seinem Wagen und ich habe noch immer keine Idee, wo es eigentlich hingehen soll, als sein Telefon klingelt. Er steckt es in die Freisprechanlage und startet den Motor.

„Ja?“, meldet er sich.

„Ich weiß nicht, wie ich es diplomatisch sagen soll, also frage ich dich ganz direkt.“ Die Stimme aus dem Telefon treibt mir eine Gänsehaut über die Arme. Es ist Marcellus, der Sicherheitsmann von Konstantin. Der Mörder meines Halbbruders.

„Schieß’ los!“ Desmodan lenkt den Wagen aus der Parklücke.

„Hast du Maribella geheiratet?“

Ich verschlucke mich fast und auch Desmodan sieht aus, als hätte ihn jemand als Boxsack benutzt. Hastig konzentriert er sich auf die Autos vor ihm, um keinen Unfall zu bauen.

„Woher weißt du davon?“

„Scheiße“, flucht Marcellus. *„Hast du deshalb über Callistus Bescheid wissen wollen?“*

„Sie hat mich erpresst, okay?“

Wie schön, dass ich jedes Wort ihrer aufregenden Unterhaltung hören kann und keiner mich dabei beachtet.

„Deshalb musst du sie doch nicht gleich heiraten! Wir hätten sicher eine andere Lösung gefunden."

„Sie hat Beweise bei einem Anwalt deponiert", wendet Desmodan ein.

Hallo? Sie reden hier nicht wirklich über mein vorzeitiges Ableben, oder?

„So schlimm ist es nun auch wieder nicht, mit mir verheiratet zu sein", mische ich mich ein. „Jedenfalls wäre es schlimmer, mich abzumurksen. Seid ihr Kerle eigentlich normal?"

„Maribella", höre ich Marcellus sagen. *„Lange nichts von dir gehört und das war gut so."*

Kann mich überhaupt einer von Konstantins Gefolge leiden? Ich weiß ja, dass ich nicht ihren Respekt hatte, aber das ...

„Du warst lange untergetaucht", fährt er fort. *„Bist zeitgleich mit deinem Bruder verschwunden."*

„Halbbruder!", stelle ich klar. Es ist gruselig, nur seine Stimme zu hören und trotzdem das Gefühl zu haben, dass er mir seinen kalten Atem in den Nacken haucht.

„Der Zeitpunkt war so wenig zufällig, dass deine Familie bisher geglaubt hat, dass du hinter seinem Verschwinden steckst und nicht ich."

Ein modriger Klumpen landet in meinem Magen.

„Ich?" Meine Stimme kommt als dünnes Fiepsen heraus.

„Bisher hast du keine elektronischen Spuren hinterlassen. So viel Grips habe ich dir gar nicht zugetraut. Aber seit Ihr deine Daten für die Trauung benutzt habt, haben sämtliche roten Lichter auf den Schirmen deiner Familie aufgeleuchtet."

„Na und? Sie wären sowieso auf mich gekommen, weil

der Schlauberger hier ein Foto von mir verschicken musste." Ich drehe mich zu Desmodan. „Wenn du mich einfach in Ruhe gelassen hättest, müssten wir überhaupt nicht verheiratet sein. Aber du wolltest ja auf dein dummes Bauchgefühl hören."

Er funkelt mich von der Seite an und lenkt den Wagen auf die Schnellstraße. „Und wie geht's weiter?", fragt er ins Telefon.

„Du fährst jetzt zu folgender Adresse." Er gibt ihm irgendeine Anschrift in Las Vegas durch. *„Das ist ein Schrottplatz. Ein Bekannter von mir betreibt den. Du lässt deinen Toyota dort stehen und erhältst einen anderen Wagen. Außerdem entsorgst du dein Telefon. Er gibt dir ein neues."*

„Sie verfolgen uns?", fragt er entsetzt. „Ich habe sie geheiratet, damit Ruhe ist, und nun verfolgen sie uns beide?"

„Bedauerlicherweise ja. Du solltest dir keine Braut suchen, die bei jemandem auf der Abschussliste steht."

So lässt sich meine derzeitige Existenz also zusammenfassen: eine Braut von der Abschussliste. Einmal im Leben würde ich wirklich gerne etwas wert sein.

„Und wohin sollen wir?", will Desmodan wissen.

„Ich schicke dir die Koordinaten auf dein neues Handy beim Schrottplatz. Fahrt dorthin. Es ist ein abgelegener Unterschlupf."

„Toll, ich soll mich für einen Mord verstecken, den ich nicht begangen habe", beschwere ich mich. „Besser, ich sage, was los ist."

„Du kannst dich von deiner Familie umbringen lassen oder von mir. Oder du machst, was ich sage, und

kommst davon.“

Ob Lindana wohl weiß, dass ihr Mann mich umbringen würde? Vermutlich nicht. Irgendwie muss sie diesen kalten Typen für einen netten Kerl halten. Ich kann mir beim besten Willen nicht vorstellen, wie viel Fantasie man dafür braucht.

„Und wie kommen wir davon?“, bohre ich nach.

„Ich organisiere einen anderen Schuldigen.“

Als ob es die im Katalog zum Bestellen gäbe. „Toll, und wie?“

„Belaste dich nicht mit Details. Ich melde mich, wenn die Luft rein ist. Viel Spaß in den Flitterwochen ... Und keine Sorge, Desmo, ich beeile mich, damit aus den Flitterwochen nur Flittertage werden. Danke für deine Loyalität. Ich schulde dir was.“

Dann höre ich ein Klicken in der Leitung und die Verbindung ist tot. Desmodan flucht und schlägt seine Faust gegen die Seitenscheibe. Wenigstens hupt diese nicht.

Die ganze Zeit hat meine Familie mich für Callistus’ Verschwinden verantwortlich gemacht. Wenn sie mich gefunden hätten ... Die Vorstellung erfüllt mich mit Entsetzen. Natürlich hätte ich dann die Wahrheit herausgesprudelt wie eine Brausetablette, aber trotzdem.

Alles ist viel schlimmer, als ich dachte.

KAPITEL 4

Der Kerl auf dem Schrottplatz wirkt so vertrauenswürdig wie ein Auftragsmörder und vielleicht ist er sogar einer. Ich traue Marcellus durchaus zu, dass er Kontakte zum organisierten Verbrechen unterhält. Die gesamte Vampirgesellschaft ist korrupt und ich habe genügend von ihnen kennengelernt, um sagen zu können, dass die Leute an der Spitze auch vollkommen skrupellos sind.

Als sich die Vampire entwickelten, verloren sie größtenteils ihre Menschlichkeit. Die Rate an Psychopathen ist bei uns zehnmal so hoch wie bei Menschen. Wenn man den Menschen ihr Leben aussaugt – und Bluttrinken ist nichts anderes als den Lebenssaft aus den Adern zu stehlen – ist der Schritt zu noch mehr Gewalt sehr klein.

Ich weiß, dass Callistus Menschen und niedere Vampire gerne tot getrunken hat. Im Grunde ist es von meiner Familie äußerst scheinheilig, sich über seinen Tod zu beklagen und sehenden Auges zu tolerieren, dass er dutzende Leben auf dem Gewissen hatte. Als ob sein eigenes Morden null und nichtig und nur sein Tod ein Verbrechen wäre. Menschen zu töten ist in unserer Welt nur eine Sachbeschädigung und auch nur dann, wenn dieser Mensch einem anderen Vampir gehört. Mit eigenen Sklaven darf man machen, was man will, und ebenso mit denjenigen, die herrenlos sind. Das kommt nicht oft vor. Eigentlich darf kein Mensch ohne einen Vormund sein. Aber manchmal finden Sklaven nach dem Tod ihres Herren keinen neuen Besitzer oder versuchen zu fliehen. Dabei gibt es echte Flucht nicht.

Im Grunde weiß ich, dass man in dieser Welt nicht davonlaufen kann, trotzdem tun wir genau das. Einen wesentlichen Vorteil haben Desmodan und ich allerdings: Wir sind beide Vampire und er ist mein Mann. Farce hin oder her, das gibt uns Rechte.

Der Vampir vom Schrottplatz teilt uns ein neues Fahrzeug zu. Es ist ein schwarzer Camero und sieht besser aus als Desmodans altes Auto.

„Der Wagen ist sauber“, informiert er uns und meint damit sicher nicht, dass er ihn geputzt hat. In meine Richtung gewandt erklärt er: „Kein gestohlenes Fahrzeug, nicht als Fluchtwagen registriert oder sonst was.“

Er zwinkert und reibt sich lächelnd die Hände am Hintern ab. Dabei sehe ich, dass einer seiner Eckzähne abgebrochen ist. Natürlich kann er immer noch beißen und trinken, doch so ein Handicap ist für Vampire unangenehm.

Desmodan rückt seine Wagenschlüssel heraus und tauscht die Fahrzeuge aus. Ich finde, er hat einen guten Deal gemacht, allerdings sieht er nicht glücklich aus.

„Das war mein erster eigener Wagen“, murmelt er.

„Okay, und jetzt hast du deinen zweiten eigenen Wagen. Was ist so schlimm daran?“

Perplex sieht er mich an. „Den hier habe ich nicht von meinem eigenen Geld gekauft. Das ist etwas völlig anderes.“

Männer können solche Babys sein. Was spielt es für eine Rolle, wer ihm die Karre spendiert? Marcellus hat ihm zu einem guten Tausch verholfen. Mehr interessiert mich momentan nicht. Wir müssen hier weg und der Camero hilft dabei, unsere Spuren zu verwischen.

„Was geschieht jetzt mit meinem Toyota?“, will er wissen. „Kommt er in die Schrottpresse?“

„Nein, wir schlachten ihn aus. Einzelteilhandel. Nimm’s nicht so schwer, Junge. Ist wie Organhandel. Aus einem gesunden Auto machen wir viele glückliche Gebrauchte, denen genau ein Teil von deinem fehlt.“

Desmodan wirkt leidlich geschockt. Ich lächele den Händler an und ziehe meinen Mann am Ellbogen auf die Seite. „Jetzt reiße dich mal zusammen. Das ist total unsexy. Jungs, die heulen, weil sie ihre Sammelkarten nicht beisammen haben, werden auch nicht gebumst.“

Er starrt mich an, als hätte ich eine Fremdsprache benutzt. Ich bin weder ein Alien von einem anderen Stern, noch habe ich halluzinogene Wirkungen auf die Leute. „Das hast du gerade nicht wirklich gesagt, oder?“

Ich bin ganz kurz davor, ihm wieder auf den Fuß zu treten. „Ich habe das nicht nur gesagt, sondern auch ganz genau so gemeint. Hier geht es um eine größere Sache als den Verlust deines Wagens. Meine Familie ist – wie du richtig festgestellt hast – ziemlich krank drauf, also sollten wir uns besser nicht von ihr erwischen lassen. Die Nacht hat nur noch ein paar Stunden und die müssen wir nutzen, um aus der Stadt zu verschwinden. Ich will kein Morgensonnen-Toast werden.“

Vampire und Sonnenlicht vertragen sich so gut wie Benzin und Feuerzeuge.

Desmodan nickt. „Okay, na gut.“ Er lässt sich vom anderen Vampir ein neues Handy geben und darf zusehen, wie bei seinem erst die Simkarte entfernt und danach kaputt geklopft wird.

„Er ist Schrotthändler“, sage ich schulterzuckend. „Das macht er mit Autos. Das macht er mit Handys. Weiter geht’s.“

„Du hast kein Herz“, findet Desmodan und steigt mit mir in den Camero.

„Es hängt zumindest nicht an Sachgegenständen.“

„Für dich ist das ganz leicht, oder?“ Er ruft mit mürrischem Gesicht die Koordinaten für unseren Zufluchtsort vom neuen Telefon ab. „Du hast dir immer alles gekauft, was du wolltest. Musstest nie für etwas sparen. Da ist es einfach zu sagen, dass die Dinge keinen Wert haben. Wenn man sich alles im Vorbeigehen leisten kann, bedeutet einem das auch nichts.“

„Okay, du hast tapfer gespart. Willst du einen Orden von mir? Du arbeitest für einen steinreichen Kerl und schiebst vermutlich keinen Frust auf ihn. Du suchst doch ständig bloß nach Dingen, die du mir vorwerfen kannst, weil du beschlossen hast, dass du mich blöd findest. Dabei weißt du gar nichts von mir.“

„Du warst lange genug mit Konstantin zusammen.“

„Du weißt gar nichts von mir“, wiederhole ich. „Du kannst die Wahrheit nicht von einer Inszenierung unterscheiden.“

„Ich glaube, das kann ich ganz gut." Er schnaubt selbstgefällig.

Diese Überheblichkeit lässt mich meinen nächsten Satz aussprechen: „Deshalb hast du auch gemerkt, dass dein Schwager ein Mörder ist."

Er klappt den Mund zu und sagt nichts mehr. Dafür sieht er danach aus, dass er gerne wieder aufs Lenkrad oder seine Scheibe schlagen würde. Ich kenne das mit der Wut. Meistens habe ich Handtücher benutzt und sie auf Wannenränder oder gegen die Badezimmerfliesen geprügelt. Das macht mehr Lärm, als man denkt, aber dabei geht wenigstens nichts kaputt.

Schweigend fährt er Richtung Stadtrand. Natürlich könnte ich es gut sein lassen, allerdings wird das eine lange Fahrt und ich bin gerade nicht so gut darin, Schweigen zu ertragen.

„Ich habe dir angeboten, dass wir uns neu kennenlernen, doch du musstest ja behaupten, dass es nichts ändern würde. Deine vorgefertigte Meinung über mich ist ganz praktisch, oder? Dann brauchst du dich nicht mit dem Gedanken herumzuschlagen, dass du auf die Ex von deinem Boss stehen könntest."

„Nicht in hundert Jahren!"

„Du hast selbst gesagt, du bist nicht wählerisch."

„Du machst dir gerade kein Kompliment", schnaubt er.

„Wieso?" Ich zucke die Schultern. „Wenn du sowieso auf alle Frauen und grauen Katzen in der Nacht stehst, würdest du mich erst recht mögen."

„Das ist Blödsinn."

„Mal ehrlich, Desmodan, wenn ich nicht die Ex von Konstantin wäre und du mich vorhin in der Bar zum ersten Mal getroffen hättest, dann hätte ich dir gefallen."

Er schluckt, schüttelt den Kopf und hält den Mund.

„Was?“, hake ich nach.

„Wenn du es unbedingt wissen willst: Ich dachte gerade, was dich wirklich unsexy macht, ist die Tatsache, dass du meine Frau bist. Allein das Wort *Ehefrau* schreckt mich komplett ab. Das lässt einem doch alles in der Hose zusammenschrumpfen.“

„Wow“, sage ich lachend. „Deine Schwester ist auch eine Ehefrau: die von Marcellus.“

„Ja, und?“

Ich zucke nur die Schultern. „Ich wette, sie treiben es mehrmals die Woche.“

„Oh, igitt! Ich will das nicht hören! Sie ist meine kleine Schwester.“

Ich rolle mit den Augen. „Ja, und deswegen spielen sie bloß Bingo und essen Kekse, oder wie?“

Er windet sich auf seinem Platz und ich habe Spaß daran, ihn zu provozieren. Lasziv streiche ich mir mit dem Finger am Hals entlang, als würde ich einen herabrinnenden Blutstropfen nachfahren. „Wenn ich mich richtig erinnere“, hauche ich atemlos, „war Marcellus ein starker, männlicher Vampir. Mhh ... All diese Muskeln und Körperkraft.“ Ich rutsche auf meinem Sitz herum und winkele ein Bein an. „Sicher mag er es gerne hart und ...“

Weiter komme ich nicht. Desmodan knallt den Blinker rein und zieht den Wagen über den Bordstein in eine Halteposition. Ich kann mich gerade noch an der Konsole festklammern. Sein Gurt schnappt schneller aus, als ich gucken kann, und er wirft sich auf mich drauf, sodass mein Kopf gegen die Tür knallt und ich unter ihm zerdrückt werde.

Seine Stimme knurrt mir direkt ins Gesicht. „Du hörst auf, davon zu sprechen, dass meine Schwester Sex hat."

Das Schwarz seiner Pupillen breitet sich über das Braun seiner Iris aus, bis sein Blick vollkommen finster ist. Seine Adern treten hervor und zeichnen sich als schwarzes Geflecht auf der wachsblassen Haut ab. Wut, sexuelle Erregung und Blutdurst lassen einen Vampir sehr schnell transformieren. Was das angeht, ist Desmodan gesund entwickelt.

Ich lasse meinen Blick langsam auf seine ausgefahrenen Eckzähne gleiten und lege den Kopf schief. Nicht nur, weil meine Position äußerst unbequem ist, sondern vor allem, weil ich ihn wahnsinnig machen will. So sieht er besser meinen Hals. Er behauptet, nicht auf mich zu stehen, und ich werde ihm das verdammte Gegenteil beweisen. Er ist auch nur ein Kerl, auch nur sexuell geprägt. Und Ehefrau hin oder her, ich wette, bei ihm schrumpelt überhaupt nichts.

Ich lasse meine Hand unter den Bund seiner Hose direkt in seine Shorts gleiten und spüre seinen halb erigierten Penis zwischen meinen Fingern. Sein überraschter Blick schlägt um in siedendes Feuer und er wird zwischen meinen Fingern hart. Ich umschließe ihn und gleite langsam auf und ab, stelle mir vor, wie meine blutrot lackierten Nägel an seiner Haut entlang streifen.

„Macht es dich an, wenn ich von Sex rede?", flüstere ich und schenke ihm einen Augenaufschlag. Es macht alle Männer an und lügen ist gerade so unbeschreiblich zwecklos, weil ich den Beweis in meiner Hand halte.

„Du bist verrucht", raunt er und schließt die Augen.

Ich lecke mit meiner Zungenspitze über seine Wange, küsse meinen Weg bis zu seinem Mundwinkel und achte peinlich genau darauf, nicht seine Lippen zu berühren. Mit der Zunge kreise ich um seinen Eckzahn und er stöhnt auf. Für Vampire ist diese Geste ausgesprochen intim.

Wir sind irgendwo mitten im Straßenverkehr von Las Vegas, zwar am Randgebiet, aber es fahren genügend Wagen vorbei. Zumindest stehen wir nicht direkt neben einer Ampel, sodass niemand bei uns anhält.

„Das ist doch das Einzige, was du von Frauen willst", behaupte ich. „Körperliche Nähe ohne Gefühle."

Er nickt und legt seine Hand auf meine Brust. Mit dem Daumen streichelt er mich durch den Stoff hindurch. „Du weißt das und ich weiß das."

Ich steigere die Reibung meiner Hand und flüstere so sinnlich es nur geht: „Ich bin deine Ehefrau."

Ich merke, wie er sich zurückziehen will, aber ich verstärke meinen Griff und er lässt seine Hüften wo sie sind, bevor ich ihm wehtue. Stattdessen belohne ich ihn für sein Stillhalten mit einer Daumenmassage an seiner Eichel und verreibe einen Tropfen seiner Lust darauf.

Er beißt die Kiefer fest zusammen und bleckt seine Eckzähne. „Womit habe ich dich eigentlich verdient?"

„Du musst in deinem letzten Leben sehr artig gewesen sein." Ich lächele herausfordernd und er packt mein Handgelenk. Langsam zieht er es an seinen Mund und sieht mir fest in die Augen, während er seine Zähne in meiner Haut versenkt. Der Schmerz brennt süß durch meine Adern und mein Blut strömt willig in seinen Mund. Ich massiere ihn weiter und seine Schlucke werden gieriger.

„Verflucht, du bist köstlich", knurrt er und es scheint ihn wirklich zu frustrieren. Blut schmeckt bei jedem anders, so wie jeder unterschiedlich duftet. Es gibt Geschmäcker, die einem mehr munden als andere und solche, die absolut unwiderstehlich sind. Desmodan sieht aus, als könnte ich für ihn zur zweiten Kategorie gehören, und dieser Umstand überrascht uns beide. Ich sehe es in seinem Blick und mein Hals wird trocken.

Es ist okay für mich, wenn er sich mir ausgeliefert fühlt, weil mein Aroma seinen Durst auf eine ungekannte Art ankurbelt, doch ich habe keine Lust, dass es mir mit ihm genauso geht. Sehnsüchte oder Gefühle sind nicht Teil meiner Spielregeln. Seine Gier lässt ihn in meiner Faust sogar noch wachsen und ich stähle mich innerlich gegen ihn und rubbele ihn so hart und schnell, dass er keucht und nach wenigen Sekunden kommt. Ich spüre seinen warmen Saft zwischen meinen Fingern, ziehe die Hand aus seiner Hose und drücke ihn mit der anderen Hand von mir fort.

Er landet in seinem Sitz und sieht aus, als hätte ich ihn kalt erwischt. Ich verschließe erst die Wunde an meinem Handgelenk mit meinem Speichel, bevor ich ein Kleenex aus meiner Tasche ziehe und meine Hand sauber wische. Dann lasse ich die Seitenscheibe herunter und werfe das Tuch einfach auf den Gehweg. Kein großes Drama, sage ich mir. Das habe ich schon Dutzende Male gemacht und es ist die sauberste Art, einen Mann zum Abschluss zu bringen, die es gibt. Ich habe noch sämtliche Kleider an und sogar meine Haare sehen nicht aus, als wäre mein Kopf gerade dreißig, vierzig Stöße lang auf einer Matratze herumgeschoben worden.

Das alles bedeutet mir nichts. Gar nichts.

Ich schlucke und straffe mich.

„Wir sollten weiterfahren“, höre ich mich sagen, doch

meine Stimme klingt fremd und eisig. Manchmal lasse ich die Eiskönigin heraus. Sie hat kein Herz und wird nie verletzt. Es ist, als würde ich mit mir selbst in der Arktis kuscheln gehen.

Desmodan fährt sich mit der Hand durch sein blondes Haar und legt den Kopf an die Lehne. „Tut mir leid", murmelt er.

„Keine große Sache, es gibt Taschentücher."

Er stößt die Luft aus und flucht. „Das meinte ich nicht." Dann nickt er und legt wieder den Gang ein. „Aber danke, dass du mich daran erinnerst, wie reizend du bist."

„Ja, und ich schmecke so toll."

Ich sehe wie sich der Muskel an seinem Kiefer anspannt. Eins zu null für mich. Jetzt sind wir in Bezug auf seine Gemeinheiten wenigstens quitt. Trotzdem fühle ich mich, als hätte ich einen Aschenbecher ausgeleckt. Dieser schale Geschmack in meinem Mund, weil ich fiese Dinge sage oder tue, will nicht weggehen. Eigentlich will ich so nicht sein, aber das, wie ich sein will, wurde so oft ausgerupft wie Unkraut, dass es schwer zu finden ist.

Ich drücke meine Wange gegen die Rücklehne und starre aus dem Fenster. Wir verlassen die Stadt nordwärts und die Häuser weichen einer hügeligen Wüstenlandschaft. Im fahlen Licht der Scheinwerfer wirken die Felsen wie tote Knochen.

„Wohin fahren wir?", frage ich nach etwa zwei Stunden.

„In ein Motel. Die Zuflucht erreichen wir heute nicht mehr."

„Dann können wir wenigstens zwei getrennte Zimmer

nehmen“, murmele ich und spüre die Müdigkeit, die sich immer anbahnt, wenn der Morgen naht.

Bei einem *Vampires Inn* biegt er ab und parkt den Wagen in der Nähe vom Eingang. Es ist nicht besonders viel los, aber wir sind mitten im Nirgendwo und die Chancen, dass uns hier noch jemand aufspürt, bevor wir weiter müssen, scheinen schwindend gering zu sein. Trotzdem fühle ich mich seit langer Zeit zum ersten Mal wieder wirklich verfolgt.

Er öffnet den Kofferraum und ich wähne mich bereits auf einer weiteren Schlepptour mit meinem Gepäck, doch Desmodan schnappt sich unsere beiden Taschen, knallt den Deckel zu und läuft wortlos hinein. Ich folge ihm ebenso wortlos und denke im Stillen, dass ich mir den ersten Tag meiner Ehe immer anders vorgestellt habe.

Die Eingangspforte funktioniert wie eine Schleuse. Es öffnen sich zwei dicke Metalltüren außen und erst, als diese hinter uns zufallen, werden die beiden Flügeltüren vor uns im Inneren aktiviert. Das gewährleistet, dass zu keiner Zeit Sonnenlicht in die Lobby fallen kann, selbst wenn bei Tag mal ein Mensch ein- und ausgehen will.

Die *Vampires Inn*-Motelkette ist für fensterlose Gebäude bekannt, in denen Vampire sich zu allen Tageszeiten wohlfühlen können. Ich stelle mich neben meinen Mann an den Empfangstresen und spiele mit einem der ausgelegten Flyer über die Region. Das Hotel bietet Ausflüge zu unterirdischen Höhlensystemen an – ebenfalls völlig sonnenfrei.

„Ein Doppelzimmer“, ordert Desmodan.

Ich sehe überrascht zu ihm. „Wir wollten doch zwei Zimmer“, erinnere ich ihn.

Die Rezeptionistin schaut uns fragend an und Desmodan winkt ab. „Meine Frau ist nur besorgt, dass sie mich stören könnte, weil sie ganz furchtbar schnarcht“, behauptet er und tätschelt meine Hüfte. „Aber das macht natürlich nichts. Wir nehmen nur ein Zimmer.“ Er wirft mir einen strengen Blick zu. „Ende der Diskussion, *Liebling*.“

Toll, noch ein Mann, der mir Vorschriften macht. Ich fühle mich fast wie zu Hause. Trotzdem passen alte Gewohnheiten für mich wie eingetragene Schuhe und ich widerspreche nicht. Dafür bin ich auch viel zu neugierig, weshalb er auf ein einzelnes Zimmer besteht.

Er zahlt bar und behauptet, Giacomo zu heißen. Innerlich verdrehe ich die Augen, weil er sich kaum einen dümmeren Decknamen ausdenken könnte. Die Empfangsdame notiert die Daten, ohne sie zu hinterfragen. Wahrscheinlich checken bei ihr auch regelmäßig Daisy und Donald Duck oder Bambi ein.

Unter Vampiren ist es üblich, die Vornamcn zu so gut wie allen Gelegenheiten zu verwenden, außer man ist enorm wichtig und besteht auf die zusätzliche Nennung des Familiennamens. Konstantin Rouillard gehört zu diesen erlauchten Persönlichkeiten, deren Nachnamen recht gängig sind. Das liegt vielleicht daran, dass er unter anderem Rouillard Enterprises ins Leben gerufen hat, während mein toter Halbbruder so eitel war, seinen eigenen Vornamen für seine Geschäfte eintragen zu lassen, um seine Errungenschaften nicht mit der ganzen Familie zu teilen.

Unser Vater ist da anders. Er gründete die Machiavelli Medical Group. Machiavelli. Das ist auch mein Name gewesen. Ich benutzte ihn praktisch nie. Er würde mir

Türen und Tore öffnen, doch in meiner versteckten Zeit hätte er vor allem das Erscheinen meiner Verwandtschaft auf den Plan gerufen.

Maribella Machiavelli. Es gab eine Zeit, als ich den Klang dieses Namens sehr schmückend fand. Ungefähr so lange, bis aus mir eine Frau wurde, die in die Klauen ihres besessenen Halbbruders geriet. Ich weiß, er hat mich benutzt und gleichzeitig angebetet. Ich war sein allerliebstes Spielzeug auf der ganzen Welt. Die meisten Dinge und Personen hatten das Glück, ihn schnell zu langweilen, doch von mir kam er kaum los, selbst nachdem er mich in die Arme von Konstantin getrieben hatte. Es machte ihn nur stolz und gierig. Je mehr er mich teilen musste, umso mehr engte er mich ein, wann immer er mit mir alleine war.

Ein Schaudern rinnt über meinen Rücken und ich kralle meine Hand um die Tischplatte des Empfangstresens. Ich hasse es, ständig an Callistus zu denken, doch durch die Bedrohung, die für mich von seinem Tod ausgeht, weil meine Familie glaubt, ich hätte etwas damit zu tun, ist es, als würde mich sein böser Geist ständig anhauchen. Sogar tot lässt er mir keine Ruhe.

„Alles okay?", höre ich Desmodan fragen.

Ich zucke zusammen und blicke ihn an, als stammte er aus einer anderen Welt, und irgendwie tut er das ja auch. „Sicher. Wieso?"

Er nickt zu meiner Hand. „Deine Knöchel sind schon ganz weiß, weil du dich so festklammerst."

Ich lasse sofort los, als hätte ich mich verbrannt, und lockere meine Finger.

Er runzelt die Stirn und nimmt unser Gepäck. Dann

läuft er voran und ich bemühe mich, mit ihm Schritt zu halten.

„Wieso nur ein Zimmer?“, frage ich ihn.

„Du hast selbst gesagt, dass wir zusammenwohnen müssen. Da können wir genauso gut gleich damit anfangen. Meine Nähe macht dir doch nichts aus, oder?“

Nähe macht mir immer etwas aus, aber das muss er ja nicht wissen.

Ich schnaube abfällig. „Sicher nicht.“

„Gut.“ Desmodan schenkt mir ein charmantes Lächeln, mit dem er sonst wohl die Frauenwelt bezirzt. Er bleibt vor einem Zimmer am Ende des Flurs stehen und stellt die Taschen ab. Mit der Zimmerkarte öffnet er die Tür und hält sie mir auf. Das macht mich mehr als misstrauisch, doch ich lächele unbestimmt und trete ein. Der Raum, den wir uns teilen müssen, wirkt ausgesprochen klein. Mein Verlies für die heutige Ruhephase.

Hinter mir kommt Desmodan herein und lädt unser Gepäck neben dem Garderobenschrank ab. Er atmet gutgelaunt durch und inspiziert mit einem anerkennenden Nicken das viel zu winzige Zimmer.

„Prima“, findet er.

Was ist denn mit ihm los? Sein Verhalten gibt mir Rätsel auf und ich mag solche Spielchen nicht.

Er streicht mit seiner flachen Hand über das Bettzeug und klappst mit einem schelmischen Zwinkern auf eines der Kopfkissen.

„Welche Bettseite willst du?“

„Beide.“

Desmodan grinst. „Schläft meine Frau etwa quer im Bett?“

Er wirft sich selbst quer darauf und die Matratze schaukelt. Dann nickt er. „Damit kann ich leben. Willst du links oder rechts neben mir liegen?“

Ich will am liebsten ein Sofa für ihn haben, allerdings ist hier keins. Etwas anderes als Schlafen sieht diese Unterkunft nicht vor.

„Wir sollten zwei Zimmer nehmen“, sage ich.

Er stützt sich auf einen Ellbogen auf und sieht herausfordernd zu mir hoch. „Ich dachte, meine Nähe stört dich nicht.“

Verboten langsam zieht er sein Shirt aus und lässt mich dabei nicht aus den Augen. Mir ist klar, was er tut. Er versucht, mich in die Defensive zu drängen und die Kontrolle zu erlangen. Jeder gemeißelte Muskel seines Torsos scheint mich verunsichern zu wollen. Männer versuchen gerne, Frauen durch Körperlichkeit in Verlegenheit zu bringen. Das habe ich wirklich so satt.

Okay, mein Mann ist kein hässlicher Wicht. Dann hat Marcellus also mit ihm trainiert. Ich erinnere mich daran, wie Desmodan seine Kraft benutzt hat, um mir die Luft aus den Lungen zu drücken, und mich wundert es nicht mehr, wie leicht ihm das fiel. Seine Männlichkeit ist ein zweischneidiges Schwert. Gutes Aussehen gepaart mit einer Stärke, die er gegen mich einsetzen kann.

Ich nutze die Empörung in meinem Bauch, um ihn aus dem Charme-Offensive-Konzept zu bringen, und versuche, unbeeindruckt zu klingen. „Hast du nicht gesagt, dass du trainierst? Machst du bloß Kardio?“

Er grinst, setzt sich auf und schaut an sich herab. „Du bist mit meinem Aussehen unzufrieden? Magst du lieber aufgepumpte Männer?“

Um ehrlich zu sein kann ich Bodybuildern nichts

abgewinnen.

„Absolut." Ich nicke und wende mich ab, um ein paar Sachen aus meinem Koffer zu nehmen. „Aufgepumpte Muskeln und aufgepumpte Geldbeutel."

Ich werfe ihm einen unschuldigen Seitenblick zu und mein Atem stockt, als ich sehe, dass seine Augen schwarz geworden sind und sich seine Fangzähne über die Lippen schieben.

„Zum Glück habe ich reich geheiratet", sagt er, als ob nichts wäre.

Dabei muss es Wut sein, denn er hat gerade erst mein Blut getrunken und den Nachweis seiner sexuellen Erfüllung habe ich in ein Kleenex gewischt. Es kann also nur Aggression sein, die ihn transformieren lässt. Muskeln oder Geldbeutel sind demnach nicht seine Lieblingsthemen.

Ich tippe mir an die Lippe an der Stelle, wo bei ihm sein Zahn herausschaut. „Du hast da was an deinem Mund."

„Damit beiße ich dich nachher."

Ich schlucke und gebe mir Mühe, gefasst zu bleiben. Er hat schon wieder Durst? „Du hattest vorhin genug. Jetzt bin ich mal dran."

Er legt seinen Kopf in den Nacken und bietet mir seine Kehle dar. „Dann komm her."

Es sieht verdammt einladend aus, doch ich müsste verrückt sein, mich auf ihn einzulassen. Entschlossen nehme ich mein Portemonnaie. „Kein Interesse. Das Motel hat eine Bar."

Desmodan lehnt sich nach vorn. „Erzähle mir nicht, dass du Blut aus Gläsern lieber magst."

Das wäre wohl die dickste Lüge in der

Vampirgeschichte.

„Nein“, sage ich daher.

„Aber?“

„Ich trinke nicht gerne von Männern, die mich nicht mögen und denen ich nicht traue.“

Er grinst und streicht sich über den Nacken. „Du hast mich zu dieser Ehe erpresst. Verzeih mir, dass ich noch keinen Salto gemacht habe.“

„Warum willst du dann, dass ich von dir trinke? Wieso hältst du mir plötzlich die Tür auf und trägst meinen schweren Koffer?“

„Das stört dich?“

„Es macht mich skeptisch.“

„Ach, ja?“ Er steht auf und kommt lauernd auf mich zu. Meine Bauchmuskeln verkrampfen sich und ich spüre das Adrenalin in meinem Körper. Ich bin so kurz davor zu transformieren, denn Desmodan ist gewissermaßen kampfbereit. Er ist voll gewandelt und seine Körperspannung lässt die Luft zwischen uns flirren. Hier ist nicht genügend Platz, um ihm auszuweichen.

Ich schließe meine Hand fest um den Geldbeutel und mache ganz langsam einen Schritt nach hinten. Richtung Zimmertür. Richtung Ausgang. Im Moment empfinde ich es als Notausgang aus dieser Situation. Mit den Schuhen kann ich schlecht rennen und die Absätze lassen sich besser nutzen, wenn ich sie in den Händen halte.

Er neigt den Kopf vor und beobachtet mich dabei, wie ich einen Pumps von meinem Fuß abstreife und umklammere. Sein Blick wird schmal. Mit der anderen Hand schiebe ich mein Portemonnaie in die

Hosentasche und steige aus dem zweiten Schuh. Nun halte ich in jeder Hand einen. Barfuß weiche ich noch einen Schritt zurück, doch er folgt mir und verringert den Abstand.

Ich spüre die Teppichfasern unter meinen nackten Sohlen, das Jucken an meinem Zahnfleisch als meine Eckzähne sich herausschieben. Jede Sekunde scheint sich zu zehn Sekunden auszudehnen. Ich sehe ihn überdeutlich, rieche ihn – sein Aftershave, das Deo, das Duschgel, das er benutzt hat, seinen Schweiß, seinen Hunger.

Er macht einen Satz auf mich zu, um mich zu packen, und ich schleudere ihm vor Schreck einen Schuh entgegen. Wie in Zeitlupe segelt er auf ihn zu und Desmodan schlägt ihn aus der Luft und gegen die Wand, bevor sich der Absatz in seine Brust bohren kann.

Ich wirbele zur Tür herum und greife panisch nach der Klinke, doch er schmeißt sich von hinten gegen mich und die Tür und donnert den kleinen Spalt, den ich soeben geöffnet habe, mit aller Kraft zu. Ich versuche mich unter ihm hindurch zu ducken, doch er schnappt sich mein Handgelenk und reißt mich an sich. Ich knalle ihm den spitzen Absatz gegen den Oberarm und er faucht. Ich kann seine Zähne überdeutlich sehen.

Ich habe sooft gegen Callistus gekämpft, dass ich weiß, was als Nächstes geschieht. Er wird meinen Kopf gegen die Wand hauen, bis ich halb bewusstlos bin, und dann seine Zähne in meinen Hals schlagen. Wenn ich Glück habe, beißt er nur einmal und nicht zehn oder zwanzig Mal.

Panisch schlage ich ihm den Schuh gegen seinen Körper und schreie.

Desmodan sieht mich fassungslos an, entwindet mir den Schuh und wirft ihn achtlos von sich. Dann drückt er meine Arme fest an den Körper und umschlingt mich, bis ich mich nicht mehr bewegen kann. Ich will ihn treten, doch er klemmt mich mit seinem Bein ein und zieht mich mit sich zu Boden. Er landet auf mir und sein Gewicht drückt mich nieder. Ich kneife die Augen zusammen und fange an zu wimmern.

„Bitte nicht", bettele ich wieder und wieder.

Seine Hand streicht durch mein Haar. Mehrmals und langsam. Ich brauche eine Ewigkeit, um zu erkennen, dass er mich sanft berührt und mich noch nicht zerbissen oder bewusstlos geschlagen hat.

„Shhh", beruhigt er mich und ich spüre seinen Atem an meinem Ohr. „Ich tue dir nichts."

Erleichterung strömt durch meine Knochen und lässt mich zittern.

„Maribella", murmelt er. „Ich habe noch nie eine Frau geschlagen."

„Wirklich?" Ich will nicht weinerlich klingen und räuspere mich. „Du bist auf mich losgegangen."

„Ich dachte, du willst spielen."

„Was denn spielen?" Mir fehlt der Atem. Das liegt sicher nur an seinem Gewicht auf mir. Es scheint zur Gewohnheit zu werden, dass er mir die Luft raubt.

Er seufzt und sieht mir mit seinem schwarzen Blick in die Augen. „Was Männer und Frauen eben so spielen."

„Das ist bei dir ein Vorspiel?", hauche ich.

„Bei welchem Vampir denn nicht?" Seine Finger streichen federleicht über mein Gesicht. Er liegt noch immer auf mir. Ich spüre seine Erregung an mein Bein drücken.

„Ich wollte nur zur Bar“, stammele ich.

„Wieso willst du nicht mein Blut?“

„Das habe ich doch schon gesagt.“

Er nickt. „Das waren alles gute Gründe, aber ich bin dein Mann.“ Sein Gesicht schwebt über meinem.

„Du willst es aber nicht sein.“

„Ich habe es mir nicht ausgesucht, doch wenn ich schon eine Frau habe, kann ich wenigstens das Beste daraus machen.“ Ich betrachte seinen Mund, während er spricht.

„Du hast gesagt, es turnt dich ab, dass ich deine Frau bin.“

Er zuckt die Schultern und lächelt schelmisch. Mein Gott, er sieht so jung aus. „Du hast mich eines Besseren belehrt. Vorhin im Auto ...“ Sein Gesicht wird ernst. „Maribella, warum hattest du Angst vor mir?“

Ich schlucke und starre die Wand an. „Es ist nichts.“

„Hat dich mal ein Mann geschlagen?“, will er wissen.

Ich presse die Lippen aufeinander. „Es ist nichts“, wiederhole ich.

Himmel, ich kann unmöglich mit ihm über das reden, was mir Callistus angetan hat. Was würde er nur von mir denken? Es war mein eigener Halbbruder! Darüber habe ich mit niemandem mehr zu reden versucht, seit es angefangen hatte, und auch damals hätte ich es bleiben lassen sollen. Die Person, der ich mich anvertraut habe, hat mir nicht geholfen.

Ich sehe wie Desmodan eine Spur blasser wird, als er mich fragt: „War es Konstantin? Hat er dir etwas getan?“

Mir ist klar, dass Konstantin sein Held ist, dass er es ihm nicht zutraut. Trotzdem sagt er nicht, dass das nicht sein kann. Er erkundigt sich von selbst danach.

Ich bin völlig verblüfft von seiner Frage und schüttele den Kopf. „Er hat mir nie wehgetan."

„Wer dann?"

Ich versuche, ihn von mir herunterzudrücken. Es ist wahrscheinlich leichter, Berge zu versetzen. „Niemand."

„Maribella, ich weiß doch, was ich gesehen habe."

„Du hast mich einfach erschreckt." Ich mauere mit meiner ganzen Körperhaltung ab und er gibt sich nach unserem Blickduell geschlagen. Allerdings bleibt er auf mir liegen und riecht an meinem Haar. Er ist weiterhin transformiert und ich hoffe, dass er nicht denkt, unser Vorspiel wäre noch im Gange.

„Desmo", sage ich.

Er schüttelt den Kopf. „Desmodan."

Wieso macht es mir etwas aus, dass ich ihn nicht so nennen darf? Er ist nur jemand, der mich früher herumchauffiert hat. Wir führen seit nicht einmal einem Tag eine Zweckehe. Nichts hiervon zählt. Vermutlich denkt er, dass wenn ich meine Geheimnisse vor ihm verberge, er mich auch aus seinem engsten Kreis ausschließen kann. Das ist in Ordnung. Wirklich. Ich atme durch, allerdings drückt sein Gewicht weiter auf meinen Brustkorb.

„Ich möchte in die Bar", versuche ich es.

„Ich möchte dein Blut." Bei seinen Worten wird sein Blick noch dunkler. Das Adergeäst unter seiner Haut tritt so deutlich hervor wie ein kahler schwarzer Winterbaum in einer Schneelandschaft.

Er hat von mir getrunken, ich habe ihn schon intim berührt, doch so überdeutlich wie jetzt habe ich ihn bisher nicht wahrgenommen. Jedes Gramm von ihm ruht auf mir und die Wärme seines Körpers heizt wie verbotenes Sonnenlicht. Zwar kenne ich das Gefühl der Sonne auf meiner Haut nicht, aber ich habe heiße Betonwege im Sommer berührt, nachdem sie hinter den Hügeln versunken war. Jeden Abend beginnt dasselbe Spiel. Die Luft ist schwer und warm und selbst der Boden scheint zu dampfen. Dann kühlt alles nach und nach ab. Das ist die Welt, die ich kenne: Sie beginnt warm und endet kühl.

Desmodan ist wie der anbrechende Abend eines Sommers. Heiß und verschwitzt. Sein Gesicht ist nur Zentimeter von meinem entfernt. Sein Ausdruck ist so zerrissen und schwankt zwischen Hunger und Abwehr.

Es sind eineinhalb Jahre seit meiner Flucht vergangen und ungefähr genauso lange ist es her, dass ein Mann auf mir lag. Die Situation jetzt ist eine völlig andere, trotzdem kommen die Erinnerungen an damals mit jedem Herzschlag näher, rücken auf mich zu wie Wände, die mich einschließen. Ich habe das Gefühl, eingesperrt zu sein. Der Umstand, dass ich mich nicht rühren kann, lässt mich viel zu hektisch atmen. So fühlt sich ein Fisch an Land. Ein Kind im tiefen Tümpel.

Er soll von mir runter!

„Bitte, lass mich aufstehen!“ Ich spreche viel zu hastig, doch der Drang in mir, frei zu sein, ist übermächtig. Ich muss mich unbedingt bewegen können.

„Bekomme ich dann dein Blut?“

Er scheint nicht einmal zu bemerken, wie wichtig mir das ist. Wie dringend. Ich habe den Eindruck, dass er nur scherzen will, doch in diesem Augenblick würde ich fast jeden Handel annehmen, solange das Gefängnis, das sein Körper darstellt, nur von mir genommen wird.

„Okay.“ Ich stoße das Wort aus und drücke meine

Hände gegen seine Brust.

Er runzelt die Stirn und gibt mich frei. Ich springe auf und atme mehrmals durch. Schweiß klebt an meinem Körper. Seiner und meiner. Bei ihm war es die Hitze seiner Transformation, bei mir pure Panik. Als Kind war ich nicht klaustrophobisch, doch seit längerer Zeit bin ich es.

Er ist so nah.

Nähe ist gar nicht gut.

Mit zittriger Hand wische ich durch mein Gesicht.

„Wow, alles okay?“, hakt er nach und erhebt sich ebenfalls.

„Sicher. Du hast mich nur plattgequetscht.“

Ich sehe ihm an der Nasenspitze an, dass er mir das so nicht abkauft. Er ist viel zu misstrauisch. Wieso ist er so neugierig? Angeblich ist er doch gar nicht an mir interessiert. Zumindest horcht er mich nicht aus, sondern lässt es auf sich beruhen.

Langsam ordnen sich meine Gedanken und mir geht auf, dass ich ihm mein Blut versprochen habe. Ich muss vollkommen verrückt geworden sein. Der beste Weg wird sein, ihn wieder mit meinem Arm abzuspeisen. Auf die Weise kann er wenigstens eine Armlänge Abstand halten.

Ich will schon einen Schritt ins Bad machen, weil ich es unverfänglicher finde, wenn wir dabei auf dem kalten Wannenrand sitzen statt im Bett, als ich ein Schaben an der Tür höre. Es stellt sämtliche Nackenhaare bei mir auf und jede Pore meines Körpers dünstet Panik aus.

Sie haben uns gefunden. Wer immer hinter der Tür steht, wird uns meiner Familie ausliefern.

Bitte nicht!

KAPITEL 5

Desmodan stellt sich vor die Tür und schiebt mich hinter sich. Da er keine andere Waffe zur Hand hat, hebt er einen meiner Highheels auf und erhebt den Arm, um zuschlagen zu können.

Das Kratzen setzt sich fort. Eigentlich hätte ich angenommen, dass die Handlanger meiner Familie weniger auffällig sind. Sonst würde ich denken, dass die Tür nur eine Finte ist, während der Angriff von hinten durchs Fenster erfolgt, doch hier sind nur Wände. Vielleicht ist das der Grund, weshalb sich die Person hinter der Tür keine gesteigerte Mühe gibt, lautlos vorzugehen. Wir sitzen in der Falle, sind am Ende des Ganges und der Parkplatz vorm Hotel war so spärlich mit Autos bestellt, dass wir wohl in den nächsten zehn Zimmern keine Nachbarn haben.

Es klingt wie das Kratzen von Fingernägeln auf einem Sargdeckel. Ich will nur tausend Meilen fort sein. Warum kann ich kein harmloses Leben führen? Dann scheint jemandem draußen etwas herunterzufallen und Desmodan legt den Kopf schief und lauscht noch angestrengter. Ich sehe nur die angespannten Nacken- und Rückenmuskeln seines noch immer halbnackten Körpers. Das ist nicht der Moment, ihn anzustarren. Ich weiß das, doch vielleicht wird es keine andere Gelegenheit mehr geben.

Plötzlich macht er einen Schritt auf die Tür zu, verbirgt den Pumps hinter seinem Rücken und reißt sie auf. Am liebsten würde ich ihn stoppen. In meiner Vorstellung sehe ich ihn bereits den Absatz auf jemandes Kopf schwingen, der dann einen gemeinen Konter schlägt und ihn außer Gefecht setzt, nur damit ich mit dem Angreifer allein bin. Davor fürchte ich mich am meisten: Allein mit meinem Gegner zu sein.

Desmodan ist sicher nicht die Wunschbesetzung meines Ehemannes, was angesichts meiner Kontaktstörung ohnehin niemand wäre, aber er beschützt mich, hat sich zwischen mich und die Tür gestellt und ist bereit, auf mich aufzupassen.

„Kann ich Ihnen helfen?“, höre ich ihn fragen und finde den Klang seiner Stimme deutlich zu freundlich, um es mit einer echten Gefahr zu tun zu haben.

„Nein, schon gut. Mir ist nur der Beutel heruntergefallen.“ Die Stimme gehört zu einer Vampirin mittleren Alters und ich spähe an Desmodan vorbei nach draußen. Sie hält eine Schlüsselkarte in der Hand und sieht uns irritiert an. „Was machen Sie in meinem Zimmer?“, will sie wissen.

Ich habe lauter Fragezeichen in meinem Kopf.

„Haben Sie versucht, sich mit der Karte hereinzulassen?“, fragt Desmodan.

„Ja, natürlich.“

Das erklärt dann wohl das Schaben an der Tür. Ich habe gut Lust, sie zu schütteln, weil ich wegen ihr tausend Tode gestorben bin.

„Sie haben sich in der Tür geirrt“, sagt er und ihre Verwirrung verwandelt sich in einen peinlich berührten Gesichtsausdruck.

„Ich ...“ Sie blinzelt mehrmals und stützt sich am Türrahmen ab. Ist sie doch eine Killerin, die nur auf schusselig macht? Ich sehe sie schwanken und sich den Schweiß von der Stirn wischen. Ihr Blick ist seltsam verklärt. Nicht schwarz, als wollte sie gleich jemanden attackieren, sondern glasig mit verengten Pupillen.

„Versuchen Sie es woanders“, empfiehlt Desmodan und macht die Tür vor ihrer Nase zu. Ich sehe, wie sich seine Hand um den Schuh krampft, und höre ihn tief durchatmen.

„Verflucht“, sagt er, schiebt sich an mir vorbei ins Zimmer und setzt sich auf die Bettkante. Er lässt den Schuh zu Boden fallen, was ein rumpelndes Geräusch macht, und reibt sich mit beiden Händen über Haare und Gesicht. „Der Gedanke an deine Familie macht mich so paranoid, dass ich fast einer zugedröhnten Frau eins übergezogen hätte.“

Mit einem Ohr lausche ich noch nach draußen in den Gang, wo die Vampirin Anstalten macht weiterzuziehen und dabei noch einmal ihren Beutel fallenlässt.

„Meinst du, sie findet ihr Zimmer?“

Er sieht mich an, als würde ich von blauen Hasen sprechen. „Das ist mir komplett egal, Maribella. Sobald die Sonne untergeht, fahren wir weiter zum Versteck. Dieses Hotel kommt mir wie eine Falle vor.“

Ich nage an meiner Unterlippe und nicke. Den Gedanken hatte ich auch schon. Er wirkt nervös, allerdings ist das wohl normal, wenn man von zu viel Adrenalin herunterkommt. Am liebsten würde ich mich auf einer einsamen Insel verkriechen, die hinter magischen Nebeln verborgen liegt, doch *Avalon* bleibt für immer einer dieser Träume, denen die Flügel fehlen müssen.

Wenn ich ihn dort auf dem Bett sehe, ist es verführerisch leicht zu glauben, dass wir im selben Boot sitzen. Doch selbst Männer, die Gefühle für Frauen haben, verletzen sie. Und er hat nicht einmal Sympathie für mich. Er würde mich, ohne mit der Wimper zu zucken, verletzen. Nicht körperlich, das hat er versprochen, doch emotional sieht das anders aus. Mein Nervenkostüm ist gerade viel zu dünn. Ich brauche mehr Eis in meinem Herzen. Ich stelle mir vor, wie ich Schneeblöcke aus einem kalten Land schneide und sie um mich herum aufbaue. Ein Iglu für meine Empfindungen. Ein Eispalast. Eispaläste und Tränenschlösser. Ich baue märchenhafte Gebilde aus Kälte und Trauer. Das sind die Fundamente, die mich zusammenhalten.

Mehr als vorher brennt in mir der Durst nach Blut und gleichzeitig blicke ich zur Tür und bringe es nicht über mich hinauszugehen. Nicht nach dem Schreck eben. Nicht nachdem meine Ängste nur hinter der Tür auf mich zu lauern scheinen. Ich halte für einen Moment die Luft an und wäge meine Möglichkeiten ab. Im Grunde reduziert sich alles auf eine einzige. Zögerlich setze ich mich in Bewegung und atme wieder aus. Soll er glauben, was er möchte, weil ich mich nicht nach draußen traue.

Mit einem Ruck öffne ich die Minibar und nehme mir einen verschweißten Alubeutel heraus.

Es ist nur von *BoBlood*, also synthetisches Blut. Andererseits kann ich mich wohl schon einmal an den Geschmack gewöhnen, wenn ich mit Desmodan zusammenlebe. Er besitzt sicher keine Menschen, die mir zum Trinken zur Verfügung stehen. Vermutlich ende ich mit ihm in einer billigen Zweiraumwohnung und schließe ein Abo mit *BoBlood* ab, die mir synthetische Blutprodukte im Kühlwagen an die Haustür liefern.

Ich steche das Trinkröhrchen in die vorgesehene Stelle und nehme einen Schluck. Der Unterschied zwischen normalem Blut in Gläsern und synthetischem ist ungefähr so wie frische Cola und abgestandene. Natürlich blubbert Blut nicht. Da ist keine perlende Kohlensäure, aber das Aroma hierbei ist so fade. Ich weiß, es soll wie Blut sein, doch so schmeckt es nicht. Es gibt Originale und Fälschungen, und schließlich verkaufen Juweliere auch keine Glasperlen.

„Du trinkst das jetzt nicht wirklich lieber als meines?", höre ich meinen Mann hinter mir.

Ich versuche den missmutigen Gesichtsausdruck in eine Gute-Laune-Miene zu verwandeln. Ähnlich Desmodans Ausdruck, als er das Zimmer untersuchte und es für prima befand. Lächelnd drehe ich mich zu ihm um und schlucke herunter. Dann lecke ich über meine Lippen und zucke die Schultern.

„Da ist alles drin, was man braucht", behaupte ich und lese von der Beschriftung ab: *„Enthält wichtige Vitamine und Spurenelemente. Mit extra viel ...*" Ich murmele das Wort »synthetisiertem« ganz schnell. „... *Hämoglobin. Gönnen Sie sich Ihre tägliche Dosis* *hochwertigen Blutes frisch aus dem Beutel. Garantiert lebensmittelecht.“*

„Toll“, sagt er unbeeindruckt. „Weißt du, was mich immer stutzig macht? Produkte ohne Verfallsdatum.“

„So wie Salz und Honig?“, hake ich nach.

„Echtes Blut ist auch nicht unbegrenzt haltbar.“

„Dann ist synthetisches eben besser.“

Sein Blick sieht aus, als hätte ich ihm erzählt, dass Sonnenlicht gut für Vampirhaut ist. Am interessantesten ist allerdings mein Eindruck, dass er es persönlich nimmt, wenn ich diesen Alubeutel seiner Ader vorziehe. Was er als Nächstes tut, bestärkt mich nur in dieser Annahme.

Mit herausforderndem Lächeln beißt er sich selbst in den Unterarm und ich atme zischend die Luft ein. Mein Sichtfeld wird sofort scharf und meine Fänge bohren sich aus dem Zahnfleisch. Er lässt mich von null auf gleich transformieren und ich balle die Hände zu Fäusten, bevor ich merke, dass ich den Beutel zerdrücke. Der Inhalt läuft über meine Hand und kleckert auf den Boden.

Ich zwinge meine Füße stehenzubleiben. Vergeblich versuche ich, nicht den Duft seines Blutes tief einzuatmen. Es gibt Teile meiner Natur, die ich nicht unterdrücken kann. Blut zu wittern, wenn eine frische Wunde im Raum ist, gehört einfach dazu.

Er leckt sich den Mund sauber und hält mir sein Handgelenk hin. „Garantiert nicht synthetisch“, verspricht er mir. Dann lächelt er und treibt mich an den Rand der Beherrschung, als er sagt: „Da ist sogar noch Puls dran.“

Mein ganzer Körper versteift sich vor Verlangen. Blut

aus einem Glas zu trinken, ist die notdürftige Variante, sich am Leben zu erhalten. Das Gefühl von Körperwärme, der Duft von Haut, den man mit bebenden Nasenflügeln erschnuppern kann, und dieser stetige Puls, der das Blut wie von selbst in den eigenen Mund strömen lässt, sind unvergleichlich. Wir haben die Fähigkeit, unseren eigenen Herzschlag mit dem des Spenders zu synchronisieren. Das verstärkt das Erlebnis, aus einer Ader zu trinken.

Ich beiße die Zähne fest zusammen und meine Muskeln zittern, so sehr muss ich mich anstrengen, nicht nachzugeben. Ich will das nicht! Nicht von ihm. Nicht so. Nicht, wenn es bedeutet, dass er damit über mich triumphiert. All diese Machtspiele drängen meinen vampirischen Durst mit dem Rücken an die Wand. Ich höre mich selbst atmen und weiß, dass er all meine Schwächen an mir wahrnimmt und ausreizt, denn er ist selbst transformiert und seine Sinne sind so scharf wie meine.

„Komm“, raunt er. „Ich beiße auch.“

Fauchend packe ich seinen Arm und zerre ihn an meine Lippen. Ich werde ihn einfach später dafür verprügeln, dass er mich so manipuliert. Mir schwant, dass das seine Retourkutsche für den Vorfall im Auto ist. Außerdem ist seine Eitelkeit als Frauenheld angekratzt genug, weil ich ihm nichts abzugewinnen scheine.

Sein Blut strömt in meinen Mund. Natur siegt über Willenskraft. Das Spiel mit meinen Instinkten kennt er. Jeder Vampir weiß, was ihn selbst reizt, und kann es mit anderen Vampiren genauso machen. Das war noch nie die feine Art und sein Aroma in meinem Mund gibt der Wut über meine eigene Schwäche nur Nahrung.

Er schmeckt gut. Erstaunlich gut. Der Mistkerl! Nächstes Mal muss ich ihm einfach widerstehen, wenn es darum geht, Tütenblut zu trinken. Meine Familie nannte es stets »Arme-Leute-Blut«, weil es nur solche Vampire konsumieren, die keine menschlichen Trinksklaven besitzen. Was das angeht bin ich nun bei den armen Leuten angekommen. Natürlich habe ich ein paar Ersparnisse, Geld, das ich unauffällig beiseite geschafft habe, als Callistus noch lebte. Ich kann locker zwanzig Jahre damit über die Runden kommen, wenn ich genügsam bin. Wenn ich *BoBlood*-genügsam bin und mir lediglich ab und zu an der Bar ein Glas echtes Blut gönne.

Oh, Himmel! Es ist so lange her, dass ich mir eine Ader geleistet habe, und nun kommt diese sogar kostenlos daher. Ich sauge gierig Desmodans Blut in meinen Mund, genieße das Kitzeln seines Pulses an meiner Zungenspitze und synchronisiere meinen Herzschlag mit ihm. Zur Belohnung streichelt er über mein Haar, meine Schulter hinab und hebt meinen Arm an seinen Mund.

Dann beißt er zu und alles gerät ins Wanken. Mir tanzen Sternchen hinter den Augen, so sehr verändert sich sein Geschmack. Ich hatte vermutet, dass ihn mein Blut anmacht, aber es wirkt wie eine Droge auf ihn. Es kickt nicht nur seine Lebensgeister an, sondern auch seine Lust. Plötzlich strömen gefühlte Millionen Lusthormone durch sein Blut, die sein Aroma anreichern. Es ist wie die alte Legende, in der Wasser zu Wein verwandelt wird. Mein Blut verzaubert seinen Geschmack, nimmt ihn und macht etwas ganz anderes daraus.

Jetzt schmecke und verstehe ich, warum er mich bis

zur Tür verfolgt hat. Er *wollte* mein Blut. Wollte es unbedingt. Es gibt Heroin und Kokain und andere schwerst abhängig machende Drogen, doch im Vergleich zu seinem Verlangen speziell nach meinem Blut ist das nur Brausepulver für den Kindergarten.

Er hat bisher nur einmal von mir getrunken, nur ein einziges Mal im Auto, und das hat gereicht, um ihn von mir abhängig zu machen? Fassungslos versuche ich damit klarzukommen, dass mein Mann ein Junkie ist, süchtig nach mir. Ich hatte gehofft, dass wir eine einigermaßen distanzierte Ehe führen können, aber jetzt wird mir klar, weshalb er mir die Tür aufhielt, mein Gepäck trug und mich anlächelte.

Ich besitze etwas, das er unbedingt will und braucht. Die Eiskönigin in mir triumphiert, weil es nun etwas gibt, womit ich ihn noch besser erpressen kann als mit dem Geheimnis um seinen Schwager Marcellus. Doch ein alter, totgeglaubter Teil in mir hegt die Hoffnung, dass er wirklich netter zu mir werden könnte.

Für den Moment trinke ich sein Blut und er meines. Nur weil man von einer Sache abhängig ist, bedeutet das nicht automatisch, dass man sie auch liebt.

Liebe.

Das ist ein ganz ferner Gedanke. Er scheint aus einer anderen Welt zu stammen, einer verborgenen, parallelen Welt. Bestimmt gibt es dort auch Einhörner und Zuckerwatte aus Feenflügeln, ein Kaninchen mit Uhren und einen Zauberturm. Zwischen mir und der Liebe liegen Lichtjahre.

Und ihm geht es genauso. Das weiß ich einfach. Er hat es sogar zugegeben. Er schmeckt so gut, so lebendig, so jung. Trotzdem raubt er mir nicht den Verstand. Eine andere Überlegung taucht in mir auf. Warum tut er das? Warum lässt er mich von sich trinken, während er von mir trinkt? Er muss doch wissen, dass es seine Schwäche für mein Aroma offenbart, dass ich herauskosten kann, wie es ihm mit mir geht.

Hat er gehofft, dass ich dasselbe mit ihm durchmache? Dass er es herausfindet, wenn er von mir trinkt? Denn natürlich würde er es schmecken können, falls er mich verrückt nach sich macht. Ist er enttäuscht? All die Gedanken leuchten in mir auf wie Glühwürmchen in der Nacht. Ich schaffe es nicht einmal, in Ruhe zu trinken. Ich wünschte, es gäbe eine Möglichkeit, all das Denken einmal zu blockieren.

Für den Moment ist mein Durst gestillt. Natürlich könnten wir die ganze Nacht schleppend langsam voneinander trinken und würden unser Blut immer wieder miteinander auffüllen, bis wir einen völlig homogenen Kreislauf hätten. Bloß möchte ich gar nicht so viel von ihm in mir haben. Diese Art von Beziehung führen wir nicht.

Letztlich ist es doch so, dass wir ohnehin Blut von außen hinzuführen müssen, weil sonst kein neues dazukäme. Wir könnten also voneinander trinken, zur Not Tage oder Wochen, und würden trotzdem allmählich verdursten. Vampire sind sehr schlecht darin, Blut von sich aus nachzubilden und zu erneuern.

Ich löse mich von ihm, auch wenn ich es bedauere. Es war schön, einmal wieder aus einer Ader zu trinken, Haut an meinen Lippen zu spüren. Trinken ist sinnlich. Das wird es immer sein. Duft. Geschmack. Berührungen. Und leider auch Nähe.

Das mit der Nähe bekomme ich nicht gut hin. Als hätte

mir Callistus die Fähigkeit, Nähe zu genießen oder auch nur zu ertragen, genommen und zerstört. Halbherzig versorge ich Desmodans Wunde und weil er noch von mir trinkt, nehme ich zumindest eine Armlänge Abstand und beobachte ihn. Sein blondes Haar sieht weich aus. Seine Haut ist glatt. Er wirkt jünger als ich, obwohl er etwas älter ist. Mein Halbbruder war doppelt so alt wie ich. Seine Haut war … hässlich.

Ich schubse sein Bild aus meinem Kopf und sauge den Anblick meines Mannes in mich auf. Callistus hätte ihn gehasst. Das macht mir Desmodan sympathischer. Der Feind meines Feindes ist nicht unbedingt mein Freund, allerdings ist er auf einem guten Weg dorthin. Es fällt mir soviel leichter, etwas nicht zu mögen, als es ins Herz zu schließen. Jedoch weiß ich, dass Hass Dinge schwarz färbt und alles Schöne vergiftet.

Ich fühle mich wie ein vergifteter Brunnen, doch Desmodan trinkt von mir, als wäre ich ein heiliger Quell. Wenn er wüsste, wie beschmutzt ich bin, könnte er meinen Geschmack dann noch mögen?

„Das ist genug“, sage ich und entziehe ihm meinen Arm. Ich starre auf die Wunde. Er hatte noch keine Zeit, sie zu verschließen. Ich betrachte sie immer weiter, während Blut von meinem Arm tropft. Sein Mund war dort. Verdammt, sein Mund war dort! Ich bringe es nicht über mich, die Wunde zu verschließen. Ich brauche ein Tuch. Ein Tuch, mit dem ich die Reste von ihm abwischen kann, bevor ich meine Haut heile.

Ich sehe mich im Zimmer nach einer Kleenexbox um und kann keine finden.

„Du verlierst Blut.“ Seine Stimme klingt tief und schwer. So satt und trotzdem durstig. Er würde immer weiter trinken. „Lass mich deine Wunde versorgen."

„Nein."

Meine Antwort gefällt ihm zwar nicht, doch er sagt: „Dann mache du es."

„Nein, ich … brauche ein Tuch."

„Maribella", knurrt er und hört sich an wie jemand, der am liebsten über mich herfallen würde. „Wenn ich dein Blut noch länger sehe und rieche, drehe ich durch."

„Du hast doch gerade erst von mir getrunken."

„Nicht genug." Er schluckt hart und ich sehe den Adamsapfel an seiner Kehle hüpfen. „Es war nicht genug." Er starrt auf das Blut an meinem Arm, auf die Tropfen am Boden. Warmer, frischer Lebensnektar, den ich gerade vergeude. Desmodan sieht ganz paralysiert aus.

„Ich gehe mal ins Bad", flüstere ich und haste davon. Sein Verhalten ist absolut nicht normal. Nicht, nachdem er schon getrunken hat. Bereits das zweite Mal an nur einem Tag. So sehr hat nicht einmal Callistus nach meinem Blut verlangt, obwohl er eindeutig besessen von mir war.

Ich drehe den Wasserhahn auf und halte meinen Arm darunter. Das Rot vermischt sich mit dem Wasser und spült durch den Abfluss. Es sieht wunderschön aus. Blut ist das einzig Schöne, das aus mir herauskommt. Ich beobachte, wie es dahinfließt.

Von hinten greift plötzlich eine Hand an mir vorbei und schaltet den Hahn ab. Desmodan steht so nah neben mir. Sein Körper scheint zu glühen. Er nimmt meinen nassen Arm und leckt das Blut auf, lässt seine Zungenspitze über meine Haut tanzen. Es kitzelt und kribbelt, als es heilt. Ich sehe ihm zu, sehe den Genuss in seinen Augen. Seine Hand wandert an meine Hüfte und beginnt mich zu streicheln. Lippen wandern über meinen Arm. Er ist viel zu nah!

Ich versuche, meine Abwehr zu kontrollieren, den Drang, einfach davonzulaufen. Er soll nicht merken, wie viel mir das ausmacht. Wie kaputt ich bin. Was er tut, ist unter Vampiren durchaus üblich. Doch er lässt sich mehr Zeit, ist so sanft. Ich sehe mich selbst im Spiegel über dem Waschbecken. Ein blasses hübsches Gesicht, das jemand anderem zu gehören scheint. Meine blauen Augen wirken riesig und verloren darin. Ich schaue mich an, während er meinen Arm küsst und an meiner Haut riecht, und versuche, mich darin zu finden.

Aber immer, wenn mir ein Mann nahe kommt, verliere ich selbst das Bewusstsein für meinen eigenen Körper. Dann beobachte ich nur noch, was einer fremden Frau geschieht. Das war einmal ich. So lange ist das her, dass seither kleine Fältchen an den Mundwinkeln aufgetaucht sind, die dort früher nicht waren. So langc, dass mich kein siebzehnjähriges Mädchen mehr anblickt, das auf dem Weg zur Frau ist, sondern eine Erwachsene.

Ich sehe, wie der Mann im Spiegel die Frau genießt. Wie er sie begehrt. Er streicht ihr blondes Haar hinter die Schultern und neigt ihren Kopf zur Seite, um an ihrem Hals knabbern zu können. Kleine Insektenschwärme steigen in meinem Bauch auf, als er es tut, und ein Flattern von seiner Zunge und seinen Lippen scheint auch meine Haut zu berühren. Ganz flüchtig. Ganz weit weg. So weit weg. Das bin ich nicht.

Der Mann küsst ihren Hals, saugt an ihrer Haut und streichelt weiter ihre Hüfte. Seine Hand wandert zu ihrem Po. Die Beine der beiden kann ich im Spiegel nicht mehr erkennen. Sie verschwinden unter dem Waschbecken. Ich höre sein Stöhnen an meinem Ohr, weiß, dass er es in *ihr* Ohr raunt. Sie atmet zittrig ein. Zu viel Nähe. Ich bin nicht mehr da. Sehe nur noch zu.

Er schiebt seine Hand unter den Bund ihrer Jeans. Enge Jeans. Er kommt nicht richtig hinein und öffnet den Knopf ihrer Hose. Langsam zieht er den Reißverschluss hinab. Er kennt keine Eile. Seine Lippen erforschen ihren Nacken und seine Hand gleitet über ihren flachen Bauch unter den Bund ihres roten Slips. Sie trägt immer rot. Blutrot. Nägel. Wäsche. Rot wie der Lebenssaft, der unter ihrer porzellanweißen Haut fließt.

Seine schlanken Finger fassen unter den Stoff, streicheln ihre Haut. Tiefer. Immer tiefer gleitet seine Hand. Die Frau zittert und blinzelt.

„Maribella", murmelt er und schlägt seine Zähne in ihren Hals. Der Biss brennt scharf und für den Bruchteil einer Sekunde bin ich es, die fühlt. Ich habe es gespürt. Nur kurz.

Lang genug.

Er saugt an *meinem* Hals.

Ich tauche wieder aus dem Spiegel auf. Alles ist viel zu nah!

Desmodan hat seine Hand zwischen meinen Beinen und seine Zähne in meinem Hals. Meine Hände krallen sich um den Waschbeckenrand. Zu viel! Ich greife nach dem silbernen Zahnputzbecher und schlage ihn in den Spiegel, um nichts mehr sehen zu müssen. Er zerbricht mit einem lauten Knall. Glänzende Splitter von ihm und mir darauf fliegen auseinander, landen scheppernd im Waschbecken und auf den Fliesen. Vor mir klafft ein Loch im silbrigen Glas. Gezackte Kanten ragen vom

Rand in die Mitte und ein großer Teil fehlt. Direkt vor mir ist nur noch die Wand. Nichts glänzt dort mehr. Ich muss uns nicht mehr sehen.

Erleichtert registriere ich, wie er sich von mir löst. Desmodan dreht mich zu sich herum, hält mich an den Schultern fest und sagt irgendwas. Seine Stimme ist noch immer fern. Alles ist so unwirklich. Er starrt mich fassungslos an. Blut klebt an seinem Mund und ich berühre mit der Hand meinen Hals. Als ich auf meine Finger schaue, klebt auch an ihnen Blut. So rot.

„Maribella!" Seine Stimme rauscht mit einem Schlag an mich heran und ist überlaut.

Wütend sehe ich zu ihm auf. Wieso muss er mich stören? Wieso müssen immer alle etwas von mir wollen? Das hier wird nicht wieder passieren. Ich lecke mein eigenes Blut von den Fingern, gebe etwas Spucke darauf und verreibe sie auf meiner Wunde am Hals, bis ich spüre, wie sie heilt.

„Herrgott, Maribella! Was ist denn mit dir los?"

Ich löse seine Hände von meinen Schultern. „Darf ich mal?" Dann drehe ich mich um, ziehe ein Handtuch von der Halterung und schüttele einige Spiegelstücke heraus. Sie rieseln zu Boden und machen klimpernde Geräusche. Mit Klängen ist das so eine Sache. Manchmal wirken sie fremd und manchmal viel zu echt, zu laut. Störend.

„Maribella."

Dass er meinen Namen sagt, ist einer dieser störenden Laute. Dass er überhaupt noch da ist, gefällt mir nicht. Merkt er denn nicht, dass er gehen soll?

Ich halte das Tuch unter den Wasserhahn und tränke es, bis es kalt und nass ist. Anschließend beginne ich damit, meinen Hals zu reinigen, meine Arme und

Hände. Überall, wo er mein Blut getrunken hat. Überall wo ich Blut berührte. Wo seine Lippen und Hände waren.

Eine Gänsehaut schüttelt mich. Er war viel zu dicht bei mir. Das passiert mir nicht noch einmal. Jetzt kenne ich seine Sucht. Ich werde kein zweites Mal unvorbereitet sein.

„Was sollte die Nummer mit der Hand in meiner Hose?“, frage ich ihn, ohne mich umzusehen, und knöpfe meine Jeans zu.

„Ich wollte dich nur kosten, wenn du kommst. Wieso hast du den Spiegel zerschlagen?“

Wow, das ist ... Für eine Sekunde bin ich sprachlos.

„Also wolltest du nur meinen Geschmack ergründen, wenn ich erregt bin?“

Ich drehe mich mit kaltem Blick zu ihm um. Mein Herz ist aus Eis. Zum Glück ist es aus Eis. Denn sonst könnte es mir etwas ausmachen, dass er mich gar nicht verwöhnen, sondern nur mein Aroma zu seinen Gunsten verändern wollte.

„Ich ... wir sind verheiratet.“ Er zuckt die Schultern.

„Seit wann macht dich das an?“

Er verschränkt die Arme vor der Brust. „Seit du schmeckst, wie du schmeckst, okay? Ich habe mir das nicht ausgesucht, dass ich durchdrehe, wenn ich an dein Blut denke.“

Falls das seine Verteidigungsrede sein soll, würde ich ihn nicht freisprechen.

„Du armer Kerl. Ein Vampir, der Blut mag. Das kommt unerwartet.“

„Du musst doch gemerkt haben, was du mit mir anstellst, als du von mir getrunken hast.“

„Wir sind verheiratet, aber das gibt dir kein Recht auf Intimitäten. Wenn du das nächste Mal Blut von mir brauchst, fülle ich es dir in ein Glas. Ansonsten ist noch *BoBlood* im Kühlschrank. Zwanzig Dollar pro Beutel. Ich hole mir noch einen. Meinen letzten habe ich wegen dir verschüttet."

Er kneift die Augen zusammen und zieht eine Grimasse. „Irgendwas stimmt doch nicht mit dir."

Allerdings anders, als er denkt. Ich gebe ihm keine Gelegenheit, sich länger mit mir zu beschäftigen. Das Beste ist, wenn er mich so wenig wie möglich beachtet.

„Etwa, weil ich nicht auf dich stehe und dir nicht wie die anderen Frauen sonst zu Füßen liege? Vielleicht versuchst du dein Glück lieber bei denen."

„Dann ist das eine offene Ehe?", erkundigt er sich.

Meine Güte, kommt er aus Disneyland?

„Was dachtest du denn? Dass wir beide uns nun exklusiv besitzen und du wegen deiner kleinen sexuellen Gelüste zu mir rennst?"

Er funkelt mich grimmig an. „Und du hast keine Lust, oder was?"

„Keine, die dich etwas angeht."

„Hast du dich bei Konstantin auch so zickig angestellt? Dann wundert es mich nicht, dass er dich abserviert hat."

Ich stelle mir vor, wie ich einen Holzhammer auf seinen Kopf schlage, lasse ihn einfach stehen und verschwinde aus dem Bad. Das Thema Konstantin ist kein besonders gutes.

Er läuft mir nach und hält mich am Ellbogen fest. „Oder durfte er das mit dir machen? Ihn hast du rangelassen und mich nicht, stimmt's?"

Ist er jetzt eifersüchtig?

„Das ist ein Weg, den du nicht gehen willst“, sage ich bloß und entwinde ihm meinen Arm. Ich mache einen Bogen um den blutigen Fleck am Boden, an dem die Reste von meinem *BoBlood* kleben, und hole mir eine neue Ration aus dem Kühlschrank. Der Trinkhalm dringt so leicht in die Aluminiumperforierung wie Zähne in Haut. Ich nehme einen Schluck und nur zum Spaß mache ich leicht pumpende Bewegungen am Beutel, um einen künstlichen Puls zu imitieren, der mir das Blut in den Mund drückt.

Es ist kalt und nicht warm. Es ist künstlich und nicht echt. Aber es versucht nicht, mich zu befummeln, und stellt keine Forderungen. Mit diesem Gedanken schmeckt es gleich etwas besser.

Zwanzig Dollar pro Beutel. Zwanzig Dollar ohne Sorgen. Es gibt Dinge, die lassen sich mit Geld kaufen, und andere nicht.

Die, die sich nicht kaufen lassen, bereiten mir die meisten Probleme.

KAPITEL 6

Bei jedem Geräusch schrecke ich im Bett hoch und wähne jemanden, der uns aufgespürt hat, an der Tür oder im Bad oder neben mir. Ständig gaukelt mein Kopf mir Bilder von Gewalt vor und als die Sonne endlich untergeht, bin ich zwar kaum erholt, aber unendlich dankbar dafür, wieder aufbrechen zu können.

Desmodan kommt aus dem Badezimmer und rubbelt sein nasses Haar trocken. Es geht nichts über eine kalte Dusche, um die Lebensgeister zu wecken und den inneren Kampf mit der Blutsucht anzutreten. Ich starre auf die Bettseite neben mir, wo ein Abdruck seines Körpers in das zerwühlte Laken geprägt ist. Apropos unruhiges Schlafen: Der Kerl hat sich einmal über den Erdball und wieder zurück gewälzt.

Die meiste Zeit lag ich auf der Kante, um keinen Kontakt mit ihm zu bekommen. Besonders irritierend war es, dass er nach Mann geduftet hat. Jung. Sportlich. In einem anderen Leben hätte mir das gefallen können, doch manche Dinge sind eben vom Umtausch ausgeschlossen. Auch schlechte Erfahrungen.

Wir haben gerade mal einen Tag unserer Ehe überstanden und es gab bereits so viele Tiefpunkte, dass ich mit Bauchschmerzen an die kommenden Wochen und Monate denke. Selbst wenn Marcellus es schafft, jemand anderen zu finden, den meine Familie für schuldig hält, bringt mich das nur aus der Traufe zurück in den Regen. Dann stehe ich genau an dem Punkt, an dem ich Desmodan erpresst habe, mich zu heiraten, weil ich sonst nach wie vor einem männlichen Verwandten gehören würde. Die Aussichten sind so wenig rosa wie eine Atombombe, und zu allem Übel bin ich mit einem Kerl verheiratet, der mir nicht harmlos genug ist. Wieso kann er nicht scheintot sein? Wieso kann er nicht seiner eigenen Wege gehen?

Ich stehe auf und verschwinde ins Badezimmer. Desmodan hat den Haufen Scherben mit einem Handtuch zusammengefegt und es danach als Barrikade darum gelegt. Wenigstens schneide ich mir so nicht die Füße kaputt. Ich frage mich, was die Hotelangestellte wohl denken wird, die dieses Zimmer sauber macht – Blut auf dem Schlafzimmerboden, ein Trümmerfeld im Bad. Irgendetwas zwischen wilder Ehe, ausuferndem Vorspiel und Gewaltmanie.

Kurz vorm Klo bleibe ich stehen und blicke auf den Toilettensitz. Er ist hochgeklappt. Genervt massiere ich meine Schläfen. Toll, ich habe einen Stehpinkler geheiratet. Das wollte ich unbedingt *nicht* von Desmodan wissen. Unsere Wohnung braucht also zwei Schlafzimmer und zwei Bäder. Im Grunde ist das keine schlechte Idee, weil ich dann sein Zeug nicht zu putzen brauche. Ich bin mir sicher, dass absolut niemand gerne putzt, aber ich verabscheue es wirklich.

Wenn wir nach Tulsa zurückkehren, falls wir dieses Missverständnis mit meiner Familie *irgendwie* überstehen, werde ich mir einen Job suchen müssen. Es fällt mir viel leichter zu sagen, was es nicht sein soll. Putzen beispielsweise. Allerdings habe ich nichts gelernt und die einzige Fertigkeit, die Callistus für unerlässlich hielt, werde ich nicht feilbieten. Na, schön. Dann doch lieber saubermachen. Ach, es muss einfach noch etwas anderes geben.

Ich nehme eines der Handtücher und klappe damit den Sitz herunter. Dann reibe ich ihn gründlich ab, bevor ich meine Morgentoilette erledige. Das Handtuch landet auf dem Scherbenhaufen. Zum Zähneputzen greife ich kurzerhand zu einer Zahnbürste aus dem Hotelsortiment, weil ich nicht extra alle meine Sachen aus dem Koffer fischen will. Ich frage mich, wer eigentlich je diese Badehauben benutzt. Am ehesten würde ich damit Goldfische transportieren. Dafür probiere ich noch die Körperlotion vom Hotel und sie duftet gar nicht schlecht.

Als ich in eine der Spiegelzacken schaue, um meine Wimpern zu tuschen, spukt mir durch den Kopf, wie ich uns darin gesehen habe. Desmodan und mich. Wir hätten ein ganz gewöhnliches Paar sein können. Die Illusion der Bilder will mir nicht aus dem Sinn gehen. Ich erinnere mich, wie wir aussahen, doch meine Gefühle passen nicht dazu. Innerlich und äußerlich sind manchmal nicht zwei Seiten derselben Münze. Und dann gibt es noch diese Münzen, die zwei gleiche Seiten haben. Man verwendet sie zum Betrug. Die Bilder im

Spiegel waren nur eine Lüge.

Als meine Wimpern schwarz und dicht aussehen, nehme ich Abstand von den Zacken an der Wand. Irgendetwas an ihnen rührt zu sehr an mir. Ich ziehe frische Wäsche an und stopfe die schmutzigen Sachen in eine Tüte ins Gepäck. Normalerweise spüle ich Getragenes gleich aus, doch wir fahren weg und ich kann es nicht zum Trocknen aufhängen. Das muss bis zur Ankunft im Versteck warten.

Zur Sicherheit plündere ich die Seifen und Shampoos aus dem Hotelkörbchen, weil ich nicht weiß, wie wir dort ausgestattet sein werden. Ich packe sogar zwei Rollen Klopapier und eine Ersatzbox Kleenex ein. Gibt es dort Blut? Besser, ich gehe kein Risiko ein. Ich sammele den kompletten Inhalt *BoBlood* aus der Minibar in eine separate Kühltragetasche.

„Was machst du da?“, fragt mich Desmodan.

„Ich suche Vorräte für die nächsten Tage zusammen. Was meinst du, was das für ein Unterschlupf ist?“

Er zuckt die Schultern. „Keine Ahnung. Er sagte, es sei dort abgelegen. Also vermutlich eine Hütte.“ Das klingt nicht sehr komfortabel. Desmodan sieht mir beim Packen zu. „Hast du schlafen können?“

Kurz halte ich inne, dann richte ich weiter den Proviant. „Ja, sehr gut. Das Bett war bequem.“

Falls man auf drückende Sprungfedern steht und schon immer einmal erleben wollte, wie sich die Prinzessin auf der Erbse gefühlt hat. Natürlich musste ich die Erwachsenenversion davon erwischen mit einem halbnackten Mann und Verfolgern auf den Fersen. Himmel, ich wünschte, mein einziges Problem wäre eine Erbse.

Ich verschließe die Kühltasche über den Blutbeuteln und empfinde es als Erleichterung, sie dabei zu haben. Sie können als Puffer zwischen mir und Desmos Blutdurst dienen. Mental klopfe ich mir auf die Finger, als ich seinen Kosenamen verwende. Das duldet er nicht und ich will natürlich auch nicht zu vertraut mit ihm sein.

Mir fällt nichts mehr ein, das ich diesem Zimmer noch entwenden könnte. Bett und Badehaube bleiben hier, ansonsten bin ich reisefertig.

„Wollen wir los?“, frage ich ihn und drehe mich zu ihm um.

Sein Blick brennt wie ein Laser. Hat er mir so auf den Nacken gestarrt? Zum Glück sind seine Augen nicht schon wieder schwarz, sonst wüsste ich, dass er wieder nur auf den Puls an meinem Hals geachtet hat.

„Klar.“ Er steht auf und sieht von mir weg. Mit groben Bewegungen nimmt er unsere Taschen an sich und marschiert zur Tür. Entweder ist er ein Abendmuffel oder es liegt an mir.

Ich könnte zwar versuchen, ihn aufzumuntern und in ein harmloses Gespräch zu verwickeln, doch das kommt mir aussichtslos vor. Daher lasse ich ihn mit seinen inneren Dämonen allein. Ich habe selbst genügend davon, als dass ich seine noch obendrauf bräuchte.

Als er die Tür aufreißt, überkommt mich ein schlechtes Gefühl. Ich sehe mich bereits Auge in Auge mit einem grimmigen Vampir, ausgesandt, um mich für den Verlust meines Halbbruders zur Strecke zu bringen. Stattdessen erwartet uns nur ein leerer Gang. Staub flirrt im künstlichen Licht und wirbelt auf, als Desmodan hindurchschreitet und mit weiten Schritten zur

Rezeption eilt. Meine Schrecken sind wohl nicht seine. Oder er hat so viel schlechte Laune im Bauch, dass er – egal wen – niedergerannt und mit unserem Gepäck verprügelt hätte.

Zögerlich folge ich ihm. Er checkt aus und begleicht die Rechnung inklusive *BoBlood* und Spiegel in bar. Die ganze Zeit sehe ich mich nervös um. Etwas Bösartiges scheint in den Schatten zu lauern. War dort nicht eine Bewegung am Ende des Flurs? Augen, die uns beobachten?

„Jetzt bin ich pleite." Seine Stimme holt mich aus meinem Verfolgungswahn zurück. Verwirrt blicke ich zu ihm. „Ich hatte sowieso nur Bargeld vom Kasinobesuch dabei. Hast du noch welches, falls wir was brauchen? Es ist besser, wenn ich keine Spur am Automaten oder mit der Kreditkarte hinterlasse."

Ich nicke möglichst neutral und versuche, die Gänsehaut in meinem Nacken auszublenden. „Es wird reichen."

Er soll nicht wissen, dass ich praktisch alles bei mir führe, was ich besitze. Wenn er es mir wegnehmen würde, wäre ich ihm ausgeliefert.

„Gut." Er nimmt unsere Taschen und geht zur Schleuse. Ein letztes Mal sehe ich zu den Augen in der Dunkelheit zurück, doch sie sind fort oder verstecken sich.

Ich folge ihm nach draußen. Der schwarze Camero steht fast allein auf dem Parkplatz. Das fahle Licht der Laternen gibt der Lackierung einen schwefligen Glanz. Ich suche die Umgebung ab, doch außer einem totgefahrenen Marder liegt nichts herum. Die stachligen Büsche beim Hotelschild bieten höchstens einem

Gerippe Deckung, so dürr sehen sie aus.

Die Neoninschrift des *Vampires Inn* gibt brummende Geräusche von sich. Ich werfe einen Blick über die Schulter und sehe den I-Punkt flackern wie ein höhnisch zwinkerndes Auge. Verdammtes Gruselhotel. Das Geräusch des Kofferraums, den Desmodan zuschlägt, lässt mich weiter zum Auto gehen. Als ich meine Beifahrertür aufziehe, schnallt er sich bereits an. Er hat es eindeutig eilig, hier wegzukommen. Das ist vermutlich das Einzige, was er von seiner Nervosität offenbaren wird. Trotzdem fühle ich mich erleichtert, dass er zumindest eine Regung zeigt.

Ich will schon einsteigen, als ich hinter mir rennende Schritte auf dem Asphalt höre. Wie in Zeitlupe wende ich mich um und sehe mich einem ganz in schwarz gekleideten maskierten Mann gegenüber, der hinter der Hotelecke hervorgesprungen sein muss. Er trägt dieselbe weiße Fratzenmaske wie aus dem Film »Scream«. Und das ist es, was ich als Nächstes tue: Ich schreie auf. Doch seine grobe Hand erstickt meinen Schrei und etwas Kaltes drückt sich an meine Kehle. Mir ist klar, dass es ein Messer sein muss, und meine Fantasie kramt eine besonders scheußliche Klinge hervor.

„Schnauze“, zischt er finster.

Etwas hieran ist furchtbar falsch. Meine Knie schlottern und ich stehe kurz davor, meine Blase zu entleeren. Die ganze Zeit fühlte ich mich verfolgt, aber dass meine Familie jemanden mit so makabrer Kostümierung schickt, kommt mir grotesk vor. Wofür dieses Theater, wenn sie mich einfach nur umbringen wollen?

Meine Finger fühlen sich tot an und meine Tasche

poltert zu Boden.

„Du da! Aussteigen, oder ich schlitze sie auf!“, instruiert er Desmodan.

Langsam klappt seine Autotür auf und er steigt mit erhobenen Händen aus. Dabei wirkt er vollkommen ruhig und lässt uns nicht aus den Augen. „Das wird nicht nötig sein. Wir machen, was du willst.“

Bilder von Blut, Messern und toten Leibern wirbeln durch meinen Kopf und ich zittere am ganzen Körper. Das ist es: das Ende. Sie haben mich gefunden und es ist vorbei. Ich werde sterben für einen Tod, den ich nicht verursacht, aber mir tausendmal herbeigesehnt habe. Trotz der warmen Luft ist mir eiskalt.

„Ich will das Auto und eure Kohle“, verlangt die Stimme in meinem Nacken und ich schaudere.

Das ist nur ein Überfall?

„Klar“, sagt Desmodan nickend. „Sollst du alles haben, Mann.“ Mit langsamen Schritten kommt er um die Motorhaube herum. „Ich greife jetzt nach meiner Brieftasche, okay? Kein Grund, nervös zu sein.“

Hektisch blinzele ich. Tatsächlich scheinen nur ich und der Typ hinter mir unruhig zu sein. War mein Mann schon einmal in einen Überfall verwickelt? Dann hat er ihn überstanden, weil er jetzt lebendig vor mir steht, und weiß hoffentlich, was zu tun ist. Mit Mühe schaffe ich es gerade mal, dass mir nicht die Knie wegsacken, obwohl ich keinen Knochen mehr in den Beinen zu besitzen scheine.

Bedächtig greift er mit einer Hand in seine hintere Hosentasche, während er die andere oben behält. Dann zieht er seinen Geldbeutel heraus, von dem ich weiß, dass er ohnehin praktisch leer ist, und schaut abwartend in unsere Richtung.

„Was soll ich damit machen? Willst du, dass ich ihn dir gebe oder soll ich ihn auf den Boden fallen lassen?“

Ich spüre ein Zittern im Körper hinter mir, als würde den Räuber diese simple Frage bereits überfordern. Was für eine Art von Dieb ist das eigentlich? Ganz sicher kein Profi. Hoffentlich niemand Bekifftes. Drogensüchtige sind doch bekanntlich unkontrollierbar. Er wirkt so nervenschwach, dass ich fürchte, dass er mir aus Versehen in den Hals schneidet.

Panisch blicke ich zu Desmodan, der mir sanft zublinzelt. Diese kleine Geste gibt mir mehr Halt, als ich es je für möglich gehalten hätte. Er will mir leibhaftig helfen. Bitte, mach, dass Marcellus ihm seine Tricks beigebracht hat. Dieser Sicherheitsmann von Konstantin war eine Kampfmaschine und Ex-Militär. Jetzt gerade wäre es verdammt gut, ihn hier zu haben.

„Leg dich über die Motorhaube und wirf mir den Geldbeutel her!“

Er fuchtelt mit dem Messer in seine Richtung und legt es mir erneut an den Hals. Dabei spüre ich ein beißendes Ziehen. Punkte flirren vor meinem Sichtfeld.

„Okay.“ Desmodan lehnt seinen Körper nach vorn über die Motorhaube und wirft seine Börse zwischen zwei Fingern von sich.

Mir bleibt fast das Herz stehen. So einen schlechten Wurf habe ich noch nie gesehen.

„Tut mir leid, Mann. Ich bin so nervös“, erklärt er und macht einen reumütigen Eindruck.

Was, wenn dieser Patzer mich Kopf und Kragen kostet? Oder war das Absicht?

Hinter mir höre ich den Mann die Luft einsaugen.

„Idiot!“, schimpft er.

Dann geschieht das Wunder und er schubst mich beiseite, um das Geld aufzuheben. Ich torkele davon. Hauptsache, von dem Messer weg. Meine Beine tragen mich so lausig, dass es wie in einem dieser Albträume ist, in denen man zwar rennt, aber an einem Gummiband zu hängen scheint, das einen kaum vorwärtskommen lässt.

Hinter mir höre ich das Geräusch eines Schlages und ein Stöhnen. Als ich mich umdrehe, sehe ich, wie Desmodan den Angreifer kurz und klein prügelt. Er verpasst ihm einen Handkantenschlag gegen den Kehlkopf und einen schnellen Tritt gegen den Solarplexus, der ihn sofort zu Boden gehen und hilflos röcheln lässt. Da kommt kein Ton mehr heraus. Dann stampft er ihm mit aller Kraft auf die Hand, die immer noch das Messer hält, und ich vernehme ein widerlich knirschendes Geräusch, weil gleich mehrere Knochen dabei gebrochen sein müssen. Das Röcheln verstärkt sich zu einem qualvollen Jaulen.

„Das war dafür, dass du versucht hast, meine Frau abzustechen, du blödes Arschloch!“, faucht Desmodan und spuckt ihn an.

Hilflos fasse ich nach meinem Hals und taste über meine Haut, an der eine brennende Spur entlangläuft, als der Schweiß meiner Fingerkuppen den Schnitt berührt. Tränen quellen aus meinen Augen und mein Sichtfeld verdunkelt sich.

Desmodan ist sofort an meiner Seite und bugsiert mich effizient in den Wagen. Jeder seiner Handgriffe sitzt, während ich mit mir kämpfe, dass meine Welt nicht schwarz wird. Er packt meine Tasche vom Straßenbelag und wirft sie mir in den Fußraum. Der Knall der Tür, als er sie zuwirft, explodiert in meinem Kopf und ich reibe mir Augen und Schläfen.

Scheiße!

Das war nur irgendein Gelegenheitsdieb und nicht mal einer der Killer meiner Familie. Schlotternd sitze ich im Auto, als Desmodan sich auf den Sitz neben mir fallen lässt und seinen Geldbeutel zurück in die Hose schiebt.

„Bist du okay?", will er wissen.

Ich schlucke und mein Hals scheint in Flammen zu stehen. Schniefend blinzele ich die Tränen davon, die von meiner Wange klecksen und auf meine Arme fallen.

„Lass mal sehen", meint er mit schmalen Augen und schaut sich den Schnitt an meiner Kehle an. Zischend stößt er die Luft aus und ich erkenne, dass er voll transformiert ist, was er zu Beginn des Überfalls noch nicht war. Er kann sich also deutlich besser kontrollieren, als ich ihm zugetraut hätte. Definitiv ist er mehr als nur ein kleiner Fahrer.

Kurzentschlossen beißt er in seinen Daumen und einige Blutstropfen perlen aus seiner Wunde, die er über meinem Hals verstreicht. Das wohltuende Kribbeln auf meiner Haut sagt mir, dass der Schnitt dadurch heilt.

„Zum Glück hat der Idiot dich nicht tief erwischt, sonst würde er einen Sanitäter brauchen." Er leckt das Blut von seinem Daumen und verschließt seine eigene Wunde mit dem Speichel. Mit einem schnellen Griff zieht er mir den Gurt über die Brust und startet den Motor. „Wir müssen hier weg. Aufmerksamkeit ist das Letzte, was wir brauchen."

Matt nicke ich und er fährt davon.

„Bist du schon mal überfallen worden?", flüstere ich nach einigen Meilen.

Er schüttelt den Kopf. „Nicht so, nein."

„Ich dachte, er wäre von meiner Familie geschickt worden. Dass uns gewöhnliche Verbrecher auch noch auflauern könnten, hatte ich nicht auf dem Radar."

Grimmig beißt er seine Kiefer aufeinander und ich sehe die Muskeln in seinem Gesicht zucken. „Heute läuft's sogar noch schlechter als gestern", stimmt er mir zu.

Wenigstens stuft er den Überfall schlimmer ein als unsere Hochzeit.

„Hast du absichtlich so schlecht geworfen?"

„Ich musste ihn doch von dir weglocken."

„Danke." Ich suche nach seiner Aufmerksamkeit und in der spärlichen Beleuchtung der Armaturen verankern sich unsere Blicke für einen kurzen Moment und er nickt knapp, bevor er wieder auf die Straße schaut.

Mit den Meilen, die an uns vorbeiziehen, ebbt der Schock in mir zu völliger Müdigkeit ab. Von all den vergangenen Strapazen und dem spärlichen Schlaf schließe ich meine Augen und dämmere ein.

Als ich wieder zu mir komme, sind wir von grellen Lichtern umgeben. Ich brauche ein paar Sekunden, um zu realisieren, dass wir an einer Tankstelle stehen. Verschlafen reibe ich meine Augen und sehe Desmodan durch meine Tasche wühlen. Das macht mich schlagartig wach.

„Nicht!" Hektisch schlage ich ihm auf die Finger, bevor ich merke, was ich tue. Verfluchter Halbschlaf.

„Hey, ich wollte dich nur nicht wecken, aber ich muss das Benzin bezahlen."

Ich umklammere meine Tasche wie ein Kind sein

Lieblingsstofftier. „Wecke mich einfach. Ich mag es nicht so gerne, wenn jemand in meinen Sachen wühlt."

Noch vor ein paar Stunden hätte ich ihn angeschnauzt, doch die Erinnerung an den Überfall und seine Hilfe machen mich regelrecht mundtot.

Trotzdem stellt er sich genervt hin und rammt seine Hände in die Hosentaschen. „Bitte. Dann nehme ich eben keine Rücksicht mehr. Tut mir leid, dass ich nett sein wollte."

Ich presse die Lippen aufeinander und schüttele den Kopf. „So war das nicht gemeint. Wie viel brauchst du?"

„Gib mir am besten zweihundert. Ich werde sicher noch mal tanken müssen."

Ich würde ihm auch tausend Dollar geben, doch das würde ihn stutzig machen. Er würde anfangen zu denken, dass ich sehr viel Geld mit mir führe, und solche Überlegungen soll er gar nicht erst anstellen. Achtsam krame ich die zweihundert Dollar heraus und halte sie ihm hin.

Er schnappt sie sich schweigend und stapft davon. Alles, was ich noch von ihm zu sehen bekomme, ist ein knackiger Arsch in einer toll sitzenden Jeans. Sein Gang strahlt Wut und Kraft aus. Das blonde Haar wird durch das Neonlicht geheimnisvoll ausgeleuchtet. Er ist groß mit breiten Schultern, jung mit einer sexy Stimme. Wieso verwirrt mich das so? Er ist einfach nur ein Mann. Ich mag Männer nicht mal sonderlich. Seit seiner Rettung bin ich emotional völlig durcheinandergewürfelt. Ist er sauer, weil er mir helfen musste? Im Grunde sollte ich es gut finden, wenn er seine Kommunikation auf ein Minimum beschränkt. Es ist doch nur eine Zweckehe.

Missmutig zerre ich meine Beifahrertür zu und verschränke die Arme vor der Brust. Ich habe ihn früher schon Dutzende Male gesehen und er hat mich nie aus dem Konzept gebracht. Zugegeben, ich habe ihm nicht unbedingt Beachtung geschenkt. Er war nicht meine Zielperson. Konstantin war es. Meine Verführungskünste sollten meiner Familie den Weg zu geschäftlichen Beziehungen mit Konstantins Wirtschaftsimperium ebnen. Callistus wollte, dass ich ihn bei Laune halte, doch so sehr Konstantin sich auch mit mir zufrieden zeigte, meine Familie wollte ihm dadurch nicht sympathischer werden.

Das hat Callistus sehr wütend gestimmt, aber das Fass zum Überlaufen brachte eigentlich erst die Sache mit Elise. Sie war eine menschliche Sklavin, die Callistus bereits selbst in einem Handel in Aussicht hatte. Dann kam ihm Konstantin zuvor. Er schnappte sie ihm vor der Nase weg und machte sie zu seiner neuen Lebensgefährtin. Das war auch der Moment, ab dem es für mich keinen Zugang mehr zu ihm gab. Im Grunde hat mich das erleichtert. Und für eine sehr lange Zeit habe ich mit ihm oder Desmodan nichts mehr zu tun gehabt.

Das hätte von mir aus so bleiben können. Ich hatte mich an mein neues Leben gewöhnt. Stattdessen mussten wir beide zur selben Zeit in derselben Bar in derselben Stadt aufeinandertreffen, in einer ganz anderen Stadt als sonst. Ist das nun Schicksal?

Desmodan kommt wieder nach draußen und läuft auf den Wagen zu. Schnelle, zielgerichtete Schritte. Er ist wie eine dieser Wärmeleitraketen auf Kurs. Direkt auf mich zu. Mit einem Blick so finster, dass er mich fast versteinert. Das müssen diese Hormone sein. Wir hätten das mit dem wechselseitigen Bluttrinken nie anfangen sollen, doch ich hätte nicht im Traum geahnt, dass ausgerechnet der Mann, der mich für eine Mülltonne eintauschen würde, einen halben Herzinfarkt von meinem Aroma bekommt.

Still wie ein Pantomime steigt er ein, lässt seinen Gurt zuschnappen und startet den Motor. Ich warte darauf, dass wir losfahren. Stattdessen beißt er seine Zähne aufeinander und ich sehe den Muskel an seinem Kiefer immer wieder zucken. Ich stelle mir vor, meinen Finger hineinzubohren und seinen ulkigen Blick dabei zu sehen. Das amüsiert mich so sehr, dass ich mir mühsam das Grinsen verkneife, als er mich grimmig anstarrt.

„Hast du Hunger? Musst du aufs Klo?"

„Ähm, eigentlich ..." Jetzt, da er es erwähnt, spüre ich meine Blase. „Klo klingt gut."

Während des Überfalls hätte ich mir beinahe in die Hose gemacht, doch danach war ich nur versteinert und habe nicht mehr daran gedacht. Dafür merke ich es nun umso mehr. Er zeigt nach draußen zu einem leuchtenden Toilettensymbol. Zum Glück ist er nicht genervt, weil ich nicht längst gegangen bin.

Ich verschwinde nach draußen in die Nacht. Die Luft ist schwül und duftet nach Staub und Benzin. Diese öde Geröllandschaft zerrt an meinen Nerven. Mir steckt der Schreck noch in den Knochen und zwanghaft suche ich jeden Winkel dieser Tankstelle mit meinen Augen ab. Sie ist die richtige Kulisse für ein verlorenes Grab in den Weiten dieses Nichts. Hier findet einen nur die Sonne und danach wäre man Staub. Noch mehr Staub – das ist genau das, was dieser Einöde fehlt. Wie viel Staub in der

Luft stammt wohl von toten Vampiren? Darüber habe ich noch nie nachgedacht.

Ich stoße die Tür zur Toilette auf und bete, dass mir hier niemand auflauert. So paranoid habe ich mich schon lange nicht mehr gefühlt, doch ich bringe es nicht über mich, Desmodan mit hier hereinzubitten, um auf mich aufzupassen. Rasch benutze ich das WC und wasche mir Hände und Gesicht. Das kalte Wasser tut gut, aber die Furcht treibt mich an. Ohne mich abzutrocknen, trete ich hinaus in die schwüle Finsternis.

Mein Herz sackt tiefer, als der Camero nicht mehr an der Zapfsäule steht. Die Tankstelle liegt wie ausgestorben da. Aber dann geht hinter mir eine Hupe los und ich fahre erschrocken herum. Desmodan hat den Wagen umgeparkt und die Zapfsäule freigemacht. Nicht dass das nötig gewesen wäre. Hier ist niemand außer uns. Ich beeile mich, ins Auto zu steigen, und fühle mich erst besser, als ich angeschnallt bin.

Die meiste Zeit stört Desmodan mich wie ein Steinchen im Schuh, aber es wäre schlimmer, wenn er nicht mehr da wäre. Wenn ich wieder allein wäre. Während der letzten eineinhalb Jahre war ich zwar sicher, jedoch auch einsam. Ich habe mir eingeredet, dass das okay wäre, doch die traurige Wahrheit ist, dass ich mich wie eine Pflanze ohne Wasser gefühlt habe.

Ich schaue zu Desmodan herüber und er bemüht sich, schnell wegzusehen und den Motor zu starten. Das ist merkwürdig. Beobachtet er mich oft, wenn ich nicht hingucke? Ich würde gerne wissen, was er denkt, aber ich weiß auch, dass ich es nicht erfahren werde, selbst wenn ich ihn frage. Ob er auch Geheimnisse hat?

„Okay“, sage ich. „Du fühlst dich immer noch so fremd

an, dabei hast du mir vorhin den Arsch gerettet. Diese Ehe ist wie ein Spießrutenlaufen. Das muss doch auch besser gehen. Lass uns bitte irgendwie miteinander auskommen."

Er wirft mir einen scheelen Seitenblick zu. „Du holst die Friedenspfeife raus?"

Ich zucke mit den Schultern. „Und was sagst du dazu?"

„Wir sind in etwa drei Stunden da."

„Wirklich?" Ich schlage meine Hände zusammen und verschränke begeistert die Finger. „Das ist gut."

„Ja. Die Sache ist nur die: Ob wir nun hier im Auto festsitzen oder zusammen in der Hütte – wir sitzen definitiv zusammen fest."

Ich nicke nachdenklich. „Gibt es dort einen Fernseher?"

Er lacht kurz auf. „Ich hoffe, es gibt Strom."

„Das ist ein Scherz, oder?" Meine Laune fällt in sich zusammen.

„Es ist ein Versteck in der Pampa und ich habe keine Ahnung, wann es zuletzt genutzt wurde. Könnte sein, dass eine dicke Staubschicht auf alten Holzmöbeln haftet."

Toll, man wird putzen müssen. Ich kann gerade so an mich halten vor lauter Begeisterung. Würde Marcellus uns wirklich in so ein Loch schicken? Er hat sich doch bei Desmodan dafür bedankt, dass er mich geheiratet hat, damit ihm Ärger erspart bleibt. Als wäre ich eine echte Bürde! Kaum jemand scheint viel von mir zu halten. Ausgerechnet Callistus war mir am meisten zugetan. Ich will nicht nur bei sadistischen Psychopathen gut ankommen.

„Seit wann ist Marcellus dein Schwager?"

„Weshalb interessiert dich das?"

Ich zucke mit den Schultern. „Weil er jetzt auch mein Schwager ist."

Desmodan räuspert sich unwohl. Damit gehöre ich für ihn definitiv mehr zur Familie, als er das will. „Ich glaube, du musst ihn nicht oft sehen."

Das beantwortet nicht meine Frage. Er will mir wohl keine privaten Informationen geben. Nicht einmal solche, die bestimmt Konstantins gesamte Belegschaft hat.

„Wie geht es Konstantin so?"

Sein Blick wird schmal. „Warum willst du das wissen?"

Ich starre in den Nachthimmel, der so wolkenfrei ist, dass Sterne wie Gänseblümchen auf einer Wiese dicht an dicht stehen. „Desmodan, du kannst dich nicht ernsthaft bei allem, was ich frage, danach erkundigen, warum ich es wissen will. Ich versuche, Konversation zu machen, aber jedes Gespräch mit dir erlahmt sofort."

Fühle nur ich mich ihm seit dem Überfall etwas verbundener? Seit ich geschlafen habe, scheint er wieder zu mauern.

„Wieso ausgerechnet Konstantin?" Er wirft mir einen griesgrämigen Blick zu.

„Weil ich nicht besonders viele Personen kenne, die du auch kennst. Weil ich eineinhalb Jahre von der Bildfläche verschwunden war und mich frage, was aus den Leuten geworden ist."

„Den Leuten wie deinem Ex, meinst du."

Das ist nicht der Moment, ihm zu sagen, dass ich in meinem Leben nur mit zwei Männern zusammen war. Konstantin war bei weitem das kleinere Übel. Für eine Weile habe ich gehofft, das er mich von Callistus befreien könnte, obwohl ich wenig dafür übrig hatte, für immer seine Mätresse zu bleiben. Selbst wenn ich irgendwann den Status Ehefrau angenommen hätte, hätte das wenig an unserer Beziehung verändert. Sobald sich bestimmte Gewohnheiten und Erwartungen eingeschlichen haben, ist es schwierig, plötzlich in eine romantische Richtung zu rudern. Besonders, weil ich keinen dieser beiden Männer je geliebt habe.

Liebe gibt es wohl nur auf Kalenderblättern zum Abreißen. Es ist ein inhaltsloses Wort, das schön klingt, viel verspricht und nichts hält.

Nun habe ich den Status einer Ehefrau. Leider sind Desmodans Vorbehalte gegen mich noch schlimmer als meine gegen ihn. Auch wenn er sich für seine Wortwahl entschuldigt hat, geht mir nicht aus dem Kopf, dass er mich eine Hure genannt hat. Und das, obwohl ich gerade Mal mit zwei Männern das Bett geteilt habe. Ich bin sechsundzwanzig. Das lässt sich nicht als Verschleiß bezeichnen. Ich werde völlig falsch eingeschätzt. Ausgerechnet von dem Mann, der mehr Schlafzimmer gesehen hat, als ich je Schäfchen gezählt habe!

Er schweigt und ich schließe die Augen, obwohl ich nicht mehr müde bin. Drei Stunden bis zur Hütte. Und dann?

Wieso harmoniert unser Blut so gut, wenn wir es nicht tun? Unter Vampiren gibt es eine Redensart: *Im Blut liegt die Wahrheit.* Der Gedanke klingt schön und rein. Viel zu einfach, während in Wirklichkeit alles kompliziert ist. Ich habe mich in meinem ganzen Leben noch nie so gelangweilt wie auf dieser Autofahrt. Drei Stunden, die sich anfühlen, als läge man in den Wehen.

Wenn im Blut die Wahrheit stünde, müsste ich für ihn doch schlechter schmecken als *BoBlood*.

„Hast du nicht gesagt, es dauert drei Stunden?"

Allmählich müssten wir mal da sein.

„Versuche du mal hier draußen, eine Hütte zu finden."

„Du hast dich verfahren?"

„Nein", knurrt er, doch er wirkt unzufrieden. „Es ist ein Versteck, okay?"

Ich lege meine Lippen aufeinander, um nicht schmunzeln zu müssen, und suche nun selbst das nächtliche Gelände ab. Alles ist sehr hügelig und mancherorts zerklüftet. Schön würde ich es nicht nennen, aber niemand hat behauptet, dass es Spaß macht, auf der Flucht zu sein. Hier draußen sind wir so allein, dass Desmodan mit Fernlicht fährt. Im Dunkeln sehen Vampire gut, doch bei Licht eben noch besser. Das Problem sind die Konturen der Landschaft. All diese Kanten, das Geröll und Gestrüpp verschleiern die echten Umrisse der Umgebung.

Kurzerhand krame ich eine Packung *BoBlood* aus der Tasche und trinke sie leer. Das Blut schärft meine Sinne und Desmodan wirft mir einen zwiegespaltenen Blick zu. Einerseits liebt auch er Blut, andererseits hätte er lieber meines als das Tütengetränk. Absichtlich sehe ich über das Verlangen in seinen Augen hinweg und suche mit meiner verbesserten Sicht das Umland ab.

Schließlich entdecke ich etwas, das wie geschnittenes Holz aussieht, aber von Büschen überwachsen wird. Das kann eigentlich keine Hütte sein, zumindest keine gut ausgebaute Blockhütte. Es sieht nur aus wie Bretter, die an einem Felsen lehnen. Ich will hoffen, dass Marcellus uns keinen wackligen Verschlag ausgewählt hat, doch etwas anderes finde ich nicht. Also deute ich dorthin. Es liegt außerhalb des Sichtkegels der Lampen in der Schwärze.

„Dort."

Desmodan hält an, lenkt seinen Blick durch mein Seitenfenster und kneift die Augenlider fast zu. Angestrengt schaut er in die Nacht hinaus. Eine Packung Blut hätte auch ihm nicht geschadet. Er fährt so nah es geht heran, aber der holprige Schotterweg läuft nicht direkt dorthin.

„Ab hier müssen wir zu Fuß weiter. Falls es das ist, verstecke ich den Wagen später."

Wir steigen aus und ich merke, dass meine High Heels für Wanderungen durch die Natur nicht gemacht sind. Kurzerhand ziehe ich die Schuhe aus und werfe sie in den Fußraum des Wagens. Desmodans Blick spricht Bände, als er mich auf nackten Sohlen vorsichtig loslaufen sieht. Er trägt festes Schuhwerk mit Profilsohlen. Wie schön für ihn. Ohne meine Absätze reiche ich ihm nur noch bis knapp ans Kinn. Das bringt mich auf Augenhöhe mit seinem Hals und selbst in der dunkelsten Nacht würde ich die Vene unter seiner Haut noch pochen sehen.

Schnell schaue ich in eine andere Richtung. Zurück zu den seltsamen Brettern inmitten der sonstigen Naturbelassenheit. Ich bin ein Stadtkind. Draußen zu sein, heißt für mich, in den Stadtpark zu gehen. Aber selbst mir ist klar, dass Bretter nicht von sich aus von den Bäumen wachsen. Ich erkenne die Konturen künstlich gerader Linien.

Sonderlich schnell komme ich nicht vorwärts, während Desmodan gemütlich neben mir herschlendert.

„Klein bist du geworden. Kaum hast du deine Schuhe ausgezogen, habe ich dich fast nicht mehr gesehen“, neckt er mich.

„Komisch, du bist irgendwie trotzdem nicht größer geworden.“

Er wirft einen vielsagenden Blick auf meine nackten Füße, in die sich gerade gemeine Kieselsteine bohren. Aua! Aua! Aua! Ich würde mich gerne beklagen, doch er hält mich so schon für verwöhnt.

„Wird das heute noch was?“, erkundigt er sich ungeduldig.

„Laufe du doch barfuß ... Hey!“ Mitten im Satz schwingt er mich kurzerhand in seine Arme und trägt mich.

Also das ist ... Das ist ... nah.

Und irgendetwas anderes.

Er ist warm und stark und so mühelos, wie er mir die Luft aus den Lungen drücken konnte, kann er mich auch tragen. Ich wackele mit den Zehen, um mir die letzten Steinchen von den Fußsohlen zu schütteln. Wieder habe ich seinen Hals direkt vor meiner Nase. Mühsam schlucke ich. Zum Glück hatte ich gerade *BoBlood*, sonst wäre meine Beherrschung dahin.

Ich halte mich an seinen Schultern fest und schaue erneut zu den Brettern. Wir sind nun etwas näher dran und ich bin immer mehr davon überzeugt, dass sich hinter den Sträuchern etwas verbirgt, das nichts mit liegen gelassenem Baumaterial zu tun hat. Doch etwas anderes springt mir noch mehr ins Auge. Mittlerweile laufen wir über eine Art Kiesweg. Er ist breit und uneben mit ausgefransten Rändern.

„Oh, schau!“, sage ich entzückt. „Hier ist doch noch

eine Straße, die wir langfahren können. Etwas rumpelig, aber sonst …“

Desmodan sieht kein bisschen anerkennend aus. „Rumpelig?“

„Ja, so wie holprig.“

Er blinzelt nur und betrachtet mich abschätzig. „Das ist keine Straße, sondern ein ausgetrocknetes Flussbett.“

Oh!

„Wirklich?“ Ich sehe mir den Untergrund genauer an.

„Oft bist du wohl nicht in der Natur unterwegs.“

Warum auch? Es ist doch furchtbar hier. Wenn das ein ausgetrockneter Fluss sein soll, hoffe ich, dass es sich dabei nicht um die einzige Wasserleitung zu diesem Bretterhaufen dort hinten handelt. Sonst stehen uns trockene Zeiten bevor.

Ich höre ihn atmen, während er mich heranträgt. Kraftvoll und männlich. Offensichtlich kann er andere nicht nur mit Autos herumfahren, sondern auf jede erdenkliche Weise transportieren.

„Ich muss dich kurz absetzen“, sagt er, als wir vor dem Verschlag angelangen. Er stellt mich so vorsichtig auf die Füße, dass ich mir einen sicheren Stand auf dem Geröll suchen kann. Dann erklimmt er den Rand des Flussbettes, beugt sich zu mir herunter und reicht mir seine Hand.

Mein Hals wird trocken, als ich ihn wieder berühren muss, aber welche Wahl habe ich sonst, dort hinaufzukommen? Also lasse ich mich von ihm nach oben ziehen. An der Kante gerate ich ins Stolpern, weil das Erdreich unter meinem Fuß nachgibt, und ich fürchte zu stürzen. Doch er packt mich mit dem anderen Arm am Rücken und reißt mich mit festem Griff zu sich hoch. Ich lande in voller Länge auf seinem Körper und klammere mich dankbar an ihn, bevor ich merke, wie intim unsere Stellung gerade ist. Mein Bein umschlingt seines und seine Hüfte ist an mich gepresst.

Hektisch drücke ich mich von ihm weg und streiche meine Haare glatt.

Sein Blick wird schmal und er nickt nur knapp. „Gern geschehen."

Er hat nichts für Gefühle übrig, aber trotz seiner brummigen Art steckt eine gute Erziehung in ihm.

Ich räuspere mich. „Danke." Da ich verlegene Momente nicht gut aushalte, zeige ich auf die Bretter. Die Plumpsklos früherer Zeiten waren vermutlich großzügiger angelegt. „Ist es das etwa?"

Unmöglich könnte sich dort auch nur einer von uns verstecken. Ich bin beinahe erleichtert, dass wir uns in diesem Ort getäuscht haben, weil ich hier nicht bleiben will. Desmodan tritt näher heran und zieht prüfend an einem der Bretter. Es scheint locker zu sein und nur angelehnt zu stehen. Entschlossen greift er durch das Gestrüpp hindurch und drückt es beiseite. Ich betrachte die umliegende Landschaft und versuche nach weiteren Dingen Ausschau zu halten, die nicht ins Bild passen.

„Schau", höre ich Desmodan und drehe mich zu ihm um.

Inzwischen hat er drei der Latten zur Seite gestellt und ich kann sehen, wie mitten in der Felswand ein Loch klafft.

Unschlüssig trete ich näher und schaue in den schwarzen Schlund, in den kein Sternenlicht mehr fällt.

„Was ist das?", frage ich ihn.

„Ein Höhleneingang."

Ich schlucke und verschränke die Arme vor meiner Brust. Etwas unwohl tippele ich auf der Stelle. „Und jetzt?“

Er starrt auf meine nackten Füße. „Ich würde sagen, du bleibst hier und ich hole unsere Sachen und verstecke den Wagen.“

Mit dem Finger deute ich auf den Felseingang. „Wir sind hier sicher falsch. Lass uns doch noch weiterfahren und suchen, wo die Hütte ist.“

Desmodan reibt sich mit der Hand über den Nacken. „Ich schätze, hier ist keine Hütte.“ Er tippt auf sein Handy. „Die Koordinaten stimmen.“

Ich stoße die Luft aus und schüttele den Kopf. „Marcellus würde uns sicher nicht in so etwas stecken. Mit mir würde er das zwar machen, aber dich mag er. Immerhin ist er dein Schwager.“

Er legt den Kopf schief. „Das ist genau sein Stil. Er hat jahrelang in einem Keller gelebt und schläft in Särgen. Diese Höhle ist vollkommen sicher vor Sonnenstrahlen und ein ideales natürliches Versteck.“

„Ideal? ... Ideal!“ Ich mache eine entsetzte Pause und schaue auf den Eingang in die Tiefen des Berges. Mein Blick wandert hinauf und ich bin nicht ansatzweise in der Lage, auch nur zu schätzen, wie viele Tonnen Gestein über uns hängen werden. Über dieser Grotte, die nur aus Luft besteht. Luft kann keine Felsen halten. Ich muss darauf vertrauen, dass der Berg sich nicht bewegt. Allerdings ist es schwierig, einem toten Gegenstand zu vertrauen.

Unsicher kratze ich mein Kinn. „Meinst du, das ist stabil?“

„Bisher hat es gehalten. Hast du etwa Angst?“, will er

wissen und seine Augen funkeln mich herausfordernd an.

Vielleicht gibt es Machos, die sich durch ihr Ego in die dümmsten Abenteuer verwickeln lassen, doch er wird mich nicht dazu bringen, dass ich durch Sticheleien etwas tue, was ich nicht will.

„Klar ist mir unwohl. Dieses Felsloch hat kein Statiker errichtet. Man braucht nicht umsonst Baugenehmigungen. Es hält eben nicht nur vom Wünschen."

Er atmet tief durch. „Es wird halten."

„Hier draußen ist es doch auch ganz nett."

Er zieht die Brauen hoch und sieht sich demonstrativ um. „Ja, total schön. Wieso steht hier bloß kein Luxushotel? Vermutlich ist das Grundstück einfach unerschwinglich."

Okay, es sieht hier schrecklich aus. Aber eine Höhle?

„Ich erkläre dir das mit Vampiren und der Sonne noch mal", setzt er an.

Genervt sehe ich in den Nachthimmel. „Schaffen wir es noch an einen anderen Ort? Wie wäre es mit einem weiteren Motel?"

Von einer Fünf-Sterne-Unterkunft wage ich kaum zu träumen.

Er schüttelt den Kopf und lädt mich mit seiner Hand zum Eintreten ein. „Das wird ganz gemütlich, Schatz. Es sind doch unsere Flitterdings."

Ich flitterdingse ihm auch gleich eine. „Hält dein Schwager uns für Fledermäuse?"

„*Unser* Schwager, Liebling?"

„Ich kann ihn nicht leiden", murre ich und starre auf die Höhle. Daneben komme ich mir machtlos und furchtbar klein vor. Nicht nur, weil meine High Heels noch im Auto liegen.

„Du musst dich deswegen nicht schlecht fühlen. Es bricht ihm nicht das Herz. Er mag dich auch nicht."

Wäre ich doch nur nicht in diese Bar gegangen.

„Pass auf", schlägt er vor. „Du genießt noch die phänomenale Aussicht, bevor die Sonne auftaucht, und ich verstecke so lange den Wagen und hole die Taschen. Das gibt dir etwas Schonzeit."

Abermals beschleicht mich ein Verdacht. „Du lässt mich hier doch nicht sitzen und fährst einfach davon, oder?"

Sein Blick ist unnahbar. „Das würde ich nur allzu gerne, bloß habe ich keine Lust, dass dein Anwalt die Beweise gegen Marcellus freigibt, wenn er nichts mehr von dir hört. Falls es so leicht wäre, dich loszuwerden, hätte ich dich wohl kaum zu heiraten brauchen."

„Aber ..."

Er lässt mich stehen und stapft davon. Ich sehe seine kräftige Rückansicht auf den Lichtkegel des Wagens zulaufen. Barfuß wie ich bin, erspare ich es mir, ihm nachzulaufen.

Flittertage in der Höhle. Das ist nicht mehr nur altmodisch, das ist steinzeitlich. Noch nie im Leben bin ich in so einem Ding gewesen. Weder will ich mich verlaufen, noch von einem hungrigen Bären überrascht werden, der es sich dort drinnen gemütlich gemacht haben könnte.

Der Mantel der Nacht hängt über den Bergkuppen und die Sterne darauf sehen aus wie angenähte Diamanten. Ich atme tief durch und die Luft ist kristallklar und sauber. Im Moment weht kein Wind, der den Staub verwirbeln könnte, und im Angesicht der hohen Felsen und entlegenen Natur scheint mir alles frei von den Partikeln toter Vampire zu sein.

Ich höre den Kofferraum zuschlagen und Desmodan stellt unser Gepäck ab, bevor er ins Auto steigt. Er ist ein schwarzer Schatten in der Nacht. Ein Schatten, den ich geheiratet habe. Er ist mein Mann. Meine Haut spannt bei dem Gedanken, doch gleichzeitig ist da dieses Ziehen in meinem Bauch, das mir sagt, dass nicht alles an unserem Arrangement schlecht sein muss. Ich bin heilfroh, dass mein Bluff mit den Beweisen ihn umgänglich macht. Was wäre, wenn er merkt, dass es diese Beweise gar nicht gibt? Wie weit würde er gehen?

Wenigstens sitze ich hier nicht mit Marcellus fest, denn *unser* Schwager ist definitiv eine ganze Spur rücksichtsloser. Ich muss nur an ihn denken und mein eigener Eispanzer wirkt neben seinem wie ein buntes Jahrmarktskostüm. Glücklicherweise war es auch nicht Konstantin, der meine Tarnung auffliegen ließ. Also ja, ich hocke neben einer verfluchten Höhle. Dennoch könnte es viel schlimmer sein.

Ich sehe Desmodan um die Kurve fahren und richte meinen Blick in den Nachthimmel. Das Geräusch des Motors und von knirschenden Kieseln, die unter seinen Reifen nachgeben, entfernt sich. Falls Marcellus das Wunder vollbringt, meine Familie an der Nase herumzuführen, könnte ich bald so frei sein wie der Himmel über mir. Das wäre schön. Etwas, das ich kaum mehr zu hoffen gewagt habe.

Ein kleiner Traum flattert in meiner Brust umher und will aufsteigen und davonfliegen wie ein Glühwürmchen, das die Sterne sucht. Für den Moment muss er noch eingesperrt bleiben. Aber vielleicht ... ganz vielleicht. Zaghaft berühre ich mein erblondetes Haar. Dieser kleine Wunsch ist bereits in Erfüllung gegangen. Ich kann wieder in den Spiegel sehen und eine Frau darin finden, die aussieht, wie ich es mir wünsche. Eine Frau, in der ich mich selbst erkennen kann.

Ich seufze und reibe über meine Arme. Vom Wagen ist nichts mehr zu sehen oder zu hören und meine Pulsrate beschleunigt sich. Was, wenn er mich nun doch noch verlassen hat? Nervös schaue ich auf das Gepäck, das er einsam zurückgelassen hat. Bitte, lass ihn nicht dazu fähig sein. Dann säße ich länger als ein paar Tage in diesem Verlies aus Stein und Felsen fest. Ein natürlich gewachsener Kerker.

Meine Gedanken beginnen zu rasen. Was, wenn Marcellus meinem Mann noch ein paar Extraanweisungen auf sein Handy gesimst hat? Geheime Pläne, von denen ich nichts weiß? Ich könnte nicht fliehen. Sie wüssten, wo sie mich finden. Am Ende erpressen sie mich, so wie ich Desmodan erpresst habe.

Für eine Weile gebe ich mich dem Gedanken hin, einfach hier draußen zu bleiben, falls er nicht zurückkommt. Dann gäbe es doch noch die Asche einer toten Vampirin, die wie ein Geist durch die Luft dieser Gebirgszüge streifen würde. Schließlich würde nicht mein Traum frei fliegen, sondern nur meine Überreste.

Diese Vorstellung verursacht weit weniger Panik in mir, als man meinen sollte. Ich bin es so leid geworden, immer zu kämpfen, immer mit den Beinen zu strampeln, um an der Oberfläche zu bleiben. So müde. Wenn er nicht mehr kommt ...

KAPITEL 7

Ich sinke an der Felswand zu Boden, lege den Kopf auf meine Knie und schließe meine Augen. Ein sanfter Wind kitzelt das feine Haar in meinem Nacken. Wie ferne Klänge spülen Erinnerungen aus meinem alten Leben heran. Ich sehe mich selbst mit siebzehn Jahren vor einem Spiegel stehen. Gekleidet wie ein Mädchen mit den Kurven einer Frau. Dass ich einmal so unschuldig ausgesehen habe, ist selbst für mich schwer zu glauben. Wie ein verlorener Film. Ich liebte Schleifen im Haar und Spangen auf den Schuhen. Am liebsten verbrachte ich die Zeit auf der Kirmes und fuhr dort stundenlang Riesenrad. Zuckerwatte kitzelte meine Zunge mit dieser lieblichen Süße, wie sie nur für Kinder gemacht zu sein scheint.

Ich lächele traurig und benetze meine Lippen, doch der Geschmack ist fort. Längst vergangen wie das Glück jener Tage. Krampfhaft schlucke ich. Als ich heimkam, war mein Mund noch von dem Naschwerk verklebt. Als ich heimkam verlor ich mein Lachen.

Callistus stand neben meinem Vater – mein Halbbruder war so alt, als wäre er selbst mein Vater, und jener so alt, als wäre er eigentlich mein Großpapa. Ich hatte bis zu jenem Tag nur wenig mit Callistus zu tun gehabt. Er war schon damals über vierzig. Was hätten wir gemein haben sollen?

„Maribella, mein Kind, komm her zu uns." Mein Vater streckte den Arm nach mir aus.

Ich war verwundert, meinen Halbbruder in unserem Haus vorzufinden, aber vielleicht wollte auch er mir zu meinem Geburtstag gratulieren. Meine Mutter, die nicht seine war, war vor Jahren von uns gegangen und ich lebte mit meinem Vater allein. Seine älteren beiden Kinder führten ihre eigenen Haushalte. Sie hatten die zweite Ehe meines Vaters mit meiner Mutter nie begrüßt. Sie stammte aus keiner vornehmen und reichen Familie und hatte nichts außer ihrer Schönheit vorzuweisen. Es war ein offenes Geheimnis, dass sie als hormonelle Schwäche meines Vaters im Herbst seines Lebens galt, und so genoss auch ich unter meinen Halbbrüdern kein großes Ansehen.

Doch dieses Mal sah mich Callistus an. Ein nervöses Zucken spielte an seinem Augenlid und er hielt seine Hände streng hinter dem Rücken, als könnte er sich verbrennen, wenn er mich berühren müsste.

Ich gesellte mich zu meinem Vater und sah ihn erwartungsvoll an. Worum ging es hier?

„Maribella, du weißt, dass deine Volljährigkeit sich nähert. Du bist nun beinahe eine Frau."

Ich schluckte und nickte. Sicher würde ich bald ein eigenes Auto bekommen. Den Führerschein hatte ich bereits gemacht. In mir keimte die Hoffnung, dass dieser Tag vielleicht schon heute gekommen war. Eine große Überraschung, von der ich noch nichts geahnt hatte?

Die Familie Machiavelli war reich, allerdings bewahrte man den Reichtum gern unter den Männern. Frauen erhielten eher ein Taschengeld oder eben Geschenke. Mein Herz klopfte wild in meiner Brust. Ein Auto. Bitte, lasse es ein Auto sein! Ein rotes. Ich strahlte meinen Vater an.

Er nahm meine Hand in seine und tätschelte sie. Ein Lächeln entrang sich seinen Lippen, während seine Augen mich ansahen, als sei ich eine Schaufensterauslage. Es war nicht seine Stärke, mich mit Liebe zu überhäufen, doch er war gut im Schenken.

„Wie du weißt, ist Callistus mein ältester Sohn. Mein Erstgeborener", sagte er und streckte seine andere Hand nach ihm aus.

Ich runzelte die Stirn, als dieser seine Hand hinter dem Rücken hervornahm. Sie zitterte und das machte mich nervös. Was ging hier vor?

„Er hat an deinem heutigen Geburtstag einen Wunsch geäußert", fuhr mein Vater fort. „Und ich sehe mich außerstande, ihm diesen zu verwehren. Ich bin ohnehin langsam alt." Ein echtes Lächeln schlich sich auf das Gesicht meines Vaters. „Das war ich schon, als ich deine Mutter kennenlernte."

Ich wusste, dass er sie geliebt hatte. Ich wusste, dass ich ihr sehr ähnlich sah. Und an diesem Tag erfuhr ich, dass er es deshalb nicht gut ertrug, mich um sich zu haben. Sie fehlte ihm. Durch Callistus fand er seine persönliche Erlösung von der Erinnerung an sie, die an mir haftete.

„Dein Bruder hat mich darum gebeten, dass er von nun an Sorge für dich tragen darf. Du wirst ab jetzt bei ihm leben. Ich habe deine Sachen schon packen lassen."

„Aber ..." Irritiert sah ich zwischen den beiden hin und her.

Mein Vater schob Callistus' Hand über meine. Nun berührte er mich doch mit seiner zitternden Hand. Und als er es tat, wurde sie ruhig. Dafür breitete sich in seinen Augen ein wildes Feuer aus, das mir Furcht einflößte.

Seit jenem Tag bin ich auch auf keiner Kirmes mehr gewesen ...

„Schläfst du?"

Ein Schauder rinnt über meinen Rücken. Ich sehe zu Desmodan auf. Jung. Blond. Hübsch. Nichts an meinem Mann erinnert an Callistus. Dafür bin ich wirklich dankbar. Dankbarkeit wird oft unterschätzt.

Ich reibe über meine Arme und stehe auf. „Nein, ich habe nur nachgedacht."

„Der Wagen ist jetzt versteckt und die Sachen habe ich alle hergebracht." Vor Desmodans Füßen steht unser Gepäck. Er wendet sich zur Höhle und hält inne, als er auf den felsigen Boden starrt. „Das geht so nicht", stellt er fest.

Ich zucke mit einer Schulter. „Fahren wir doch woanders hin?"

„Nein. Du brauchst Schuhe. Ich kann dich weder barfuß noch mit deinen Stöckelwaffen dort reingehen lassen. Welche Schuhgröße hast du?"

Habe ich hier irgendwo ein Schuhgeschäft im Berg übersehen? „Größe 6."

Er lässt seine Tasche zurück auf den Boden fallen und macht den Reißverschluss auf. Das Geräusch frisst sich so unpassend durch die Nacht wie eine Säge.

„Ich habe 8,5."

„Und?"

Er zieht ein paar flache Halbschuhe aus seinem Gepäck. „In zu kleine Schuhe passt man nicht, in größere schon."

Skeptisch schaue ich mir seine Treter an.

„Hast du Socken?", will er wissen.

„Keine so dicken. Soll ich zehn übereinanderziehen?"

Er schüttelt den Kopf. „Es reicht, wenn du sie vorne ausstopfst."

Allmählich komme ich mir wie eine Obdachlose vor mit einer Höhle zum Hausen und ausgestopften Schuhen. Ich muss mir nur noch einen Pappkarton und einen quietschenden Einkaufswagen besorgen.

Desmodan hält mir seine offene Hand hin und ich rolle mit den Augen und krame ein paar Strümpfe aus meinem Koffer. Als ich sie ihm in die Hand drücke, schaut er mich befremdet an.

„Das sind doch keine Socken."

„Es sind Nylonstrümpfe. Dachtest du, ich trage grobe Baumwolldinger?"

„Dann gib mir noch drei davon. Wenn ich in jeden Schuh vorn zwei Paar hineinstopfe, wird's wohl gehen."

Ich gebe ihm, was er will, und sehe ihm dabei zu, wie er seine zu großen Schuhe für mich auspolstert, damit ich nicht über den Steinboden stolpern oder kalte und vor allem wunde Füße bekommen muss.

Dann reicht er mir aus seiner Tasche weiße Baumwollsocken. „Hier. Zieh sie dir an. Damit läufst du bequemer und bekommst keine verschwitzten Füße.“ Ich rümpfe die Nase und er schüttelt den Kopf. „Die Socken sind neu und die Schuhe habe ich erst ein paarmal getragen. Außerdem habe ich keine Schweißfüße.“

Unschlüssig nehme ich sie und rolle sie auseinander. Ich prüfe, ob sie wirklich sauber sind, doch er scheint es ehrlich gemeint zu haben. Während ich umständlich in seine etwas zu großen Socken schlüpfe, schüttelt er nur den Kopf.

„Weißt du, das ist echt toll“, meint er. „Du holst mir ohne zu zögern einen runter, aber meine Socken anzuziehen ist für dich eine Überwindung. Die Frauen, die ich sonst so kenne, würden es andersrum einfacher finden.“

„Erst deine Strümpfe anziehen und dir dann einen runterholen?“, ziehe ich ihn auf.

„Zum Glück habe ich so eine charmante Frau.“

„Ja, zum Glück ist das nur eine Zweckehe.“

Vorsichtig stehe ich auf und probiere, ein paar Schritte zu machen. Ich komme mir wie ein Clown mit zu großen Schuhen vor, aber die Strümpfe verschaffen mir tatsächlich den nötigen Halt und warm ist es auch.

„Gar nicht schlecht“, gebe ich zu.

„Flache Profilsohlen.“ Er zwinkert, als wäre das seine ureigene Patentidee. Wir sammeln die Sachen vom Boden auf und er schenkt mir einen erwartungsvollen Blick. „Bereit?“

Verdammt, ich habe Callistus überstanden! Ich werde auch eine Höhle überstehen. Ich werde *das* überstehen.

Okay.

Okay, ich kann das.

Ich starre auf den Eingang der Höhle und tanke ein

letztes bisschen Kraft, als ich meinen Mann mit dem amüsierten Gesicht ansehe. Schluss damit, mir Blöße zu geben.

„Nach dir“, sage ich und folge ihm in den Schlund des Berges.

Seine Schritte schaben vor mir über den Steinboden und die Tunnelwände werfen das Geräusch zurück. Es ist fast so gruselig, dass es für einen Dracula-Film taugt. Oder irgendeinen Horrorstreifen. Wobei das mit Dracula in meinen Augen nicht unbedingt Horror ist. Eher Romantik beim Abendessen.

„Worüber hast du vorhin nachgedacht?“, höre ich seine Stimme vor mir. Auch sie wird von der Höhle verzerrt.

„Wann?“

„Als ich dachte, dass du schläfst.“

Unter keinen Umständen erzähle ich ihm von meinem siebzehnten Geburtstag. „Ich habe mich gefragt, ob du doch noch abhaust.“

Er lacht schadenfroh. „Du hast echt kein Urvertrauen.“

Stimmt.

Wen wundert es?

„Dazu kenne ich dich noch zu wenig.“

„Noch?“

Die Höhle macht einen Knick und allmählich wird das Restlicht spärlich. Wieso habe ich keine Taschenlampe?

„Aha!“, höre ich Desmodan. Er bückt sich und reicht mir eine Stange.

„Was ist das?“

„Magie.“ Seiner Behauptung lässt er Licht folgen. Er knickt die Röhre in seiner Hand und sie beginnt zu leuchten. Der Schein ist gelbgrün und sehr angenehm. Trotz der Schwärze wirkt er nicht grell und meine Augen haben keine Probleme, sich an das Glimmen zu gewöhnen.

Er reicht mir noch ein paar davon und ich stecke sie in meine Tasche. Für meine vampirische Sicht genügt die Helligkeit seines Leuchtstabs. Ich hätte mir eigentlich denken können, dass Marcellus uns nicht nur mit einer Höhle abspeist. Das Ding ist ausgestattet und wie es scheint sogar gut ausgestattet. Die Stäbe brauchen keinen Strom, verbrennen keinen Sauerstoff, verrußen nichts, stinken nicht und sind lagerungsstabil.

„Dann bin ich mal gespannt, was es hier noch alles gibt."

Lange muss ich darauf nicht warten. Desmodan zieht einen laminierten Faltplan aus einem natürlichen Vorsprung im Gestein, der sich gut als Ablage nutzen lässt.

„Eine Karte der Höhle?"

Er nickt. „Ja. Wir sind hier." Seine Fingerspitze zeigt auf einen Bereich weit am Anfang. Das Ding scheint riesig zu sein. Der Abschnitt, zu dem wir sollen, ist markiert und mit »Schlafen & Versorgung« gekennzeichnet.

Desmodan dreht die Karte, damit sie in die Richtung zeigt, die wir entlanglaufen müssen, und geht voran. Das Gepäck hat er sich nun ziemlich einseitig unter den Arm geklemmt, während er den Leuchtstab zusammen mit der Karte in der anderen Hand hält. Als ihm der Beutel mit dem gestohlenen Hotelklopapier herunterfällt, bücke ich mich schnell und nehme es ihm ab.

„Danke."

Ich zucke mit den Schultern. „Ich werde das auch benutzen. Außerdem wiegt es fast nichts."

Die schweren Sachen trägt er weiter. Das *BoBlood* bringt allein schon das Gewicht eines gepackten Koffers auf die Waage. Kritisch mustere ich die Höhle, die mal schmaler, mal breiter, mal höher und mal niedriger verläuft. Als sich über uns eine Kuppel öffnet, erwarte ich fast Fledermäuse, die zu Hunderten von der Decke hängen, aber außer uns hält sich hier niemand auf. Als ich dieses Mal über die Schulter zurückblicke, sehe ich keine beweglichen Schatten hinter mir. Niemanden mit einem Messer.

Ich hefte meinen Blick wieder auf die breiten Schultern vor mir. Die Muskeln dehnen und strecken sich unter seinem Shirt, während er läuft und das meiste Zeug schleppt. In diesem unbeobachteten Moment, da seine ganze Aufmerksamkeit dem Folgen der Karte gilt, gebe ich mich dem Anblick hin. Er ist was für die Augen. Aber er ist auch ein Mann. Trotz all des Mists, der mir widerfahren ist, habe ich es nie geschafft, eine Schwäche für Frauen zu entwickeln. Trotzdem gefallen mir Männer besser, wenn ich sie nur still betrachte, wenn ich nicht auf ihre Annäherungen reagieren muss.

Aus dieser Distanz kann ich vor mir selbst zugeben, dass er verdammt gut aussieht. Bloß was soll ich mit dieser Erkenntnis anfangen? Augen hatte ich schon immer im Kopf. Allerdings passt das, was ich sehe, nicht mit dem zusammen, was ich fühle oder fühlen will. Gar nichts passt mehr zusammen. Und wir tun es auch nicht. Er und ich. Das klappte nicht mal zum Zeitpunkt der Eheschließung. Ich hasse diesen Automatenring. Kein Beweis der Liebe, sondern seines Hohns.

„Dort vorne müsste es gleich sein“, sagt er, ohne sich zu mir umzudrehen.

„Aha“, mache ich nur.

Ich bin von einem Versteck im nächsten gelandet. Diesmal ist es ein Unterschlupf plus Begleitung. Das ist wie die Gesellschaften, zu denen mich Callistus immer mitgeschleppt hat. Callistus plus Begleitung. Damals war ich das für ihn. Heute ist es Desmodan für mich. Genau genommen hängt er nun an meinem Haken. Aber welche Angelleine soll ich einholen?

„Ich glaube, ich höre da ein Rauschen.“ Seine Worte hallen an mein Ohr und ich lausche auf die Klänge der Dunkelheit. So wie das Licht, das von seinem Leuchtstab ausgeht, und die Ruhe der Höhle stört, dringt auch ein Brausen durch die Stille, das sich zunächst mehr wie ein garstiger Wind anhört, der durch eine Fuge pfeift. Nur, dass der Ton zu tief ist und sich zunehmend in ein Brummen und Plätschern verwandelt. Es wird durch die Schachtform des Gesteins verfremdet. Am Ende klingt es wie ein Schwarm Bienen, der mit einem Verstärker spielt.

Als wir um eine weitere Biegung kommen, bleibe ich sprachlos stehen. Erneut öffnet sich der schmale Schacht zu einer meterhohen Höhlenformation. Wasser sprudelt zwischen den Steinen hervor, verwandelt sich in einen glitzernden Vorhang, der das Leuchten von Desmos Lampe auffängt, und ergießt sich in einem kleinen See. Nur ein paar Meter in jede Richtung. Irgendwo muss es tief sein. Irgendwo muss es weiter durch unsichtbare Steinschächte fortfließen, weil hier sonst alles unter Wasser stünde.

Kühle Luft steigt von dem Nass auf und vereinzelt landen Tröpfchen auf meiner Haut, die mir ein Gefühl dafür geben, wie kalt es sein muss. Ich folge den

Rändern der Wasserläufe, die wie mäandernde Ströme über die Wände treiben.

„So schön", flüstere ich, bevor ich darauf achte, dass ich meine Gedanken laut äußere.

„Ja." Seine Stimme klingt belegt.

Zum ersten Mal seit mindestens einer halben Stunde steht er neben mir und ich kann sein Profil sehen, statt in einem fort nur seinen breiten Rücken. Ich denke viel zu viel an seinen blöden Rücken. Am Ende werde ich noch von ihm träumen.

Desmodan stellt die Sachen auf dem Boden ab und seufzt zufrieden. Die Karte beschwert er mit dem Leuchtstab und streckt sich dann wohlig wie ein Kater nach einem zu langen Schlaf. Er kauert sich vor den Rand des Sees und stützt sich auf einem Knie ab. Nun legt er seine Handflächen wie Schalen aneinander und schöpft Wasser an seinen Mund. Gierig trinkt er und ich sehe, wie sein Adamsapfel bei jedem Schluck auf und ab gleitet. Schließlich wischt er sich sein Gesicht sauber, reibt sich über den Nacken und sieht mich an.

„Das Wasser ist herrlich, Maribella. Komm her und erfrische dich."

Ich höre auf, mich am Riemen meiner Tasche festzuhalten, und stelle sie neben seine Sachen. Auch ich rolle meine Schulter und trete näher an ihn heran.

„Komm." Er klopft auf den Boden neben sich.

Ein alter Vers geht mir durch den Kopf. *Mein rechter, rechter Platz ist leer ...*

Jetzt gerade scheint er mich wirklich an seiner Seite haben zu wollen. Vielleicht, weil er so entspannt ist, dass er nicht darüber nachdenkt, wie er mich eigentlich findet.

Ich knie mich vor den kleinen See und streiche mit meinen Fingerkuppen über die kühle Oberfläche. Die Berührung lässt mich lächeln. Wasser ist viel leichter zu ertragen als ... andere Berührungen. Ich schöpfe es mir in den Mund. Es kribbelt kühl an meinen Lippen und schmeckt besser als alles, was ich je aus Wasserflaschen getrunken habe.

„Mhm", sage ich lächelnd. „Ich glaube, ich stelle hier eine Abfüllanlage drauf und verkaufe es in ganz ... Wo sind wir eigentlich gerade?"

„Utah."

„Utah's Best Table Water."

„Über den genauen Namen deiner Firma solltest du noch mal nachdenken. Bei Utah denken die Leute eher an Trockenheit und viel Salzwüste als an köstliches Wasser."

Salzig schmeckt das Wasser zum Glück gar nicht, jedoch durchaus mineralisch. Und obwohl keine Kohlensäure beigefügt ist, scheint es im Mund wunderbar zu perlen.

„Schau", sagt er plötzlich und rutscht zwei Meter weiter nach links. Dann zieht er eine Art feines Netz aus dem See, das aus Kunstfasern besteht, die vermutlich das Alter der Höhle überdauern werden. Es liegen ein paar Wasserflaschen darin.

Wasserflaschen? Am Wasserloch? Wozu?

Bevor ich meine naive Frage laut stellen kann, höre ich Desmodan sagen: „Marcellus denkt wirklich mit. Jetzt können wir uns an jeden Ort dieser Höhle Wasser mitnehmen und sind dadurch mobiler. Außerdem können wir das Netz als Kühlvorrichtung benutzen."

Voller Elan springt er auf und holt das *BoBlood.* Ich

sehe, wie er die Tüten alle hineingibt, die Schlinge vom Netz festzurrt, damit nichts herausrutschen kann, und es anschließend wieder an der Halterung vom Ufer befestigt. Marcellus muss dort eine Stahlöse in den Boden geschraubt haben. Trotz der Strömung treibt nichts davon.

„Jetzt ist es länger haltbar", stimme ich zu. Okay, die Höhle erweist sich als immer praktischer. „Und baden kann man darin vermutlich auch." Das dürfte etwas kalt sein, allerdings ist es besser, als sich nicht waschen zu können.

Ich lächele Desmodan zufrieden an, doch mein Lächeln gefriert mir im Gesicht. Sein Blick ist dunkel geworden und ich sehe Zahnecken über seine Unterlippe ragen. Als er das *BoBlood* deponiert hat, ist das noch nicht passiert.

Mein Herz hämmert unsicher und wild. Das macht es nicht besser. Es ist nie gut, wenn der Puls unter der Haut vibriert, während ein transformierter Vampir neben einem sitzt. Schlagartig fühlt sich mein Mund trocken an, als hätte ich nicht gerade erst getrunken.

Ich bin mir nie zu schade dafür, dumme Sprüche zweimal zu benutzen, und tippe mir auf Zahnhöhe an die Lippe. „Du hast da schon wieder was." Ich öffne meinen Mund und deute auf einen Eckzahn, der bei mir noch nicht ausgefahren ist. „Hier so."

Sein Ausdruck wird finster. „Musst du unbedingt von *baden* sprechen?"

Ratlos zucke ich die Schultern. Schließlich habe ich nicht vor zu müffeln.

„Stell dich nicht so an, Maribella." Seine Augen bleiben an meinen Brüsten kleben. „Ich bin mir sicher, du badest nackt … *Schatz.*“

„Stell du dich mal nicht so an, *Schätzchen.*“ Ich lege denselben Sarkasmus auf das letzte Wort wie er. „Du musst beim Gedanken an nasse Brüste nicht gleich transformieren. Wie alt bist du? Vierzehn?“

„Ich kann dir gerne mal zeigen, wie weit entfernt von vierzehn ich bin. Hier ist auch gar kein Spiegel, den du diesmal einschlagen kannst. Zerspringst du immer gleich in tausend Teile, wenn man dich berührt?“

Die Adern auf seiner Haut werden zu tiefschwarzen Gebilden. Wunderschön. Es gibt wohl keinen verlockenderen Anblick als einen Vampir, der seine Natur freigibt. Das und Blut natürlich.

Ich schlucke, obwohl ich das nicht will. Es ist nur ein körperlicher Reflex, der meine Schwäche offenlegt. Das entgeht ihm natürlich nicht, daher muss meine Antwort ruppiger ausfallen, denn dies sind keine Flitterwochen im klassischen Sinn – und werden es niemals sein. Mein Blut hatte er schon. Auf den Sex kann er warten, bis sein ganzer Körper schwarz anläuft. So viele Adern hat er gar nicht. Wenn doch, wäre er verteufelt lecker.

„Schon vergessen, dass ich nicht dein Typ bin und obendrein deine *Ehe*frau?“ Dann klatsche ich mir die Hand an die Stirn. „Ach, richtig. Du bist ja nicht wählerisch.“

„Dein Körper ist viel zu schade für das Biest in dir“, meint er nur und wendet sich ab. Dabei fühle ich mich schrecklich leer. Mit fahrigen Bewegungen steht er auf und untersucht die Grotte noch gründlicher. An der Wand ist eine Art Konsole. Nichts Riesengroßes, doch es gibt ein paar Schalter. Kurzerhand legt er einen davon um und plötzlich mischt sich in das Rauschen ein weiteres Geräusch. Es klingt beinahe so unfreundlich wie die Stimmung im Raum.

„Was ist das?“ Argwöhnisch stehe ich auf und gehe einen Schritt vom Ufer weg.

„Eine Turbine.“ Er klingt abweisend.

„Wofür?“

„Wasserkraft.“

Von der Konsole führt noch ein Kabel weg. Er folgt diesem mit der Hand und findet hinter einem Felsen einen Apparat.

„Und was ist das schon wieder?“

„Ein Satellitentelefon.“ Er runzelt die Stirn und zieht sein Handy aus der Tasche.

„Hier drinnen wirst du wohl kaum Empfang haben.“

Er hält mir nur sein Handy hin und es leuchtet in meine Richtung. Erkennen kann ich aus der Entfernung allerdings nichts. „Voller Empfang.“

„Das geht doch gar nicht.“ Ungläubig gehe ich näher heran, um es selbst sehen zu können. Alle Balken sind voll. „Wie ...?“

Er packt mich so schnell, dass ich nur quieken kann, und presst mich gegen die Höhlenwand. Davon transformiere ich zwar auch sofort, bloß kann ich mich gerade gar nicht mehr bewegen.

„Ich schätze mal, die Turbine unterstützt einen Signal-Verstärker. Damit können wir hier ganz autark auskommen: Strom, Wasser, Blut ... und keine störende Sonne.“ Desmodans Mund ist so nah an meinem, dass mir sein Atem über die Haut streift. Fast kann ich ihn schmecken. Sein Blick ist unergründlich schwarz.

„Und was jetzt? Willst du mir wieder die Luft aus den Lungen drücken?“

Er steckt das Handy zurück in seine Hosentasche und greift mit der Hand in mein Haar. „Nur, wenn du zickig bist."

„Toll, dann bin ich die nächsten Wochen ohnmächtig."

Desmodan lacht leise und starrt mich an. Dann küsst er mich. Oder vielmehr versucht er es. Im letzten Moment drehe ich meinen Mund weg und seine Lippen landen auf meinem Ohr. Ich höre ihn knurren, doch er lässt mir die kleine Flucht durchgehen.

Spinnt der? Er hat voll auf meine Lippen gezielt. Stattdessen nuckelt er nun an meinem Ohrläppchen, als wäre das die Lottoannahmestelle für Sauggewinne. Seine Hand fasst gieriger in mein Haar und zwingt mich, ihm meinen Hals entgegen zu wölben. Er drückt sich an mich, lässt seine Hüfte an meinem Oberschenkel kreisen und ich spüre deutlich, wie hart er ist.

„Du musst mich nicht mögen", flüstert er und leckt mit der Zunge genüsslich über meinen Hals. „Aber du magst mein Blut und ich deines. Wir sind Mann und Frau. Wir sitzen in einer Höhle fest. Und ich weiß, dass du nichts gegen Sex haben kannst, weil du das fast als einzige Beschäftigung mit Konstantin hattest."

Er liegt so verflucht falsch. Ich will ihn wegschubsen, doch er wendet wieder diesen Schraubstockgriff für Fortgeschrittene an.

„Du weißt nicht, was du sagst." Selbst in meinen Ohren klinge ich hektisch.

„Ich mag es überhaupt nicht, dass du es mit ihm getrieben hast und mit mir nicht", raunt er. „Dabei warst du für Konstantin nur ein Zeitvertreib. Ich habe aus dir eine ehrbare Frau gemacht. Dich vor deiner Familie in Schutz genommen. Dich auf dem Parkplatz gerettet.

Aber mich lässt du nicht ran." Sein Körper spannt sich unter seinen Worten noch mehr an. „Wir sind hier gestrandet. Wer weiß, für wie lange?" Seine Zähne schaben über meine Haut. Er knabbert an meinem Hals, saugt an mir und imitiert den Akt des Beißens.

„Mein Blut hat dir längst zu viel über mich verraten", fährt er fort. „Du weißt, dass ich auf dich reagiere. Du weißt, dass ich dich will. Dass ich *das* will." Er stößt mir seine Erregung gegen meinen Jeansstoff, als wollte er ihn gleich durchbohren. „Den besten Sex kannst du oft mit Leuten haben, die du gar nicht unbedingt magst, Maribella. Da ist mehr Leidenschaft und Temperament dahinter. Ich verspreche, es würde dir mit mir gefallen. Dafür würde ich doch sorgen. Eine Frau geht bei mir nie leer aus."

Desmodan lässt seine Hand an meine Brust wandern und massiert sie. Er hält sich nicht mit umständlichen Höflichkeiten auf. Sein Daumen umkreist direkt meine Brustwarze, während er mit seiner Handfläche die Fülle prüft und leicht zudrückt. „Du und ich, wir sind doch sowieso nie in unsere Sexpartner verliebt. Wir mögen es beide unverbindlich. Keiner muss das hier erfahren. Das betrifft nur dich und mich, Süße."

Süße?

Ich schließe die Augen und schüttele innerlich den Kopf. Er ist wie ein räudiger Hund. So geht das nicht weiter. Desmodan macht das an meinem Hals und meiner Brust, wovon ich schwer annehme, dass er glaubt, dass es mich erregt. Weit gefehlt. Aber mit einer Sache hat er ins Schwarze getroffen: Wir sind hier gestrandet und ich weiß nicht, für wie lange. Wie viele dieser Avancen lässt er noch folgen? Wenn es nach mir geht, keine mehr. Und es wird nach mir gehen. Es ging jetzt lange genug nach ihm.

„Lass uns Spaß haben, Maribella. Nur so, weil wir verheiratet sind. Etwas Sex zwischendurch lockert uns beide auf.“

Für wie uneigennützig hält er sich eigentlich? Mit so einer offensiven Masche kann er früher unmöglich Erfolg gehabt haben, oder? Aber eigentlich interessiert es mich auch nicht, wie er andere Frauen bezirzt hat. Das hier ist kein Kirschpflückerwettbewerb.

„Du hast recht“, sage ich, weil mir Widerstand zwecklos erscheint.

Ich spüre ihn tief meinen Duft einsaugen, bevor er meinen Blick sucht. Ihm steht das Misstrauen deutlich ins Gesicht geschrieben. Kann sein, dass er das zu einfach findet, allerdings lasse ich mich auf kein Gerangel mit dem kleinen Nachwuchskämpfer von Marcellus ein. Ich bin blond, aber nicht dusselig.

Manche Männer brauchen eine Ermunterung, wenn sie der eigenen Verführungskunst zu recht nicht über den Weg trauen. Diese Nähe ist unangenehm, doch das geringere Übel, wenn ich dafür bekomme, was notwendig ist. Für eine kleine Weile schalte ich zurück in das Lolita-Programm und lasse mein Becken lasziv an seiner harten Mitte kreisen. Falls irgend möglich wird sein Blick noch dunkler. Ich lecke über meine Lippe und zwicke mir selbst mit dem Zahn eine Wunde. Dann schlecke ich meinen eigenen Blutstropfen auf und lächele ihn vielversprechend an.

Er scheint der Sache noch immer nicht über den Weg trauen zu wollen. Also nicke ich nur und streiche mit der Hand über seine breite Brust. „Wenn das hier niemand erfährt ... Ich mag deine Muskeln. Deine Männlichkeit. Wenn du Sex willst, habe ich aber eine Bedingung.“

Er zieht die Augenbrauen zusammen. „Welche?“

„Wir trinken beide vorher noch eine Packung *BoBlood*. Ich traue deinem Blutdurst für mich nicht. Wenn du vorher etwas trinkst, weiß ich, dass du deine Beherrschung schwerer verlieren wirst.“ Ich zucke die Schultern und benetze ganz unschuldig meine Lippen. „Das ist alles, was ich will.“

„Und dann lässt du dich auf mich ein?“

Mein Lächeln wird verheißungsvoll. „Wieso suchst du uns nicht eine gemütliche Ecke und ich fische solange zwei *BoBloods* aus dem Wasser?“

„Keine Spielchen“, ermahnt er mich.

„Da würde dir aber was entgehen.“

Er lächelt tatsächlich und gibt mich frei. „Auf der Karte ist für den nächsten Raum ein Schlafbereich eingezeichnet. Ich bringe die Sachen rüber und du kommst nach.“

Ich nicke artig und er schnappt sich das meiste. „Kannst du deine Tasche noch selbst nehmen?“

„Das habe ich vorhin ja auch schon.“

„Okay.“ Er bleibt stehen.

„Okay“, stimme ich zu.

Es dauert mindestens zehn Sekunden, bevor er sich wirklich in Bewegung setzt. Er lässt mir seinen Leuchtstab da und macht sich einen neuen an. Dann verschwindet er in den angrenzenden Trakt.

Ich hocke mich ans Ufer, angele zwei Bluttüten aus dem Wasser und schüttele sie ein wenig trocken. Anschließend greife ich in meine Tasche, hole die K.O.-Tropfen und eine kleine Spritze heraus, in die ich genügend von dem Mittel aufziehe, um ihn außer Gefecht zu setzen. Damit steche ich an der Schweißnaht ein feines Loch hinein und lasse alles ins Blut fließen. Zur Sicherheit ziehe ich mir noch eine weitere Spritze auf und verstaue sie in der Tasche, nur für den Fall, dass er sich nicht an die Abmachung hält. Dann bekäme er sie eben direkt in die Vene.

Höhlensex. Der war gut! Er glaubt bestimmt auch an den Osterhasen oder an die Zahnfee. Emotional weist er mich dauernd ab, aber meinen Körper will er. Soll mir das etwa schmeicheln? Ich schnappe mein Zeug und gehe ihm nach.

„Schau“, sagt er, als er mich kommen sieht. „Es gibt sogar Isomatten und Schlafsäcke. Ich habe alles aufeinandergestapelt. Ist dir das gemütlich genug für unser erstes Mal?“

Die Worte *erstes Mal* stellen bei mir sämtliche Nackenhaare auf. An so etwas will ich nicht erinnert werden. Trotzdem lächele ich, als wäre sein Vorschlag die Fahrkarte in mein Glück. Ich reiche ihm sein *BoBlood* und nicke. „Perfekt.“

Gemeinsam stechen wir die Strohhalme in unsere Packungen und sehen einander beim Trinken zu. Er versucht, es so schnell wie möglich auszuleeren, damit er das Aroma nicht lange ertragen braucht. Hinterher verzieht er das Gesicht. „Schmeckt sogar noch schlechter, als ich dachte.“

Amüsiert zwinkere ich ihm zu. Ein wenig muss ich ihn noch bei Laune halten. Es kann einige Minuten dauern, bis die Wirkung einsetzt. Daher nehme ich mir für mein eigenes Getränk mehr Zeit. Er lässt mich dabei nicht aus den Augen.

„War gar nicht so schlimm“, finde ich schulterzuckend.

Desmodan grinst mich tatsächlich an, was ziemlich abgefahren aussieht mit seinen Eckzähnen und den schwarzen Augen. Dann zieht er etwas, das aussieht wie eingeschweißte Müsliriegel, aus einer Tasche. „Jedenfalls ist es besser als das hier.“

Ich mache nicht denselben Fehler wie bei seinem Handy, näher heranzugehen, um etwas erkennen zu können, nur damit er mich schnappen kann. Also bleibe ich stehen und versuche entspannt zu wirken. „Was ist das?“

„*Compact-Blood*.“

Ich verziehe angewidert den Mund. Diese Blutpressriegel halten problemlos fünf Jahre, was für ein Versteck, bei dem man nicht regelmäßig zum Auffrischen der Vorräte vorbeikommen mag, ja ganz sinnvoll ist. Allerdings sind sie grässlich im Geschmack, weil das Aroma von Blut kaum noch vorhanden ist, und staubtrocken. Ich würde dieses Stangenzeug nicht mal als Schuhanzieher benutzen wollen.

„Zum Glück haben wir das Tütenblut dabei.“

„Und uns“, ergänzt er und reibt sich mit der Hand durch das Gesicht. Sein Blinzeln verrät mir, dass eine erste Müdigkeit ihn beschleicht, doch noch wäre es verfrüht zu glauben, dass er mir nichts mehr antun könnte.

Er klopft auf den Platz neben sich und lächelt mich an. Das ist kein Lächeln, wie ich es sonst von ihm kenne. Er wirkt völlig entspannt. Mir ist klar, dass es an den Tropfen liegt. Sie machen euphorisch und enthemmen ihn. Als Nächstes wird er wohl ungebremst mit mir flirten. Wie zur Bestätigung sagt er: „Du siehst wirklich verdammt gut aus, Süße."

Aufgelockert wie er ist, streift er sich sein Shirt vom Körper. Zum Glück erschlaffen seine hübschen Muskeln von dem Betäubungsmittel nicht. Es wäre ein Jammer, denn anschauen kann man ihn ja durchaus.

Ich kokettiere ein wenig, um Zeit herauszuschinden, ohne dass er sich versetzt fühlt. Spielerisch lege ich meine Hand an den Hals und schenke ihm einen Augenaufschlag. „Wer? Ich?" Wenn alles nach Plan läuft, hält er das für ein Vorspiel und schläft ohne den Hauptgang ein.

Sein Lächeln wird breiter. „Du weißt verflucht genau, welche Wirkung du auf jeden Mann in diesem Universum hast."

Unwillkürlich muss ich schlucken und sein Blick klebt an meiner Kehle. „Dann gefalle ich dir also?"

Er seufzt genüsslich und schnalzt mit der Zunge. „Aber so was von."

„Seit wann denn?" Ich lege einen zarten Schmelz in meine Stimme und probiere es mit der Unschuldsnummer.

Desmodan leckt sich über die Lippen und reibt erneut über sein Gesicht. Diesmal massiert er sich mit Daumen und Zeigefinger seine Augenlider. Ich bin froh, dass er wenig gegessen hat. Dadurch tritt die Wirkung schneller ein.

„Schon lange", gibt er zu und sieht mich mit verklärtem Blick an.

„Und wie lange genau?"

„Seit dem ersten Mal, als ich dich sah." Seine Lust steht ihm ins Gesicht geschrieben. Ich kenne diesen Nebeneffekt vom Mittel bereits: Er wird jetzt immer enthemmter und nachgiebiger.

Mit den Fingerspitzen streife ich den Stoff meines Shirts über die Schulter und nehme meine Unterlippe zwischen die Zähne. Das bisschen nackte Haut bringt seine Augen schon zum Glänzen.

„Oh ja!“, feuert er mich an. „Zieh dich für mich aus. Ich will deinen Körper sehen.“

„Und was bekomme ich dafür?“ Flüchtig werfe ich einen Blick zur Uhr an meinem Handgelenk. So gut wie geschafft. Soll er ruhig denken, dass alles geschieht, wie er es will.

„Süße, mein Schwanz ist so hart für dich“, lallt er. „In deiner Nähe bin ich ständig hart. Du machst mich noch verrückt.“ Er klingt auch schon ganz schön verrückt. Die Karussellfahrt in seinem Kopf hat begonnen. „Und du schmeckst so fantastisch. Ich will von dir trinken, während ich es dir besorge. Ich will schmecken, wie du kommst.“

Diesen Wunsch kenne ich bereits von seinem Geständnis im Hotelzimmer. Anscheinend treibt ihn diese Vorstellung noch immer um. Zum Glück gibt es *BoBlood.*

„In letzter Zeit hast du so wütend gewirkt, Desmo.“ Ich gebe mich verletzlich.

„Oh ja“, stöhnt er. „Nenn’ mich Desmo und komm endlich her. Ich will dich kosten.“

„Aber sonst willst du nicht, dass ich dich so nenne.“

Warum kippt er nicht endlich um?

„Das mache ich nur, um dich zu ärgern. Damit du nicht merkst, wie ich dich will.“ Etwas schwankend erhebt er sich und streift sich die Hose vom Körper. Im Augenblick könnte ein kleiner Windhauch ihn schon umhauen, jedoch schafft er es, sich – nur noch mit Shorts bekleidet – wieder auf der Isomatten niederzulassen. Trotz oder vielleicht auch wegen seiner angeschlagenen Konstitution, fühlt er sich bemüßigt, mir seine Ausdauer auszumalen. „Von hinten, von vorne. Im Sitzen, Liegen und Stehen oder im Wasser. Als du da drüben von baden gesprochen hast, wollte ich dich am liebsten gleich dort nehmen."

„Also willst du mich doch nur für Sex und Blut", fasse ich das mal zusammen und gebe mir weit weniger Mühe, noch flirtend zu klingen. Das brauche ich auch nicht mehr, weil er schon ganz willenlos ist.

„Nicht nur", flüstert er.

„Leg dich hin!" Meine Stimme lässt keinen Widerspruch zu und er streckt sich dankbar und halb schwindlig auf dem kleinen Lager aus Matten und Schlafsäcken aus.

„Hände über deinen Kopf", instruiere ich ihn weiter, während ich den Gürtel aus seiner Jeans zerre.

Er zieht zischend den Atem zwischen den Lippen ein. „Ja, Baby. Sag mir, was ich für dich tun soll."

„Stillhalten!" Ich lasse mich rittlings auf ihn fallen und spüre seine knüppeldicke Erregung in meinem Schoß. Zum Glück trage ich Jeans, denn seine Shorts sind nicht gerade aus festem Stoff, und da Desmodan deutlich besser gebaut ist als die beiden anderen Männer, denen ich bisher so nahekam, spielt sein kleiner Freund am Unterhosenrand »Hallo Kuckuck«.

Mit dem Gürtel in der Hand strecke ich mich über ihn, um seine Arme festzubinden. Das ist jetzt nicht unbedingt notwendig, da er gleich mit dem Sandmann spielen geht, aber die Wirkung der Tropfen wird irgendwann auch wieder nachlassen. Sollte das schneller passieren, als ich denke, will ich vorbereitet sein.

Ganz und gar unvorbereitet trifft mich seine Berührung mit den Lippen. Meine Brüste hängen bei ihm auf Augenhöhe und er schließt seinen Mund um meine linke Brust und küsst sie durch den Stoff meiner Kleidung wie einen Lolli.

Ich schieße ihm einen finsteren Blick zu. Gehen bei dem eigentlich nie die Lichter aus?

„Lass das! Ich sage dir, wann du was machen sollst."

Er lächelt und vergräbt sein Gesicht zwischen meinem Busen. Ich höre ihn tief einatmen und seufzen. „Bin ich im Himmel?"

Genervt verdrehe ich die Augen und ziehe den Gürtel fest. „Ja, bestimmt. Jeder weiß, dass Gott Berge mag. Also lebt er im Höhlenhimmel."

„Es ist toll, dass du auch da bist."

Ich schlucke. „Ach, und wieso? Blut und Sex?"

„Ich mag dich", murmelt er. „Ich will ja gar nicht, aber …"

„Aber?"

Er bleibt still unter mir.

Also wiederhole ich meine Frage: „Aber was?"

Nichts.

Ich richte mich auf und starre auf seinen schlafenden Körper. Frustriert schüttele ich ihn. „Aber was!", fauche ich ihn an.

Was kann er sonst noch wollen? Sein Timing ist jedenfalls beschissen. Wütend rappele ich mich hoch und schaue ihn an. Seine Unterhose ist verrutscht und sein halber Schwanz ist zu sehen. Immer noch vorfreudig erhärtet. Na, hoffentlich hat er gute Träume.

Ich seufze und reibe mir die Stirn. Er ist wirklich schön gebaut. Ich meine alles an ihm. Ja, er ist ein Mann, aber wenn er so daliegt und mich nicht bedrängt, ist er ganz angenehm.

Schmunzelnd zupfe ich den Stoff seiner Shorts über sein Glied. „Ich will gar nicht wissen, wo du schon überall warst." Dann seufze ich wieder. „Und eigentlich will ich mich auch nicht mit einem Penis unterhalten."

Zum Reden sind die jedenfalls nicht gemacht. Er schweigt auch beharrlich, aber die Shorts sind immer noch ausgebuchtet. Mir fällt wieder ein, dass ich ihn dort schon berührt habe. Dass ich ihn schon einmal zum Kommen gebracht habe. Damals war er weder so nackt noch gefesselt. Irgendwie sieht Desmodan sündig aus. Dieser friedliche Gesichtsausdruck, das blonde Haar und dazu die verbundenen Arme. Das Leder auf seiner Haut, überhaupt all diese nackte Haut. Er ist mir ausgeliefert. In jedem erdenklichen Sinne.

KAPITEL 8

Ich könnte mir den Wagen schnappen und abhauen.

Ich könnte ihn umbringen.

Ich könnte ihn bunt anmalen.

Ich könnte ihn ... Ich muss tief durchatmen. Ich könnte ihn erforschen.

Er liegt am Boden wie ein Stein. Ein echt heißer Stein. Trotz meiner Vergangenheit steckt in mir mehr Frau, als ich vor mir selbst zugeben will. Doch weil er schläft, gebe ich mir nun keine Blöße mehr – ganz gleich, was ich tue. Das ist doch mal ein beruhigender Gedanke.

Zunächst muss ich einen Teil der Matten unter ihm hervorziehen, weil er in voller Länge auf allem drauf liegt, was den steinigen Untergrund einigermaßen bequem machen könnte. Ich ziehe und zerre und gehe sogar so weit, dass ich meinen Fuß gegen seine Hüfte stemme, während ich wie eine Verrückte um die Matte kämpfe, die ich mit beiden Händen umklammere. Mehr als zehn Zentimeter gibt sie nicht nach. War er in einem früheren Leben mal Rotkäppchens böser Wolf, hat ihm jemand den Bauch aufgeschnitten und den Kerl mit Steinen ausgestopft? Fix und fertig gehe ich neben ihm in die Hocke und setze mich auf das hart umkämpfte Stück Unterlage.

Statt die Matte unter ihm hervorzuschleifen, sollte ich probieren, ihn davon herunterzurollen. Ich gehe neben ihm auf die Knie und schiebe, was das Zeug hält. Wenn Blut mit mir machen könnte, was Spinat mit Popeye anstellt, wäre ich ein gutes Stück weiter. „Na, los! Du Rollmops!“ Mein grimmiges Fluchen verstärkt die Kraft meiner Arme leider auch nicht.

Damit fällt meine wundervolle Idee flach, einfach beim nächsten Sonnenuntergang mit ihm über der Schulter aus der Höhle zum Auto zu spazieren und zum nächstbesten Fünf-Sterne-Hotel auszubüchsen. Er hätte herrlich blöd geguckt, wenn er in einer Höhle einschläft und unter einem Kristallleuchter aufwacht. Na ja, ich weiß sowieso nicht, wo er den Wagen abgestellt hat.

Mir ist ziemlich warm von der Schufterei, doch auf Desmodans Haut erspähe ich eine Gänsehaut. Stimmt, er kühlt hier aus, wenn er sich nicht bewegt und so gut wie nichts anhat. Die Temperatur in unserem Steinpalast dürfte irgendwo zwischen zwölf und fünfzehn Grad liegen. Ich bin kein Thermometer, aber warm ist es nicht. Wenigstens pfeift kein Wind durch die Ritzen.

Ich lege den Schlafsack über Desmodan und ziehe den Reißverschluss hoch. So lieb bin ich. Dann klaue ich ihm für alle Fälle das Handy, stecke es in meine eigene Hosentasche und erkunde den Rest der Höhle anhand der Karte. Es gibt ein paar Vorräte in Dosen und sogar zwei Öffner liegen bereit. Vielleicht für den Fall, dass einer mal den Geist aufgibt. Ablenkung suche ich im Schlund dieses Berges allerdings vergebens. Weder kann man hier fernsehen, noch Musik abspielen, noch sonst ein Beschäftigungsprogramm finden. Ich würde mich sogar über ein paar Kreidestücke freuen, mit denen ich aus lauter Langeweile die Höhlenwände bemalen kann, doch selbst das gibt es nicht. Mein Zeitgefühl beschränkt sich gerade noch auf meine Müdigkeit und die Uhr an meinem Handgelenk. Wenn ich das lange ertragen muss, drehe ich vermutlich durch.

Ich kehre zu Desmodan zurück und sortiere das Wenige, was mir hier nützlich sein könnte. Nachdem ich alles von links nach rechts und wieder zurück, mal alphabetisch und mal nach Verfallsdatum angeordnet habe, hege ich den stillen Wunsch, dass wenigstens drei Stunden vergangen sind. Mein erster Gedanke, als ich auf die Uhr blicke, ist: Das dumme Ding muss stehengeblieben sein. Doch dann tickt dieser verräterische Sekundenzeiger weiter und ich stöhne frustriert auf.

Nachdenklich schaue ich zu meinem Mann. Er liegt noch immer da, wie er gewissermaßen umgefallen ist, und bekommt von der allgemeinen Langeweile in der Höhle herzlich wenig mit. Allmählich glaube ich, dass er besser dran ist als ich. Wenn alle Stricke reißen, sollte ich mich selbst für eine Weile mit diesen Tropfen verabschieden. Aber nein ... Was wenn jemand kommt? Oder am Ende wird er vor mir wach und dann bin *ich* ihm ausgeliefert. Was für ein gruseliges Szenario. Besonders, da er nicht allzu gut drauf sein dürfte.

Ich habe mir noch gar nicht überlegt, welche Ausrede ich ihm präsentiere, wenn er wieder wach wird. Ein

Filmriss ist zum Glück normal, aber er wird schon merken, dass etwas nicht stimmt. Und dann?

Blöde Ausreden, die Erste: *»Schatz, weißt du noch? Wir wollten fummeln und dann ... ich weiß ja auch nicht ... hast du dir den Kopf an meinen Brüsten angeschlagen und bist bewusstlos geworden.«*

Klar. Das glaubt er sofort.

Sofort!

Möglicherweise wäre die Wahrheit in eingeschränkter Form zu gebrauchen: *»Du hast wohl einen Bestandteil im BoBlood nicht vertragen und bist ohnmächtig geworden.«*

Eher nicht. Dann würde er – selbst wenn er mir diesen Unsinn abkauft – nichts mehr vom Tütenblut trinken. Und womit soll ich ihn mir dann vom Leib halten? Außerdem macht er keinen so blöden Eindruck, dass er nicht darauf käme, dass es ein künstlich beigemischter Bestandteil war. Etwa wie meine Tropfen. Schwuppdiwupp würde er meine Tasche durchwühlen und neben den Tropfen auch noch mein Geld entdecken.

Alles nicht gut.

Blöde Ausrede, die dritte: *»Schatz, bist du wieder wach? Oh, ein Glück! Ich habe mir solche Sorgen gemacht. Dir war vorhin ja schon so unwohl und du sagtest, du wolltest dich hinlegen. Und als ich vom Wasserloch kam, fand ich dich besinnungslos vor und bekam dich einfach nicht mehr wachgerüttelt.«*

Die Sache mit der besorgten Ehefrau kauft er mir garantiert nicht ab. Leider weiß ich auch nicht, an welcher Stelle sein Filmriss einsetzen wird und an wie viel er sich von dem, was davor stattfand, noch erinnert.

Allmählich brummt mir der Schädel. Draußen scheint

bereits die Sonne. Wir sind hier mutterseelenallein. Dem Himmel sei Dank muss ich noch keine Ausrede kennen, weil mir noch etliche Stunden oder Tage der Ruhe bleiben. Das hängt davon ab, wann Marcellus sich melden wird. Unter keinen Umständen darf ich Desmodan zu früh auf die Beine kommen lassen. Er wird sich kein weiteres Mal sedieren lassen, wenn er sein Bewusstsein erst zurückerlangt hat. Aber das werde ich mit einem gelegentlichen Nachdosieren der Tropfen in den Griff bekommen.

Ich klopfe die Hände zusammen und stelle mich in die ungefähre Mitte dieses Raumes. Ich bin frei. Das sollte ich genießen und feiern. Ein kleiner Tanz könnte Wunder wirken. Zur Sicherheit lockere ich meine Schultern. Mir geht ein Liedtext durch den Kopf und ich wandele ihn ein wenig ab, während ich anfange zu hüpfen und mich zu drehen. Meine Stimme hallt von den Wänden wider: *»I'm falling in love with my favorite song, I'm gonna sing it all alone, I'm gonna dance with my body, dance with my body. Dance! Dance! Dance!«*

Seit Tagen habe ich schon keine Musik mehr gehört und die Stille in der Höhle nagt an meinem Verstand. Wenn ich unter diesen Felsen festsitze, warum nicht auch mit etwas Singen und urtümlicher Höhlentanzerei? Desmos Schuhe finde ich dabei echt witzig: Selten habe ich mich so unbeholfen und schlaksig gefühlt wie in diesen übergroßen Tretern. Er lässt mich wunderbar in Frieden. Alles ist unbeschwert.

Am Ende ist fast eine Stunde vergangen, in der ich meine Anspannung der letzten Zeit von der Seele getanzt und gesungen habe, und nun stehe ich schwitzend und schnaufend in der Nähe einer Wand. Vor einer Woche hätte ich nie und nimmer damit gerechnet, dass ich heute hier bin. Obendrein verheiratet. Obendrein mit *Desmodan*!

Er schläft tief und fest und hat von meinem Spektakel nichts mitbekommen. Während ich selbst durch die Gegend gewirbelt bin, hat er sich nicht mal gedreht. Seine gefesselten Arme liegen noch immer über seinem Kopf. Nachher werde ich sie ihm herunterlegen, damit er nicht mit schmerzenden Schultern aufwacht, nur jetzt gerade gefällt mir sein Anblick zu gut, um an seiner verruchten Pose etwas zu ändern.

Da habe ich doch einigermaßen Glück, dass Konstantin keinen fünfzigjährigen Fahrer beschäftigt. Und wenn ich ehrlich zu mir selbst bin, hätte ich einen solchen wohl auch nicht zur Ehe gezwungen. Immun bin ich gegen sein Aussehen nicht. War ich auch noch nie. So wie er mich im Rückspiegel beobachtet hat, habe ich ihn angesehen. Mit Absicht ließ ich meinen Blick hochnäsig wirken. Er sollte auf keinen Fall wissen, dass ich ihn optisch ansprechend fand. Dazu hat er mich viel zu abfällig behandelt. Allein bei der Erinnerung spüre ich einen Stich im Herzen. Außerdem ist er ein Frauenheld wie er im Buche steht.

Es wird Zeit, dass ich mich abkühle, bevor der Schweiß an mir zu kleben beginnt. Ich schnappe mir noch die getragenen Sachen aus meinem Gepäck, die ich gestern nicht mehr ausspülen konnte, und begebe mich zum Wasserlauf. Die Luft ist in diesem Raum sogar noch kälter. Das Wasser ist so frisch wie aus einem Kühlfach.

Ich klettere aus den viel zu großen Schuhen und ziehe mich aus. Noch bin ich so aufgewärmt vom Tanzen, dass ich beschließe, sofort zu baden. Hoffentlich merke ich die Kälte dann weniger. Irgendwie erinnert es mich an eine Sauna für Arme: Fürs Schwitzbad habe ich getanzt und hier ist nun mein Tauchbecken.

Als meine Zehe das Wasser berührt, würde ich am liebsten zurückspringen.

„Das ist ja noch kälter, als ich beim Trinken dachte." Fluchend bekämpfe ich meinen Impuls und gehe vorsichtig tiefer hinein. Der Untergrund ist uneben, doch wenigstens reißt mich keine versteckte Strömung mit sich. Dafür kriecht mir die Kälte am Körper schneller hinauf, als ich tatsächlich ins Wasser eintauche. Wie ein Schatten eilt sie dem Gewässer voraus. Jeder Tropfen, der vom Quell nach unten spritzt, wirft das gelbe Licht vom Leuchtstab zurück, so als würden blasse Gespenster zu mir ins Wasser springen. Sie umgeben mich und umspülen meine Haut. Kleine Irrlichter, die im See erlöschen.

Inzwischen stehe ich bis zum Nabel drin und ziehe zitternd den Bauch ein. Eisige Nadelstiche prickeln auf meiner Haut. Es ist, als würden sie meine innerste Kälte heraufbeschwören. Sie kriecht unter meiner Oberfläche hervor und schneidet alte Wunden neu in mich hinein.

„Warum bin ich jetzt bei dir?"

Callistus sah mich an und lächelte. Sein Blick erinnerte mich an ein Reptil. Er leckte sich über seine schmalen Lippen und rieb sich die Hände, auf denen erste Altersflecken hervorstachen.

„Weil ich das so will." Er betrachtete mich von oben bis unten. „Weil ich dich mir gewünscht habe. Unser Vater wollte dich erst hergeben, wenn du achtzehn bist. Ich wollte dich schon besitzen seit du sechzehn warst. Wir haben uns in der Mitte getroffen."

Ich hatte keine Ahnung, dass mein siebzehnter Geburtstag für ein Abkommen zwischen den beiden festgelegt worden war. Ein kalter Knoten formte sich in meiner Brust. Mit der Hand strich ich über meinen Arm, doch mir wurde nicht mehr wärmer. „Warum solltest du jetzt mein Vater sein wollen?“

Das ließ ihn lachen. Das seelenloseste Lachen, das ich je gehört hatte. „Ich will ganz bestimmt nicht dein Vater sein, Ella.“

„Niemand nennt mich …“

„Ich tue es. Meine süße Ella. Es ist dein Geburtstag.“ Langsam kam er auf mich zu. „Der große Tag, auf den wir beide schon so lange gewartet haben, ist endlich gekommen.“

Ein Schaudern rann über meinen Rücken. „Ich habe nicht …“

„Jemand hat mir geflüstert, dass du dir ein rotes Auto wünschst“, unterbrach er mich erneut.

„Willst du mir etwa eins schenken?“ Irritiert blinzelte ich ihn an.

Sein Gesicht gefror. „Nein! Das halte ich für verantwortungslos. Es passieren schlimme Unfälle mit schnellen Autos. Nichts und niemand nimmt dich mir weg.“

Mit bangen Bewegungen wich ich zurück. Ich kannte sein Haus nicht, wusste nicht, wo ich mich hätte verstecken oder wie ich von dort hätte fliehen sollen. Unbarmherzig würde bald die Sonne aufgehen und mich bei ihm einsperren.

„Du siehst aus wie eine Frau, Ella. Es ist an der Zeit, dass ich eine aus dir mache.“

Dann packte er mich am Arm und zerrte mich mit sich

aus dem Raum, die Treppen hinauf und in sein Schlafzimmer. Den ganzen Weg schrie ich und versuchte, mich von ihm loszumachen, doch er riss mich noch mit sich, als ich stolperte und auf den Boden schlug. Diese Kraft in seinem sehnigen und für mich damals schrecklich alten Körper hätte ich ihm nicht zugetraut. Sein Griff schnürte mir fast den Arm ab. Ganz sicher schnürte er mir mein Herz zu. Kein Lufthauch in seinen Räumen konnte mir das Gefühl nehmen zu ersticken. Niemand eilte mir an meinem eigenen Geburtstag zu Hilfe. Damals nicht und auch später nie. Ich gehörte nun ihm und er konnte über sein Eigentum verfügen, wie er wollte.

Ich tauche mit dem Kopf unter Wasser und schreie mir die Luft aus den Lungen. Es ist kalt. Immer noch so kalt. So wie damals.

Als er mit mir fertig war, gab es kaum ein Stück Haut an mir, dass keine Male von ihm trug: Blaue Flecken und Bisswunden. Ich blutete – körperlich und seelisch. Während er schlief und ich seinen widerlichen Atem hörte, verließ ich das Zimmer und schwankte zum Bad. Ich ließ mir kaltes Wasser ein, um mich von diesem Schock zu betäuben. Mein Unterhemd klebte in Fetzen an mir und wurde ganz nass, als ich in die Wanne tauchte.

Ich wollte nie wieder etwas fühlen müssen und vor allen Dingen nicht das. Aber etwas an meinem Vorhaben ließ ihn aus dem Schlaf aufschrecken und bevor die Welt um mich herum für alle Zeit schwarz werden konnte, riss er mich an den Trägern meines Hemdes zurück an die Luft. Zurück in ein zu langes Leben an seiner Seite. Sein Blick war so voller Wut über meinen Versuch.

„Ella, was machst du da?“, kreischte er. „Unser Bund ist besiegelt. Es war doch wunderschön.“ Seine Hand strich zitternd über mein nasses Haar, berührte meine blauen Lippen. Er zog meinen Kopf an seine Brust und drehte den Abfluss auf. Strudelnd entwich das Wasser aus der Wanne. Ich spürte, wie es an meinem Körper entlang tiefer sank. „Ella“, flüsterte seine Stimme. „Wenn du das noch einmal versuchst, schlage ich dich persönlich tot.“ Dann küsste er meinen Scheitel.

Die Zeit für Träume war vorbei – so verflogen wie Asche, die man zu einer Beisetzung über das Meer streut. Damals begann ich, mein Tränenschloss zu errichten. Ich war siebzehn und fühlte mich wie hundert.

Zitternd schnappe ich nach Luft. Meine inneren Dämonen scheinen mich in jedem kalten Gewässer zu finden, selbst hier in dieser abgelegenen Höhle. Das hätte mich nicht überraschen dürfen, schließlich habe ich sie selbst mitgebracht. Sie sind immerzu da. So sagt man doch: Du kannst nicht vor dem fliehen, was in dir ist.

Ich krieche aus dem See und kauere mich zusammen. Nach dem Bad bin ich zwar sauber, aber innerlich fühle ich mich schmutzig. Meine Arme umschlingen meine Beine, doch ich spüre beides kaum noch. Das Herz rast in mir, als hätte es Angst, sonst vor Kälte stehenzubleiben. Schlotternd sitze ich am Ufer und alles, was ich denken kann, ist, dass ich meine schmutzige Wäsche noch nicht gewaschen habe. Mein Blick gleitet hinüber, doch ich bringe es nicht über mich, das jetzt zu tun. Stattdessen greife ich zum Shirt, das noch am saubersten aussieht, und reibe mich damit trocken. Erst jetzt fällt mir auf, dass ich kein Handtuch dabeihabe. Auf Camping bin ich einfach nicht vorbereitet. Nachdem ich meine Haut abgerieben habe, wringe ich meine Haare aus und frottiere sie mit einem weiteren Kleidungsstück. Dann schlüpfe ich in Desmodans viel zu große Schuhe und laufe ansonsten nackt zu ihm zurück.

Ich bibbere am ganzen Körper und kann meine Zähne aufeinander schlagen hören. Gegen die Tränen presse ich meine Handballen an die Augen. Tränen sind wie die Hintergrundmelodie meines Lebens. Ein Lied aus Tränen. Ich will sie nicht, doch sie tropfen aus meinen Augen. Ich bin so dumm. Hastig krame ich saubere Sachen aus meinem Koffer und ziehe mir eine frische Hose und meinen wärmsten Pullover an. Am liebsten würde ich meine Haare föhnen, aber ... Mir fällt der Generator ein und ich probiere einfach mein Glück. Ich nehme meinen kleinen Reiseföhn und gehe zurück in die Grotte. Tatsächlich finde ich sogar eine Steckvorrichtung und trockne mindestens eine halbe Stunde lang mein Haar. Ich föhne es noch, als es längst trocken ist, doch mir will einfach nicht wärmer werden.

Schließlich gebe ich auf und begebe mich zurück in die Schlafhöhle. Ich starre auf Desmos nackte, gefesselte Arme und den warmen Schlafsack und fühle mich entsetzlich müde und erschöpft. Schritt für Schritt bewege ich mich auf ihn zu, während ich den Föhn am Kabel zu Boden gleiten und einfach liegen lasse. Mechanisch streife ich seine Schuhe ab und spüre dieses Herzrasen in mir. Er schläft. Ja, er schläft und wird mir nichts tun. Aber ohne seine Wärme wird mir wohl niemals wieder warm. Ich fühle mich so hilflos und gottverlassen. Außerdem habe ich es nicht geschafft, mir auch nur eine einzige Matte hervorzuziehen, um ein eigenes Bett herzurichten. Also treffe ich die Entscheidung, mich an seine Seite zu legen.

Befangen klettere ich zu ihm in den Schlafsack. Er ist ganz durchwärmt von ihm und unglaublich einladend. Als ich mich neben ihm ausstrecke, spüre ich seinen Körper in ganzer Länge neben mir. Im Vergleich zu meinen durchfrorenen Gliedern, fühlt er sich sengend heiß an. Ich kuschele meine kalten Füße zwischen seine Waden, schließe den Reißverschluss hinter meinem Po und ziehe ihn bis ganz nach oben zu.

Ich betrachte ihn, während er schläft. Sein Atem geht ruhig, vollkommen entspannt. Er ist noch schöner, als ich dachte, und so weit weg davon, ein Dämon zu sein. Dieser volle geschwungene Mund, mit dem er bereits meinen Hals und mein Ohr geküsst hat. Gänsehaut bildet sich auf meinem Körper, aber dieses Mal nicht von der schlechten Sorte.

Mit der Fingerspitze fahre ich über seine Lippen und erkunde ihn vorsichtig. Callistus hat mich völlig kaputtgemacht und ich bin es so leid, meinen Körper und diese Ängste wie ein verfluchtes Gefängnis zu erleben. Das hier fühlt sich zur Abwechslung einmal gut an. Desmodan tut mir nichts. Er hält vollkommen still und lässt mich machen. Dass ist zwar den K.O.-Tropfen geschuldet und ich weiß, dass er sich anders verhält, wenn er nicht betäubt ist, bloß spielt das gerade keine Rolle.

Ich will ihn erkunden. Auf meine Weise und ganz ungestört. Fasziniert sehe ich auf seinen Mund und langsam taut etwas in mir. All die Jahre habe ich peinlich genau darauf geachtet, keinen Mann auf den Mund küssen zu müssen. Ich nage an meiner Unterlippe. Das Kribbeln, weil ich seine samtige Haut berühre, breitet sich von meiner Fingerkuppe bis in meine Lippen aus. Ich schlucke schwer und blinzele mehrmals, weil ich es einerseits will und andererseits einfach nicht kann. Wie lange muss ich ihn betäuben, bis ich es über mich brächte, ihn zu küssen?

Blonde Stoppeln zieren sein Kinn. Wenn er hier liegt, kann er sich nicht rasieren. Ich fühle die feinen Borsten unter meiner Hand und reibe zum Spaß eine Zeitlang kreisend darüber. Seine braunen Augen verstecken sich unter den geschlossenen Lidern. Dieses kräftige, warme Braun, das sooft in diesen fiebrigen Blick umschlägt, wenn er mich begehrt. Nichts an seinen Gefühlen für mich ist kalt. Er ist das ganze Gegenteil. Heißblütig. Selbst in seiner Wut.

Ich greife nach seinen Armem und lege sie ihm vorsichtig nach unten. Im Schlaf runzelt er die Stirn und Brauen und ich weiß, dass sein Körper gegen die Veränderung rebelliert. Vermutlich wuseln tausende Ameisen durch seine Nerven. Wenigstens bekommt er das nicht bewusst mit.

Die Müdigkeit überrollt mich und ich zupfe den Schlafsack gemütlich über uns, lege meinen Kopf an seine Schulter und meine Hand auf seine starke Brust. Sein Herzschlag vibriert unter meiner Berührung. Es ist ein guter Puls. Ich klammere mich daran und schlafe ein. Zum ersten Mal finde ich es weder schlimm noch unangenehm, an der Seite eines Mannes zu liegen.

Als ich wach werde, bin ich desorientiert. Ein fahler gelber Schein hüllt die Steinwände und Felsdecke ein und ich brauche einen Moment, um zu realisieren, dass ich neben Desmodan liege. In Löffelchenstellung. Und noch eine Sekunde länger brauche ich, um zu bemerken, dass ich mein Becken wohlig an seinem Schoß kreisen lasse. Er reagiert darauf, wie Männer das so tun. Desmodan ist hart und ich merke, dass eine andere Verhärtung in meinem Rücken von seinen gefesselten Händen herrührt.

Ich werfe einen Blick über die Schulter und habe das Gefühl, dass er mehr schläft, als noch betäubt zu sein. Was, wenn er nicht gefesselt wäre? Was, wenn er wach geworden wäre? Am Ende hätten sich seine Hände auf meine Brüste geschoben, sein Mund in meinen Nacken und seine Zähne in meinen Hals. Wenn ich ihn lassen würde, wie er will, wenn ich ihm ausgeliefert wäre, wie er mir, dann würde er mir wohl die Hose abstreifen, seine Shorts herunterziehen und ...

Mit rasendem Puls ziehe ich den Reißverschluss vom Schlafsack auf, steige behutsam heraus, um ihn nicht zu wecken, und laufe zu meiner Tasche. Eilig nehme ich die Tropfen heraus und träufele ihm ein paar davon auf die Lippen. Als ich merke, dass er sie nicht schlucken will und sie ihm wieder aus dem Mund rinnen, greife ich zur einzigen Möglichkeit, die mir einfällt. Ich beiße in meinen Arm, um eine Wunde zu öffnen. Dann drehe ich seinen Kopf in den Nacken und träufele ihm ein paar von den Tropfen direkt in den Mund. Als ich daraufhin meinen Arm an seine Lippen lege, fängt er sofort an, von mir zu trinken, und schluckt die Tropfen dabei mit herunter.

Selbst im Schlaf treten seine Adern schwarz hervor und seine Zähne fahren aus und bohren sich in meine Haut. Mein Blut lässt ihn also immer transformieren. Ich sehe ihm beim Trinken zu und streichele sein blondes Haar. Er ist so schön. So jung und ...

Seine Augenlider klappen auf und ich bekomme beinahe einen Herzinfarkt, als ich den schwarz lodernden Blick sehe, mit dem er mich taxiert. Seine Hände landen gleichzeitig auf meinem Arm, was nicht anders geht mit den Fesseln. Im selben Moment bemerkt er den Gürtel, der ihm die Unterarme zusammenbindet.

Wir starren uns an und er runzelt die Augenbrauen. „Maribella", flüstert er benebelt und blinzelt mehrmals.

Mein Blut berauscht ihn, die Tropfen hingegen verschleiern seine Sicht.

„Shhh", beruhige ich ihn. „Alles ist okay."

„Wieso bin ich gefesselt?" Nach seinen Worten trinkt er wieder. Er kann einfach nicht aufhören, mein Blut in sich aufzunehmen.

„Das war vom Vorspiel." Ich muss nicht einmal lügen. „Ich bin auf deinen Schoß geklettert und habe dich gefesselt. Es hat dir gefallen."

„Mach es ab!", fordert er und ich höre, wie er noch stärker ins Lallen gerät, und sehe, wie ihm der Schweiß auf der Stirn ausbricht.

Da er meinen Arm zum Trinken festhält, kann ich den Gürtel nur mit der freien Hand öffnen. Meine Bewegungen sind fahrig. Verdammt, er hat wirklich fast nur noch geschlafen. Was habe ich mir bloß dabei gedacht, mich so schutzlos neben ihn zu legen?

Als die Gürtelschnalle aufschnappt, zieht er erleichtert die Luft ein. Ich höre seinen kraftvollen Atem, während er sich an mir labt. „Beim Sex?“

Ich nicke nur stumm.

Seine freie Hand schiebt den Schlafsack tiefer und landet auf seinen Shorts und der Morgenlatte. Dann lächelt er mich an. „Ich glaube, ich kann noch mal. Zieh dich wieder aus.“

Ich presse die Lippen aufeinander und schüttele den Kopf. „Lass mich erst nachsehen.“

Er greift nach meiner freien Hand und schiebt sie sich in die Unterhose. Sein Schwanz ist hart und einsatzbereit. Kein Wunder, er hat gestern keine echte Erlösung gefunden.

Während er mein Blut schluckt, legt er meine Finger um sein Glied und beginnt, sich mit mir zu befriedigen. Ich spüre seine kräftige Hand, die meine hält, und seine Erregung, die unter unserer Berührung weiter anwächst. Desmodan ist wirklich größer gebaut. Mein Mund wird trocken und ich fühle mich ruhelos. Schweiß glänzt auf seiner Haut. Vermutlich erinnert er sich nicht einmal mehr an das hier, wenn er das nächste Mal wach wird.

„Du machst mich so heiß“, murmelt er.

Sein Griff wird fester, seine Bewegungen kraftvoller. Wie unbarmherzig Männer an sich selbst herumspielen, hat mich schon immer verwundert. Zu mir selbst bin ich wesentlich zarter.

Ich bediene ihn und zum ersten Mal empfinde ich etwas dabei. Es ist nicht einmal Abscheu oder stumpfe Gefügigkeit. Das hier fängt an, mir zu gefallen. Sein Gesichtsausdruck schmilzt unter seiner Lust dahin und ich beschließe, ihm einen schönen Schlaf zu bescheren.

„Du machst mich ganz schwindlig“, stöhnt er und schlängelt seine Zunge lustvoll über meinen Arm. „Gott, wie du schmeckst …“

„Genieße es einfach, Desmo.“

Er seufzt selig, während ich ihn befriedige. „Sag es noch mal. Sag meinen Namen, wenn du es mir machst.“

Ich lecke über meine Lippen und staune, wie leicht er sich doch Desmo nennen lässt, wenn seine Sinne nur genügend berauscht sind. Mir gefällt die Erlaubnis und ich nutze die Gelegenheit, ihn bei seinem Kosenamen zu nennen. Meine Hand verwöhnt ihn geschickt. In jede meiner Berührungen flüstere ich den Klang seines Namens. „Desmo, Desmo, Desmo …“

Er fühlt sich gut an, ziemlich gut sogar, und stößt in meine Faust. Als er kommt, ist er kaum noch ansprechbar. Die Hitze in seinem Blick weicht ins Land der Träume. Der Griff seiner Hand um meine wird so schlaff wie sein Glied. Ich wische ihn mit seinem Shirt sauber, decke ihn ordentlich und dieses Mal ohne Fesseln zu und gehe endlich die Wäsche machen.

KAPITEL 9

Ich hocke am Ufer und schrubbe unsere Sachen sauber. Gut, von ihm nur das Shirt, aber wer hätte überhaupt gedacht, dass ich mal die Wäsche eines Mannes mache? *Meines* Mannes. Der Gedanke ist immer noch völlig verrückt.

Ihn zu betäuben war in Ordnung, sage ich mir. Das musste ich tun, um mich vor ihm zu beschützen. Ich will wirklich keine schlechte Person sein, aber bestimmt auch nie mehr ein Opfer. Normalerweise habe ich keine Probleme damit, notwendige Maßnahmen zu ergreifen, doch dieser blöde Kerl fängt langsam an, mir nicht mehr egal zu sein. Immerhin habe ich ihm doch einen süßen Traum verschafft. Muss ich mich eigentlich rechtfertigen?

Mit tauben Fingern rubbele ich Stoff über Stoff. Meine Haut an den Händen fühlt sich beinahe so aufgeweicht an wie das Kleidungsstück, das ich bearbeite. Klatschend landet es neben mir am Boden und ich greife nach meiner Hose, um sie als Nächstes zu waschen. Dann höre ich ein Bimmeln in der Tasche. Der Klingelton ist denkbar langweilig und garantiert nicht meiner.

Vor Schreck reiße ich die Augen auf. Marcellus!

Oh, nein. Auch das noch.

Ich wische meine Hände an der Jeans trocken und ziehe das Telefon heraus. Mit gefühllosen Fingern nehme ich das Gespräch an. „Hallo?“

„Maribella ...“ Seine Stimme klingt überrascht. Sicher hat er mit meinem Mann gerechnet und ich kann förmlich die Rädchen in seinem Kopf rattern hören, während ich der Stille am Telefon lausche. Er fragt sich todsicher, wie das Handy in meinen Besitz gelangt ist. „Gib mir mal Desmodan.“

„Der kann gerade nicht.“ Ich gebe mir Mühe, unbekümmert zu klingen. Verdammt, darauf, diesem Sicherheitsmann auch noch eine Lüge auftischen zu müssen, bin ich nicht vorbereitet.

„Wieso nicht?“

Also probiere ich es mal mit einem Teil der Wahrheit. „Er schläft gerade.“

„Jetzt?“

Ich werfe einen Blick auf die Uhr. Hier unten verliert man schnell das Zeitgefühl. Es ist kurz vor Sonnenaufgang. Große Güte! Wie lange haben wir denn geschlafen? Aber immerhin. Ich säße ganz schön in der Tinte, wenn jetzt Nacht wäre. Vermutlich würde sich Marcellus in den nächstbesten Helikopter schwingen und unseren Unterschlupf auf Windesflügeln umkreisen.

„Ja, er war müde und hat sich früher hingelegt.“

Er schnaubt. „Das glaubst du doch selbst nicht. Mach ihn wach!“

Ich stehe auf und drücke meine kribbelnden Knie durch. Immer diese Ameisenarmada, nur weil man sich mal eine viertel Stunde die Blutgefäße in der Hocke abgeklemmt hat.

Seine Worte machen mich sauer und ich stemme die Hand in meine Hüfte. „Was bist du denn, bitteschön? Ein telefonischer Lügendetektor? Er schläft. Wenn er schnarchen würde, könntest du ihm dabei zuhören."

„Mach ihn wach!", fordert er wieder mit eisiger Stimme.

Oh, welch Freude, dass das jetzt mein Schwager ist. Ich spüre die Liebe schon durchs Telefon. „Ich kann mich gerade so beherrschen."

„Wieso hast du das Telefon?"

„Weil er schläft."

„Ich habe vielleicht einen Lockvogel für deine Familie gefunden." Der Themenwechsel kommt etwas unerwartet.

„Aber Marcellus, du und Desmo, ihr seid doch jetzt meine Familie."

„Nenne ihn nicht Desmo", zischt er durch die Leitung. Du lieber Himmel, haben denn alle in seinem Umfeld diesen Knall?

Ich spitze die Lippen und lächele dann zuckersüß, obwohl er das ja überhaupt nicht sehen kann. Allerdings hoffe ich einfach, dass er meine Belustigung aus meiner Stimme heraushört. „Das letzte Mal war er ganz begeistert davon, dass ich ihn so nannte. Er wollte es sogar ganz ausdrücklich."

„Im Leben nicht!"

„Wen hast du denn gefunden, um ihn meiner ehemaligen Familie zum Fraß vorzuwerfen?" Inserieren potentielle Schuldige im Wochenblatt, oder wie geht das?

„Jemanden. Hör zu, du kannst Desmodan wieder freigeben. Ihr passt nicht zusammen und nun ist es bald nicht mehr nötig, dass du ihn erpresst."

Ich tippele ungehalten mit meiner zu großen Schuhspitze auf dem Steinboden herum. „Das hat sich damit noch lange nicht erledigt. Damit ist nur *dein* Problem behoben: das, was meine Verwandten mit dir und Lindana tun würden, wenn sie wüssten, dass du Callistus' Mörder bist. Die Ehe mit Desmo wird halten, bis dass der Tod uns scheidet. Und zwar, damit die Männer aus meiner Familie aufhören, mich zu verfolgen und Besitzansprüche an mich zu stellen. Und das ist das Ende dieses Themas."

„Ich kann für dich eine Lösung auf die Beine stellen, wieder zu verschwinden", lenkt er ein. „Niemand würde dich finden und wir könnten dein neues Leben sehr luxuriös gestalten."

„Wie das denn, bitte?"

„Wir kennen beide jemanden mit sehr viel Geld. Er war auch behilflich beim Finanzieren eines Schuldigen für Callistus' Tod."

„Konstantin hat seine Finger mit im Spiel?" Ich habe gedacht, wir hätten alle Seile zwischen uns gekappt.

„Was sagst du? Lass meinen Schwager frei und du kannst dir aussuchen, wo und als wer du untertauchst."

Mein letztes Untertauchen in diesem kalten Höhlengewässer steckt mir noch in den Knochen. Ich atme geräuschvoll aus und schüttele den Kopf. „Du kannst dir das vielleicht nicht vorstellen, aber ich habe es einfach satt, mich ständig zu verstecken und zu isolieren.

Und egal was du mir da garantierst, ich kenne die Angst im Bauch, dass am Ende doch jemand auftaucht und mich wieder einsperrt. Das wird mir nicht mehr passieren. Ich habe selbst eine sehr passable Alternative zu solch einem Leben entdeckt. Und dabei ist mir Desmo sehr behilflich."

„Aber nicht freiwillig!" Ich halte den Hörer vom Ohr, denn er schreit regelrecht hinein.

„Wieso seid ihr beide jetzt eigentlich so dicke miteinander? Er hat dich früher *Robo* genannt."

„Ich hatte damals auch keine allzu hohe Meinung von ihm. Wir haben uns beide eine zweite Chance gegeben, als ich mit Lindana zusammenkam, und jetzt sind wir wie Brüder."

Ich kann nicht verhindern, frustriert zu klingen. „Wieso gibst du mir dann, verflucht noch mal, nicht auch eine zweite Chance?"

„Weil du ihn erpresst. Es wäre anders, wenn er zu mir gekommen wäre und mir seine Liebe für dich gestanden hätte, allerdings wissen wir beide, dass das nie passiert."

„Na, und?" Ich habe ein flaues Gefühl im Bauch.

„*Na, und?* Das sagt doch schon alles! Er verdient eine Frau, die ihn liebt. Nicht *dich*!"

Das letzte Wort hört sich bei ihm wie Abfall an. Marcellus' und Desmodans Meinung über ihren Boss Konstantin schwankt nie. Er ist der Gute in der Geschichte, der blöderweise mit mir zusammen war. Dass er mit dem Sex, den wir hatten, bestens klarkam, interessiert dabei niemanden. Und dass ich nur deshalb Sex mit Konstantin hatte, weil mein Bruder mich zu seiner Marionette gemacht hat, ist dabei genauso unerheblich. Keiner von denen musste ertragen, was ich erlebt habe. Und jetzt sind sie einsame Spitze darin, auch noch auf mich herabzusehen und überheblich zu klingen, als hätte ich alles höchstpersönlich eingefädelt. Männer können solche Jammerlappen sein!

„Er selbst liebt doch auch niemanden", halte ich Marcellus entgegen. „Er hätte sowieso nie geheiratet. Ich verbaue ihm gar nichts. Von mir aus kann er weiter Dates haben."

„Und wenn doch mal die Richtige dabei ist?"

Ich schlucke hart und lecke über meine Lippen. Unmöglich kann ich ihn wieder freigeben. Das geht einfach nicht. „Sag Bescheid, wenn wir aus dieser Höhle verschwinden können."

Damit kappe ich die Verbindung und starre minutenlang auf das Telefon.

Ich kann Desmodan nicht gehen lassen. Und ich will es auch nicht. Er gehört jetzt zu mir. Zumindest eine Sache ist mir klargeworden, seit ich neben ihm geschlafen habe: Ich habe kein Problem mit Nähe an sich, sondern damit, dass sich mir ein Mann aufdrängt. Neben ihm zu liegen war sogar sehr schön und ich habe mich weniger einsam gefühlt. Obwohl oder vielleicht auch weil er betäubt war, konnte ich ganz geborgen in seinen Armen liegen. Es ist, als könnte ich mich an seiner Seite selbst therapieren. Egal, wie wütend er über die K.O.-Tropfen sein wird – allein dafür, dass ich das verstehen konnte, nehme ich es in Kauf, dass er schimpfen wird. Das war es wert.

Ich gehe nach nebenan und betrachte ihn einmal mehr beim Schlafen. „Du bist jetzt bei mir", flüstere ich.

Das Handy vibriert in meiner Hand und vor Schreck lasse ich es fast fallen. Ich atme tief durch, um mein entsetztes Herz zur Ruhe kommen zu lassen, und schaue dann aufs Display. Eine SMS von Marcellus. Voller Widerwillen öffne ich seinen Text.

»Wenn ich in den nächsten Stunden nichts von Desmo höre, komme ich persönlich vorbei. Es sollte ihm besser gutgehen!«

Sonst was? Ich würde meinen tollen Schwager gerne anschreien, aber dafür müsste ich ihn anrufen, und das will ich nicht.

Wie in drei Teufels Namen soll ich meinen Mann so schnell wach bekommen? Zum Glück habe ich ihm nur ein paar Tropfen verpasst und er hatte einiges von meinem Blut, was die Wirkung schneller aus seinem Körper treibt. Allerdings habe ich ihn gerade erst neu betäubt.

Ich gehe neben ihm in die Hocke und schüttele ihn. „Desmo!", rufe ich. „Desmo! Komm schon, ich weiß, dass du es hasst, wenn ich dich so nenne. Werde gefälligst wach und halte mir eine Standpauke. Ich brauche deinen Gorillaschwager hier nicht."

Er schlummert friedlich weiter. Selbst dann noch, als ich ihn mit den Zähnen in den Hals zwicke. Natürlich trinke ich jetzt nichts von ihm. Dann würde ich die Schlagkraft der Tropfen über sein Blut selber zu spüren bekommen. Aber ich hatte doch zumindest gehofft, dass das Entfachen seiner Instinkte ihn aus dem Schlaf rüttelt. So wie letztes Mal, als er mein Blut ...

Nein, ich versuche erst ein paar andere Dinge. Ich flitze zurück in die Höhle und schnappe mir sein noch immer klatschnasses Shirt. Damit laufe ich zu ihm zurück und wringe es über seinem Kopf aus. Alles, was ich damit erreiche, ist, dass er nasse Haare hat. Mist! Ich rubbele ihm das Shirt über das Gesicht, den Hals, seine Brust. Und weil ich davon ziemlich angetan bin, streiche ich noch eine Runde mit meinen Händen über seine nackte Haut. Er hat wirklich schöne Muskeln. Doch der Kerl, dem er sie durch dessen Krafttraining verdankt, hat noch mehr davon, und ich will Marcellus wirklich nicht begegnen. Immerhin hat er meinen Halbbruder getötet. Ich *weiß*, dass er nicht zimperlich ist. Und weil er mich nicht gerade lieb hat, wird er es mit mir erst recht nicht sein. Schon gar nicht, wenn der Bruder seines Herzens nicht wach zu bekommen ist.

Ich habe keine Ahnung, wie man die Auswirkung der Tropfen stoppen kann. Das habe ich noch nie versucht. Wozu auch? Obendrein habe ich in dieser Höhle nicht wirklich viel im Angebot, was sich nutzen ließe. Die Dose mit gekochten Möhren hilft garantiert nicht. Desmo ist ja kein Hase. Am Ende bleibt mir wirklich nur das *BoBlood* und mein eigenes Blut, um ihn zu beleben. Für den ersten Durst werde ich ihm Tütenblut geben. Zum finalen Wecken dann meines. Damit ich mich dabei nicht komplett entkräfte, werde ich selbst vom abgepackten Blut trinken müssen.

Ich fange schon mal an, alles zusammenzuräumen. Die Sonne geht draußen gerade auf, also kann ich nicht mal den Wagen suchen gehen. Trotzdem ist das Bedürfnis, an einen Ort zu verschwinden, den Marcellus nicht kennt, übermächtig. Gleichzeitig kommen wir hier auch nicht weg, bevor Desmo wach ist, weil ich es nicht schaffe, ihn hinauszuschleppen. Daher hoffe ich, dass er zu sich kommt, bevor die Nacht einbricht. Ohne ihn will ich nicht abfahren. Was hätte ich dann erreicht? Ich müsste mich weiter verstecken.

Sobald Desmodan wach ist, brauche ich mich nicht so vor Marcellus zu fürchten. Vermutlich werde ich meinen Mann aber nicht überreden können, mit mir zusammen woanders abzusteigen. Resigniert halte ich im Packen inne. Ich sitze hier fest.

Mir bleibt nichts anderes übrig, als das *BoBlood* aus dem Kühlnetz zu holen und mich neben meinen Mann zu setzen. Missmutig bohre ich das Trinkröhrchen in die erste Packung und leere sie. Das dürfte in etwa ausgeglichen haben, was er vorhin aus meinem Arm gesaugt hat. Den nächsten Strohhalm bohre ich in eine Packung, um mir einen Vorrat für seinen anstehenden Durst anzulegen. Da ich selbst aus schierer Notwendigkeit trinke und nicht einmal transformiert bin, habe ich das Gefühl, die zweite Tüte schmeckt noch fader, als es sonst bei synthetisiertem Blut der Fall ist.

Mir geht sein schwarzer Blick, als er seine Augen aufschlug, während er von mir trank, nicht aus dem Sinn. Dieses Feuer. Dieser Hunger. Diese Leidenschaft.

Ich seufzte und knautsche die leere Packung *BoBlood* zusammen. Beim letzten Mal war er schon fast von alleine wach. Diesmal wird er mehr trinken wollen, um sich ins Reich der Lebenden zurückzuholen. Ich pieke in Tüte Nummer drei und starre sie lustlos an.

Was soll ich ihm bloß sagen, wenn er zu sich kommt? Okay, er ist halbwegs nackt. Um eine gemeinsame Nummer glaubhafter zu machen, stelle ich mein Getränk beiseite und zerwuschele ihm das Haar. Mhm, es ist herrlich weich und blond wie Vanillesauce. Der Kerl sieht wortwörtlich zum Anbeißen aus. Dass er schmeckt, weiß ich schon. Allmählich bohren sich meine Fänge aus dem Zahnfleisch und ich sehe ihn überdeutlich vor mir.

Sein Duft steigt mir in die Nase und ich habe gut Lust, ihn anzuknabbern. Das ist gefährlich.

Bevor ich etwas Dummes tue, trinke ich das synthetische Zeug, ohne meinen Durst wirklich daran stillen zu können.

In seinem benebelten Zustand war Desmodan sehr direkt und hat mir freimütig ein paar Dinge gestanden. Nur was davon war Wirklichkeit und was Drogenrausch? Wie fasziniert kann er tatsächlich von mir sein? Er denkt gewiss nicht dauernd daran, mit mir zu schlafen. Hormone, Drogen und Blutdurst sind keine solide Kombination, um darauf etwas zu geben. Zugegeben, er will mein Blut. Und ja, sein Körper funktioniert in bestimmten Situationen. Aber mich als Person muss er deshalb noch lange nicht ... mögen.

Auf mehr als *mögen* kann ich ohnehin nicht hoffen.

Mit einem flauen Gefühl im Magen stoße ich einen weiteren Trinkhalm in eine Blutkonserve und halte sie ihm an die Lippen. So viel Glück, dass er kurz nach der Tropfengabe wach wird, habe ich sicher nicht. Aber je mehr Blut er konsumiert, umso schneller wird es gehen. Mein eigenes Blut ist mir für die gesamte Behandlung zu schade. Fürs Erste wird das hier genügen müssen. Ich gebe ein wenig Druck auf die Packung und der künstliche Lebenssaft läuft ihm wie roter Sirup in den Mund. Langsam und instinktiv beginnt er zu schlucken. Auf diese Weise leere ich den gesamten Beutel in seinen Mund und bete, dass es für mich arbeitet.

Ich stelle die Uhr an meinem Arm, damit sie in zwei Stunden piept. So lange lasse ich Desmodan Zeit, sich selbst von der Wirkung der Tropfen zu heilen, bevor ich ihm mein Blut gebe. Hoffentlich nervt Marcellus in der

Zwischenzeit nicht.

Ich kuschele mich zu Desmo in den Schlafsack und schließe die Augen, doch als meine Uhr klingelt, habe ich noch immer keinen Schlaf gefunden. Es steht einfach zu viel auf dem Spiel. Meine Zukunft liegt in den Händen anderer Leute und ich hasse es, jemandem ausgeliefert zu sein.

Ich streife mein Shirt über den Kopf, um halbwegs nach Schlafzimmer auszusehen, zähle innerlich bis drei und beiße mir dann selbst in den Arm. Als ich mein eigenes Blut schmecke, halte ich Desmo die Wunde an den Mund. Die Wirkung, die mein Aroma auf ihn hat, lässt mich schmunzeln. Er transformiert mal wieder in Rekordzeit. Also wird er hoffentlich auch bald wach.

Erst sind seine Schlucke noch bedächtig, doch dann steigert sich sein Durst und seine Instinkte erwachen zum Leben. Als er meinen Arm packt, weiß ich, dass es nicht mehr lange dauert, obwohl seine Lider noch geschlossen sind. Ich kann nicht anders und streiche ihm durchs Haar. Er hat etwas an sich, das mich verlockt.

Ich höre ihn knurren und als ich meinen Blick von seinem Haar zu seinen Augen sinken lasse, sehe ich, dass er mich beobachtet. Seine Augen nehmen mich gefangen wie schwarze Löcher. Mein Puls beschleunigt sich und ich spüre die Zähne in meiner Haut überdeutlich.

„Hallo“, flüstere ich.

Er saugt meinen Duft ein und greift mit der freien Hand in mein Haar. Seine Finger reiben über meine Kopfhaut. In seiner Bewegung liegt eine unbezwingbare Gier, und sobald ich mich zurückziehen will, hält er mich fest. Nicht mit seiner gewohnten Kraft, dazu ist er noch nicht munter genug.

„Mir ist schwindlig von dir“, murmelt er und leckt über meine Haut. Sein Ausdruck zeigt Verwirrung und Genuss. „Was ist passiert?“

Ich schaue ihn vielsagend an und lasse meinen Blick über seinen Körper und zurück wandern. „Wir haben uns ein wenig vergnügt.“

Seine Augen werden schmal und er saugt an meinem Arm. „Haben wir?“

„Weißt du das etwa nicht mehr?“

Jetzt sieht er wütend aus und packt mich fester. Ich quieke vor Schreck auf. „Nein“, faucht er. Desmodan lässt meinen Arm los und reibt sich über die Augen. Dann schüttelt er den Kopf, um seine Benommenheit zu verdrängen. Seine schwarzen Augen finden mich. „Wieso weiß ich so was nicht mehr?“

Nervös benetze ich meine Lippen. „Keine Ahnung.“ Ausgerechnet jetzt kommt mir noch ein leichtes Husten aus dem Hals, was mich nicht gerade glaubhafter erscheinen lässt.

Entsprechend argwöhnisch sieht er auch aus. Das hält ihn nicht davon ab, das Blut, das nun über meinen Arm läuft, abzulecken.

Ich kann ihm dabei zusehen, wie er immer klarer wird. Er dreht meinen Arm hin und her und betrachtet die Wunde. Bisher hat sie sich noch nicht von allein geschlossen und er spielt mit der Zunge an den Bluttropfen, die neu herausperlen.

„Ich bin fast nackt, aber du nicht. Was für eine Nummer war denn das genau?“

Am liebsten würde ich die Arme verschränken, doch das geht nicht, weil er den einen ja festhält. Also lege ich eine gesteigerte Empörung in die Stimme. „Wieso bist du deshalb eigentlich aufgebracht? Es ist nicht gerade schmeichelhaft für mich, dass deine Erinnerungen dazu völlig blank sind."

„Vielleicht, weil es da nichts zu erinnern gibt." Er nimmt meine Kleidung genauer unter die Lupe. Dann scheint ihm die Szene im Auto in den Sinn zu kommen. „Hast du mich etwa bloß befummelt?"

Ertappt schlucke ich und zucke die Schultern. „Ich habe nicht behauptet, dass es aufs Ganze ging."

Plötzlich runzelt er die Stirn und sein Griff um meinen Arm verstärkt sich, während er mit der freien Hand nach etwas fasst, das sich hinter mir befindet.

„Was ist das?", flüstert er leise und hält mir eine kleine Flasche unter die Nase.

Ich spüre, wie ich bleich werde. Verflucht! Ich habe vergessen, die Tropfen zurück ins Gepäck zu räumen.

„Ähm ..."

Draußen scheint die Sonne. Ich könnte nicht mal weglaufen, selbst wenn er meinen Arm gerade nicht zerdrücken würde.

„Was ist das?", wiederholt er seine Frage.

„Nichts weiter."

„Dann schraube es auf und trinke es leer." Sein Gesicht ist eine kalte Maske.

Ich presse die Lippen aufeinander und schüttele den Kopf.

„Soll ich dir helfen?", hakt er nach. „Mach einfach den Mund auf und ich flöße es dir ein."

„Desmodan ..."

„Nein", unterbricht er mich. „Los, schluck das Zeug runter! Wenn es nichts ist, passiert dir auch nichts."

„Bitte, nicht."

„Du weißt genau, was das ist, oder? Sonst wärst du nicht weiß wie ein Gespenst. Sag es mir, oder ich teste es an dir aus."

„K.O.-Tropfen." Meine Stimme versandet im Hals.

„K… was?"

Er zwingt mich, es zu wiederholen, und sieht dann aus, als wollte er mich schütteln. „Verstehe." Desmodan nickt. „Wo hast du es reingemacht?"

„Ins *BoBlood.*" Ich gebe in etwa wieder, was passiert ist. So sehr ich auch versuche, das Geschehene abzumildern, mein Mann lässt sich nicht besänftigen.

„So belohnst du meine Hilfe?", zischt er.

„Du wolltest mich bedrängen." Das ist für ihn bloß ein schwaches Argument.

„Was hast du denn da alles Feines drin in deiner Tinktur? Gekauft oder selbst gemacht?"

„Gekauft."

Er schnaubt. „Also hast du keinen Schimmer vom Mischverhältnis oder den genauen Zutaten. Wird schon eine saubere Mischung sein. Ein paar Benzodiazepine, Flunitrazepam, Ketamin, GHB, Barbiturate, Neuroleptika. Ja?"

„Keine Ahnung. Wieso kennst du dich damit aus?"

„Mein Schwager hat einen Sicherheitstick." Seine nächsten Worte brüllt er: „Hast du das schon vergessen?" In die Frage hinein holt er aus und ich ducke mich und wimmere entsetzt.

Statt mich zu schlagen, höre ich nur, wie die Phiole an der Felswand zerschellt. Damit betäubt sie keinen Stein. Als ich zu ihm aufsehe, steht blanke Bestürzung in seinem Blick.

„Ich habe dir doch schon gesagt, dass ich dich nicht

schlage, Maribella.“

„Du vielleicht nicht.“

Er zieht mich am Arm an sich heran. Eindeutig ist er noch wütend, doch gerade beschäftigt ihn etwas anderes. „Erzähle es mir!“, verlangt er.

„Es gab in meiner Vergangenheit mal jemanden, der mich geschlagen hat.“ Das ist nur ein kleiner Teil der Wahrheit, doch mehr kann ich ihm unmöglich gestehen.

Er rauft sich durchs Haar und zieht mich an seine Brust. „Glaub mir, ich bin so sauer wegen dem, was du getan hast. Aber Gewalt gegen eine Frau geht gar nicht. Ich will nicht, dass du dich jedes Mal duckst, wenn wir streiten.“

„Ich kann das nicht so leicht aus meinem Kopf bekommen.“ Tränen kullern über meine Wangen.

Er stöhnt. „Ah, verdammt. Nicht weinen. Jetzt tröste ausgerechnet ich dich, obwohl du mir diese Keule verpasst hast. Scheiße, dass du so was mit mir machen konntest!“

Normalerweise würde seine Entrüstung mein Mitleid aus keinem Kaninchenbau locken, aber angeblich lernt man ja ständig etwas dazu, und heute scheint dieser Moment für mich da zu sein. Ich bekomme gerade eine Lektion über meine eigenen Emotionen, als ich mich selbst sagen höre: „Es tut mir so leid.“

Das erwischt ihn so kalt wie mich, denn er schiebt mich ein Stück weit von sich und erforscht mein Gesicht. Dann versucht er einen Scherz daraus zu machen. „Dass du mich befummelst, wenn ich betäubt am Boden liege?“

„Ich meine es ernst. Ich hätte das nicht tun sollen. Es schien so eine schnelle und unkomplizierte Lösung zu sein. Ich bin mit deinen Annäherungen einfach nicht klargekommen. Du hast dich mir pausenlos aufgedrängt.“

Jetzt lässt er mich los und steht schwankend auf. „Entschuldige mich mal kurz“, murmelt er und verschwindet in den hinteren Höhlenbereich. Hoffentlich muss er nur aufs Klo. Ich will nicht, dass er sich übergibt.

Als er wiederkommt, sieht er einigermaßen aufgeräumt aus und geht wortlos dazu über, sich anzukleiden. „Was habe ich verpasst?“

Ihm fehlt das Zeitgefühl. Das ist ganz normal. Allerdings ist er immer noch verstimmt. Er zeigt es mir nicht mehr so deutlich wie vorhin, doch seine Wut strömt ihm geradewegs aus den Poren. Datum und Zeit prüft er an seiner Uhr und schüttelt stumm den Kopf. Mit einer simplen Entschuldigung ist es bei ihm jedenfalls nicht getan.

Ich habe das Gefühl, dass sich mir ein Pfeil ins Herz bohrt. Das darf mir nicht so wichtig sein. Es bringt mir nichts, wenn ich mir mehr aus ihm mache, als er sich aus mir. Und zwar aus mir als Person und nicht als Blutsnack. Ganz offensichtlich ist er nicht dabei, sich in mich zu verknallen, und ich bin viel zu nah dran, dass er mir mehr bedeutet, als es gut für mich wäre.

Innerlich straffe ich mich und krame das Handy hervor. Ich halte es ihm hin und er greift danach, ohne mich zu berühren. Es fällt schon auf, wie sehr er das vermeiden will. Das ist mir egal. Es muss mir eben egal sein. Wie ein Mantra bete ich mir das vor.

„Marcellus hat angerufen, als du geschlafen hast.“

Bei dem Wort „geschlafen“ sieht er auffallend gereizt aus. „Und?“, fragt er nur.

„Du sollst dich bei ihm melden, oder er kommt vorbei und reißt mir den Arsch auf."

Fast erwarte ich, dass er etwas sagt wie: *„Tja, wenn ich das nicht kann, macht er es halt."*

Stattdessen erklärt er unumwunden: „Das werde ich nicht zulassen."

Überrascht sehe ich ihn an und er erwidert den Blick. Schließlich streicht er sich, wie so oft, mit der Hand über den Nacken und zuckt die Schultern. „Du kennst mich nicht."

Ich nicke langsam. „Scheint so."

Seine Augen durchbohren mich. Er seufzt und kratzt sich am Ohr. „Wir sollten das alles noch einmal neu anfangen. Unsere gesamte bisherige Bekanntschaft war mehr oder minder grauenvoll."

Oder so unbedeutend, dass die intimen Momente ausgeblendet werden. Ich schichte ein paar Lagen Eis um mein Herz und versuche unberührt auszusehen. „Stimmt, ja."

Desmodan streckt mir seine Hand hin. „Ich bin Desmodan, dein Ehemann."

Das lässt mich schlucken und ich erwidere zögerlich seinen Handschlag. „Maribella. Ich dachte, du hältst nichts von einem zweiten Anlauf."

Er stößt ein tonloses Lachen aus. „Ich habe das Gefühl, es läuft nur noch weiter bergab, falls wir es nicht versuchen."

Okay.

Na gut.

Immerhin.

Das ist nicht die große Liebe, die Marcellus bräuchte, um mich zu tolerieren. Doch zumindest ist es ein

Anfang. Der Mann, mit dem ich künftig zusammenleben muss, räumt mir eine Chance ein. Trotz dieser dummen Tropfen. Abermals kratzt mein Hals und ich hüstele. „Toll“, bringe ich hervor.

„Bist du krank?“

„Nein. Ähm ... Marcellus wollte, dass du schnell zurückrufst. Er hat eventuell jemanden für die Sache mit meiner Familie.“

„Wen?“

Ich zucke die Schultern und male Gänsefüßchen in die Luft. „‚*Jemanden.*‘ Das war sein Wort dafür. Ich schätze mal, er klärt das nur mit dir.“

Desmodan nickt. „Ich kann nicht fassen, dass ich das alles verschlafen habe. Es kommt mir vor, als wäre ich gerade erst weggedämmert. Dabei fehlt mir so viel Zeit.“

„Tut mir leid“, murmele ich erneut.

Er schüttelt nur den Kopf und wendet sich ab. Beim Durchgang zum nächsten Raum bleibt er noch einmal stehen und sieht über die Schulter zu mir zurück. Mit seiner Hand stützt er sich am Felsen ab und ich vermisse seine Berührung. „Das Merkwürdige ist, dass ich dir das sogar glaube.“

Dann geht er und lässt mich allein.

Ich sinke in die Hocke und habe keine Ahnung, was ich denken oder fühlen soll.

KAPITEL 10

Als er zurückkommt, sitze ich über eine Dose Möhren gebeugt, die ich regelrecht verschlungen habe, und bin gerade dabei, den Boden leer zu kratzen. Ich habe gar nicht gemerkt, wie großen Hunger ich hatte, doch ich habe in der ganzen Zeit, die wir hier verbracht haben, nichts gegessen. Das Geräusch des Löffels auf dem geriffelten Blech wird als gruseliges Echo von den Felsen zurückgeworfen.

Es ist die perfekte Untermalung für mein Innerstes, das sich genauso unheimlich anfühlt. Es ist so lange her, dass ich mich mit anderen verständigen musste, und Desmodan ist eine echte Zerreißprobe für mein Nervenkostüm. Ich wage es kaum, ihn jetzt anzusehen, aus Angst vor dem, was ich in seinem Blick ablesen könnte. Die Vorstellung, dass ich alles zwischen uns kaputtgemacht haben könnte, ist schwer zu ertragen. Besonders, wenn ich an seine Rettung auf dem Parkplatz denke, als er mir ohne zu zögern beistand, obwohl er bereits im Auto saß und einfach hätte wegfahren können.

Schuldbewusst rühre ich in meiner Konservendose. Was hat er mit Marcellus besprochen? Wie viel von dem, was hier passiert ist, weiß unser Schwager nun? Marcellus' Bild von mir ist ohnehin schon so verzerrt wie abstrakte Malerei. Es wäre wohl sämtlicher Farben – außer vielleicht einem aggressiven Rot – beraubt, falls er das mit den Tropfen wüsste. Vermutlich würde er es mir auch sehr krumm nehmen, dass ich das Zeug nicht selbst zusammengepanscht habe, obwohl es dadurch eigentlich nur eine bessere Qualität gehabt haben kann, denn ich bin weiß Gott keine Chemikerin. So viel also zu Frauen und Giftmischungen.

Wenigstens ist Desmo nicht mit dem Auto durchgebrannt. Schließlich steht die Sonne am Himmel und so ist er hier genauso gefangen, wie ich es bin. Er lässt sich neben mir nieder und zieht sich selbst eine Dose heran. Mein Herz klopft aufgeregt in meiner Brust, weil er mir so nah ist. Ich muss daran denken, wie geborgen ich in seinen Armen gelegen habe.

„Weiße Bohnen in Tomatensauce“, liest er. „Fehlen nur noch ein Lagerfeuer und ein Blechtopf, und ich käme mir vor wie im wilden Westen. Hast du auch die Musik von Ennio Morricone im Kopf?“

Vor Erleichterung, dass er normal mit mir spricht, wird mir fast schwindlig. „Von wem?“ Meine Stimme klingt so unsicher wie von einem Gespenst.

Er reißt den Deckel mit einem Ruck von der Konserve ab. „*Spiel mir das Lied vom Tod.* Westernfilmmusik. Kennst du das nicht?“

„Irgendwas mit einer Mundharmonika?“, rate ich drauf los.

Desmodan grinst und schaufelt sich den ersten Bissen Bohnen in den Mund, nur um ihn angewidert zu verziehen. „Kalt schmeckt das wie tote Mäuse."

„Ich weiß nicht, ich hatte Möhren."

Sein Löffel hält in der Bewegung inne und er wirft mir einen befremdeten Seitenblick zu. „Alles okay mit dir?"

„Klar …"

Klar, ich bekomme nur Herzrasen, wenn du neben mir hockst. Das sage ich ihm bestimmt nicht.

Er runzelt die Stirn und isst weiter. „Der Hunger treibt's rein. Das hat meine Oma immer gesagt."

„Dann hat dein Opa viel gekocht, ja?"

Erneut ernte ich einen schiefen Blick. Dann schluckt er gerade noch seinen Bissen herunter und legt sich lachend den Arm aufs angewinkelte Knie. Desmo wischt sich eine Träne aus dem Augenwinkel und schüttelt den Kopf. „Mein Opa hat überhaupt nicht gekocht. Sie hatten nur nicht viel Geld für Leckereien."

„Aha."

„So viel Armut kannst du dir gar nicht vorstellen, hm?"

Ich kenne eine andere Art von Armut. Gefühlsarmut. Die Leere in der eigenen Familie, ab einem bestimmten Tag.

„Nein, mir ging es immer gut", lüge ich. Besser, wir vertiefen das Thema nicht.

„Dachte ich mir schon."

Ich schlucke und spiele mit meiner leeren Dose. Es ist noch etwas Flüssigkeit am Boden und ich schwenke sie immerzu im Kreis herum. Die Muster, die sich dabei formen, sind sehr schön. „Was hat Marcellus gesagt?"

„Er holt uns nachher ab."

Das landet wie eine Abrissbirne in meinem Magen.

„Wozu?“

„Damit wir nicht die ganze Strecke mit dem Auto fahren müssen.“

„Das macht mir nichts aus. Können wir etwa schon von hier fort?“

Desmodan nickt. „Er hat jemanden.“

„Wie hat er das angestellt?“

Lange sieht er mich an und schüttelt dann den Kopf. „Das erzähle ich dir vielleicht mal, wenn ich dir vertrauen kann, aber im Moment sind das zu sensible Details. Und da ich ja schon weiß, dass du andere gerne erpresst, sehen wir mal davon ab.“

Ich schlucke und starre in den dunklen Felsengang, der in den Nebenraum abzweigt. So viel zu zweiten Chancen. „Klar.“

„Es geht hier vor allem um Marcellus, nicht bloß um mich“, erklärt er.

Ich suche seinen Blick. „Würdest du es mir denn sagen, wenn es nur um dich ginge?“

Ich sehe, wie sich sein Brustkorb hebt und senkt. Dann kaut er auf seiner Backe und zuckt schließlich einseitig die Schulter. „Keine Ahnung, ehrlich gesagt. Du hast nicht viel dafür getan, dass ich dir vertrauen kann.“

Ich will aufstehen, weil ich sonst nicht weiß, wie ich reagieren soll. Im Grunde habe ich das nicht anders erwartet. Das Dumme mit Hoffnungen ist nur, dass sie sich wenig für realistische Erwartungen interessieren. Doch Desmodan greift nach meiner Hand und zieht mich wieder runter auf den Boden.

„Maribella. Wir werden noch verdammt viel Zeit miteinander auskommen müssen. Lass uns nicht über Dinge streiten, die in keiner guten Vergangenheit liegen, okay?“

Ich nicke schließlich. „Du hast recht.“

Das hat er wirklich. Er ist gerade rationaler als ich. Das ist nicht ideal. Allerdings ist es für mich aus einem unerfindlichen Grund schwerer geworden, faktenbasiert zu denken.

„Ich will dir aber immerhin verraten, dass Marcellus kein unschuldiges Lamm für deine Familie opfert. Das hat alles seine Bewandtnis. Mein Schwager ist ein guter Kerl.“ Unruhig rutscht er auf seinem Platz herum. „Hör mal, dir ist das möglicherweise so noch gar nicht klar, doch dein Bruder starb nicht völlig unschuldig. Marcellus hat mir eben ein paar Einzelheiten erzählt.“ Desmodan macht eine kurze Pause, bevor er damit herausrückt: „Callistus hat versucht, Elise zu töten. Er hat sie überfallen und sich wie ein Schwein verhalten. Sicher war er zu dir anders und du hast ihn von dieser Seite nicht gekannt.“

Ich wünschte wirklich, es wäre so. Leider weiß ich viel zu gut, wovon er spricht. Ich räuspere mich und bringe kein Wort heraus.

Also redet er weiter: „Elise ist ein Mensch, keine Vampirin. Sie hatte kaum Rechte. Und sie war zu schwach, um sich gegen ihn zu verteidigen. Sie ist eine sehr zierliche und liebenswerte Person.“

Es schnürt mir fast den Hals zu, während er spricht. Ich erinnere mich genau an meine erste und einzige Begegnung mit Elise, die nun Konstantins Ehefrau ist. Mein Besuch in seinem Haus war damals nicht ganz freiwillig.

Callistus hatte eine Schwäche für junge Mädchen. Elise war achtzehn, nur ein Jahr älter als ich zu jener Zeit, als mein Halbbruder mich zu sich nahm. Als er sie kaufen wollte, war ich fast Mitte zwanzig. Erst später wurde mir klar, dass er mich da schon zu alt für seinen Geschmack fand.

Nachdem Callistus mich zu dem gemacht hatte, was er für brauchbar hielt, stellte er mich Konstantin vor. Für eine flüchtige Weile hielt ich ihn für meinen Ausweg. Aber ich liebte ihn nicht. Konnte nicht mehr lieben. Und in mir keimte die Erkenntnis, dass ich weder ihm noch Callistus gehören wollte.

Beide Männer ließen sich von der Unschuld verführen: Elise. Als Callistus sie ihrer Tante nicht abkaufen konnte, weil Konstantin das bessere Angebot machte, als er begriff, dass sie mich aus seinem Spiel drängen konnte, schickte mein Halbbruder mich zu ihm. Zu der Zeit waren Konstantin und ich getrennt. Ich hatte keine Lust zu ihm zu gehen und ihn zu verführen, wie Callistus es von mir verlangte. Zumal Callistus mich in Ruhe ließ, seit er von Elise fasziniert war. Es war das erste Mal seit Jahren, dass ich mit keinem Mann zusammen sein brauchte.

„Was ist los? Wieso hilfst du mir nicht ein bisschen?“, fragte Callistus gereizt. „Er ist immer noch mit Elise zusammen und du unternimmst einfach nichts.“

„Ich habe ihm schon Dutzende Nachrichten geschrieben und versucht, ihn anzurufen, aber er reagiert nicht.“

Er schüttelte den Kopf. „Nein ... nein, das genügt nicht. Gib dir mehr Mühe. Fahr zu ihm hin!“

Es war, als würde er mich zwingen, Teer zu schlucken. Ich wollte es um keinen Preis.

„Bitte nicht. Du weißt, dass wir uns getrennt haben.“

„Muss ich dir erst Beine machen?“ Callistus schnappte mich und zerrte mich zum Badezimmer.

„Nein, bitte nicht“, flüsterte ich nur, als er den Stöpsel ins Waschbecken drückte und den Hahn mit kaltem Wasser aufdrehte. „Ich gehe ja. Wirklich. Ich verspreche es.“ Sein kalter Griff an meinem Arm war wie von Affenpfoten.

„Ich glaube, du brauchst mehr Motivation!“ Mit diesen Worten packte er mich am Nacken.

„Nein!“, kreischte ich, als er mit einem Ruck mein Gesicht unter Wasser drückte.

Luftblasen stiegen um mich auf und ich stemmte meine Hände gegen das Becken, um wieder hochzukommen. Aber er legte sich einfach auf mich drauf und quetschte meinen Kopf so fest herunter, dass meine Nase und Wange hart an der Waschschale lagen. Kleine kalte Nadeln bohrten sich in meine Augen, als meine Sicht langsam schwand.

Dann zerrte er mich nach oben und ich prustete nach Luft.

„Das will ich nicht hören. Ich will kein Nein mehr hören. Mache es möglich! Verführe ihn gefälligst! Die Kleine war für mich vorgesehen. Sie sollte mir gehören. Nur mir! Geh hin, bevor er ihr die Unschuld nimmt.“ Mit seinem harten Klammergriff in meinem Nacken zwang er mich, unser gemeinsames Abbild im Spiegel zu betrachten. Seine andere Hand drückte an meiner Brust herum, die unter halb nass gespritzter Kleidung lag. Angewidert verzog er das Gesicht. Sein beißender Mund an meinem Ohr flüsterte: „Ich will sie nicht mehr, wenn er sie schon hatte. Und dann komme ich wieder zu dir.“

Innerlich stellte ich mir vor, wie ich ihn einfach erschoss. Das wäre eine so gute Lösung für mich und mögliche andere junge Frauen, die er sich vermutlich bis zu seinem Tod suchen würde. Aber ich besaß keine Waffe und ich wollte auch nicht von meiner Familie für seinen Tod zur Verantwortung gezogen werden. Dann würden sie mich töten und ich hätte nichts als das armselige Leben mit ihm und einen qualvollen Tod gehabt. Callistus war der Liebling meines Vaters.

„Ist gut, ich gehe."

Also beschloss ich, durch Konstantins Raster zu fallen, ohne Callistus misstrauisch zu machen.

„Halt! So kannst du nicht gehen. Donnere dich auf! Er soll bei deinem Anblick vor Gier blind werden." Dann streichelte er mein Kinn. „Ich weiß, du kannst das, altes Mädchen."

Alt?

Folgsam ging ich nach oben, trocknete mich ab und schminkte mich. Ich zog mir ein aufreizendes weißes Kleid an, in dem ich mit meinem toupierten, blonden Haar wie ein gefallener Engel aussah. So hatte Callistus das jedenfalls einmal genannt. Was blieb mir übrig, als seinem Befehl zu folgen. Falls ich ihm nicht gehorchte, würde ich seine kranke Wut zu spüren bekommen. Ich wollte, dass er mich in Frieden ließ.

Als ich die Treppe hinunterkam, klatschte er wie ein kleiner Junge in die Hände, obwohl er längst fünfzig war. Über die Jahre hatten noch mehr Altersflecken seine Haut bedeckt und ließen seine kantige Nase wie einen löchrigen Haken aussehen.

„Dreh dich! Dreh dich!", verlangte er. „Wunderbar! So wird das was. Jetzt fahre hin und lade ihn zu seinem

Medienempfang ein. Wenn du seine Begleitung bist, könnt ihr eure Beziehung auffrischen und vertiefen. Vielleicht ziehst du mir nebenbei noch eine Geschäftsmöglichkeit an Land. Und sei schön eifersüchtig. Konstantin muss einfach klar sein, dass er das Menschenmädchen nicht behalten darf, wenn er dich wieder zurückerobern will.“

Sein Chauffeur fuhr mich zu Konstantins Anwesen. Es lag wie ein weißer Palast in der winterlichen Landschaft, umgeben von seinem hübschen Park mit dem gefrorenen See. Ich hatte das hier so oft gesehen, doch es war mir nie weniger erstrebenswert vorgekommen. Mein Herz hing einfach nicht an diesem Ort. Oder an dem Mann, der hier lebte.

Mit rasendem Puls und zitternden Händen stand ich vor seiner Haustür und betätigte die Klingel. Nur noch ein letztes Schauspiel mit Konstantin. Für meine Inszenierung öffnete sich gewissermaßen der Vorhang, als Barnabas, der Butler, mir mit einem unterkühlten Blick die Tür aufmachte.

Er mochte mich nicht, aber das war schon in Ordnung. Ich hatte ihn für eine hässliche Szene benutzt, damit Konstantin unsere Affäre beendete, denn er schätzte seine Angestellten wie Familienmitglieder. Es war nichts leichter gewesen, als Barnabas in Konstantins Hörreichweite kleinzumachen, um eine gepfefferte Standpauke und einen erlösenden Schlussstrich zu kassieren.

Das Beste daran war gewesen, dass ich Callistus genau das erzählen konnte, was sich zugetragen hatte. Er hatte für Konstantins Anwandlungen keinerlei Verständnis besessen und hatte vor Wut über ihn geschäumt und mich sogar tröstend in den Arm genommen. Als ob ich niedergeschlagen gewesen wäre, weil er seinem Personal einen derartigen Stellenwert einräumte.

Nun sah mich Barnabas mit einem solch leeren Blick an, dass er mich an eine geplünderte Obstschale erinnerte. Die Ignoranz stand ihm ganz gut.

„Ist Konstantin nicht da? Er geht sonst immer an sein Telefon", giftete ich los und sparte mir jede Begrüßung. Nett zu sein, lag auch nicht in meinem Interesse.

Auf meinen ellenlangen Absätzen stolzierte ich in die Eingangshalle und jeder meiner Schritte erzeugte ein klackendes Geräusch auf dem Marmor, das fast so wütend klang, wie ich es darüber war, immer nur benutzt zu werden. Ich gab mich elegant und unnahbar.

„Also, Barnabas, wo steckt Stanis?"

„Oben in seinen Privaträumen, Miss Maribella."

„Warum geht er dann, verdammt noch mal, nicht an sein Telefon? Ist der Satellit runtergefallen?"

Der Butler räusperte sich verlegen. „Gewiss nicht, Madame."

Gerade, als ich meine Hand in die Hüfte stemmte, um mich noch mehr aufzuführen, huschte sein Blick an mir vorbei. Ich sah mich um und da war sie: Elise.

Sie stand da wie ein kleiner Geist auf der Treppe, fast so weiß im Gesicht wie ein Vampir und in schwarzer Dienstbotenkleidung. Sie war hübsch, aber furchtbar dürr. Und sie sah so unschuldig aus wie ich das letzte Mal, als ich am Morgen meines siebzehnten Geburtstages noch unbedarft in den Spiegel gesehen hatte. Wahrscheinlich wollte Callistus sie deshalb haben. Ich trug schon längst nicht mehr diese verletzliche Jugend in meinem Antlitz.

Ich spitzte die Lippen und forderte sie mit dem Zeigefinger auf, zu mir zu kommen. Zaghaft setzte sich Elise in Bewegung. Ich kannte ihren Namen, ohne dass sie mir vorgestellt worden war. Sie hatte keine Ahnung von dem kranken Appetit meines Halbbruders. Einige Meter von mir entfernt blieb sie stehen. Da war so viel Scheu in ihrem Blick und der anerzogene Reflex, sich vor Vampiren zu ducken. Ihr Kopf verschwand förmlich zwischen den Schultern.

„Näher, Mädchen", verlangte ich.

Sie tat, was ich wollte, und ich musterte sie mit herablassender Miene.

„Viel ist an dir ja nicht dran." Ich sah zum Butler und spielte die Rolle der zickigen Geliebten, die vom neuen Findelkind keine Ahnung hatte. „Seit wann hat Stanis das dürre Ding?"

„Seit gestern, Miss Maribella."

„Hm." Ich rümpfte die Nase und besah sie genauer. Sie machte so einen arglosen Eindruck, dass ich sie glattweg beneidete. Dann nahm ich einen Schatten an der Empore wahr und wusste, dass Konstantin hinzugekommen war. Jetzt galt es, mich so abstoßend wie möglich zu verhalten. Er konnte selbstgerechtes Verhalten nicht ausstehen.

„Tja", erklärte ich klar und deutlich. „Wenigstens dürftest du nicht teuer gewesen sein."

Die kleine Elise – und da ich hohe Absätze trug und ohnehin größer war, wirkte sie besonders zerbrechlich – sah mich mit offenem Mund an. Sicher würde Konstantins Beschützerinstinkt hochfahren wie ein Atomreaktor.

Ich streifte mir den Nerz von den Schultern, als ich mich an ihn wandte und mich erdreistete, in der dritten Person von seinem Schützling zu sprechen, während sie dabeistand. Das empfand er als besonders unhöflich, wie ich wusste. „Oh Stanis, du hast dir endlich einmal bluthaltiges Personal zugelegt. Das wurde aber auch Zeit."

Ich warf ihr den Pelz in die Arme, als wäre sie ein Kleiderständer. „Häng ihn auf! Aber geh sorgsam damit um."

Damit ignorierte ich sie erneut und lächelte Konstantin scheinheilig an. Das Gewitter in seinem Gesicht beruhigte mich ungemein. Ich hatte genau die richtigen Knöpfe gedrückt.

Mit langen Schritten eilte er auf Elise zu.

„Du wirst nichts dergleichen tun." Er schnappte sich meinen Nerz und half mir mit fahrigen Bewegungen wieder hinein.

Ich gab mich ganz verbiestert. „Was tust du da?"

„Soweit ich mich erinnere, haben wir Schluss gemacht."

Allerdings, daran erinnerte ich mich sehr gerne. Elise sah aus, als bekäme sie kaum Luft bei dem Gedanken, dass wir mal ein Paar waren.

„Aber Stanis." Ich legte diesen turtelnden Schmelz in meine Stimme, den er mal gekünstelt genannt hatte. Konstantin schätzte natürliche Frauen und vor allen Dingen verabscheute er vulgäres Verhalten. Es war nicht allzu schwer, ihm das zu liefern. „On und off. Das hatten wir doch schon öfter."

Mit rot lackierten Nägeln fuhr ich ihm unter dem Kinn entlang, als hätte ich Lust auf ein Vorspiel im Beisein seines Personals. Ein weiteres No-Go für ihn. Der Mann hatte so viele Prinzipien, dass man damit eine zehnstöckige Torte hätte schmücken können. „Ein bisschen Sex rückt deine Perspektive sicher wieder gerade. Außerdem wollte ich mit dir zum Empfang gehen."

Er sammelte meine Hand von seinem Kinn und schob mich weg. „Diesmal hatten wir es beendet. Und vorbei heißt vorbei."

So, nun war es an der Zeit, eine Runde zu schimpfen. „Männer wie dich finde ich überall!"

Er lachte mich tatsächlich aus. „Dann such mal schön."

„Stanis." Ich gab mich restlos enttäuscht. „Seit wann bist du so abgestumpft?" Das Ganze garnierte ich mit zu viel Freizügigkeit und fasste mir an die Brüste. „Gefallen dir die beiden etwa nicht mehr?"

Ich schob meine weiblichen Attribute näher an ihn heran, während ich im Augenwinkel den fassungslosen Blick von seinem ältlichen Butler sah. Das motivierte mich so sehr, dass ich noch eine Schippe draufpackte. „Weißt du denn nicht mehr, wie geil es ist, wenn du deinen Schwanz dazwischen steckst und mich dabei in den Mund fickst?"

Während Barnabas ernsthafte Schwierigkeiten mit meiner Verbalattacke hatte, gefror Konstantins Blick zu einer eisigen Maske. Ich hatte gerade sämtliche seiner Idealvorstellungen einer Frau mit den Füßen getreten.

„Wenn ich jede Frau, die gut blasen kann, auf den Medienempfang schleppen würde, müsste ich mir ein größeres Auto zulegen", erwiderte er tönern und drängte mich auf die Tür zu. Barnabas hielt sie eilfertig

für ihn auf.

„Das ist unerhört!“, behauptete ich. „Dir sind doch jedes Mal die Augen rausgeploppt, wenn ich mal ein bisschen genuckelt habe. ‚Oh ja, Maribella. Keine besorgt es mir so wie du‘“, machte ich ihn nach, obwohl er sich weniger ordinär ausgedrückt hatte. Allen Männern gefiel Oralsex. Nur nicht, wenn man sie in aller Öffentlichkeit daran erinnerte. Besonders nicht in Anwesenheit der neuen Flamme. Und so wie ich den betroffenen Ausdruck in Elises Gesicht deutete, hatten die beiden längst ein Band geknüpft.

„Dann wirst du unser Gerammel ja nicht vermissen.“ Er kanzelte mich mit seiner ganzen Körpersprache ab. „Wie du schon sagtest, du findest bestimmt einen anderen.“

Das waren die letzten Worte, die er je zu mir sagte. Konstantin schlug mir die Tür vor der Nase zu und ich wollte am liebsten vor Glück lachen und tanzen, weil ich zwar getan hatte, was Callistus verlangt hatte, und dabei trotzdem bekommen hatte, was ich selbst wollte.

Es hätte meinem Stolz jedoch nicht ähnlich gesehen, wenn ich einfach vor die Tür gestellt worden wäre, ohne etwas zu erwidern. Also rief ich noch ein paar Sätze in die Nacht, bevor ich verschwand. Konstantin sollte wirklich glauben, dass ich mich verschmäht fühlte. Dabei war ich einfach nur erleichtert und die Beschimpfungen fielen mir ganz leicht: „Du blöder Sack, mach die verfluchte Tür auf! Du schuldest mir was! Fickst du jetzt etwa die dürre Angestellte, du Arsch? Lässt du dich jetzt von dem Stumpfzahn beißen?“

Damit fand ich, dass ich genügend empört geklungen hatte. Außerdem war es kalt und mein Publikum suchte sicher längst das Weite im Inneren des Hauses.

Erleichtert blies ich den Atem in die kalte Luft. Ein weißes Wölkchen bildete sich und stieg langsam auf. Es war frei. Und ein Teil von mir war es auch. Ich kannte Callistus' Verbissenheit. Er hatte mich haben wollen, seit ich sechzehn war, und ein Jahr lang auf mich gewartet. Er würde Elise nicht so schnell abschreiben, nur weil ich gerade „versagt" hatte. Bis er sie Konstantin weggenommen hätte, würde er mich nicht mal mit dem Hintern ansehen. Er hatte mich schon lange nicht mehr so unbeobachtet gelassen. Die Zeit musste einfach reichen, um ihm wegzulaufen. Meine Vorbereitungen dazu hatten bereits begonnen …

„Hörst du mich?", will Desmodan wissen. „Ich mochte dir das wirklich nicht so hinknallen, aber Callistus hatte es auf Elise abgesehen. Wenn er sie schon nicht haben konnte, wollte er sie Konstantin auch nicht lassen. Es war Notwehr."

Ich nicke und sehe an die Wand. „Okay. Bloß für meine Familie wäre es dennoch Mord. In ihren Augen ist es unentschuldbar, dass ihr Vorzeigespross Callistus für einen Menschen geopfert wurde."

„Aber es ist keine Sachbeschädigung, einen Menschen zu töten!", beschwert er sich.

„So lautet nun mal das Gesetz. Darauf können sie sich berufen." Ich stelle meine leere Dose beiseite. „Es ist so lange her. Ich persönlich habe damit abgeschlossen. Und wenn Marcellus nun ‚*jemanden*' gefunden hat, wird auch meine Familie zufrieden sein, endlich eine Person benennen zu können, die die Schuld an ihrem Verlust trägt. Um mehr geht es im Grunde nicht. Niemand auf der Welt kann ihn wieder lebendig machen."

Ein Glück.

Desmodan drückt meine Hand und mir wird klar, dass er einfach ganz andere Gefühle für seine Familie hat als ich. „Tut mir leid für dich."

Ich lächele freudlos und stehe auf, um zu packen.

KAPITEL 11

Es ist herrlich, statt der Tonnen von Gestein wieder freie Luft über mir zu haben. Die Nacht liegt wie eine Glocke über den Felshängen. Es kommt mir vor, als hätte jemand einfach eine Kaffeetasse verkehrt herum über uns gestülpt. Der Himmel wirkt so gekrümmt. All die Sterne glitzern darauf wie leuchtende Noten auf einem Bogen Papier. Mal größer, mal kleiner, mal näher und mal weiter weg.

Wir begeben uns zum nächstgelegenen Flugplatz und nähern uns damit unaufhaltsam meinem Schwager Marcellus. Unterschiedlicher könnten unsere Gefühle angesichts dieser Aussicht nicht sein. Desmodan redet begeistert darüber, seinen Schwager endlich wiederzusehen. Er bewundert ihn dafür, wie er uns befreit hat. Wie er für uns da war. Wenigstens sagt er ständig „uns". Wahrscheinlich ohne es zu bemerken. Ich selbst käme wunderbar damit klar, Marcellus nie mehr über den Weg laufen zu müssen. Sein kalter Blick wird mich treffen wie ein Gewehrschuss und ich erwarte einen

Haufen unangenehmer Fragen. Das wird ein Verhör.

Im Augenblick wäre selbst Countrymusik besser zu ertragen, als Desmodans Euphorie über die Rückkehr in sein altes Leben. Mir wird es nicht gerade vorkommen, als zöge ich meinen Lieblingspulli über. Da warten jede Menge Leute in seinem Umfeld, die mich noch von früher kennen und mich nicht leiden können. Das macht Spaß.

„Du hast doch gesagt, du hast noch Urlaub", erinnere ich mich.

„Ja, noch ein paar Tage."

„Wieso nutzen wir die Zeit nicht und …" Ich zucke die Schultern. „Ach, ich weiß auch nicht. Wir könnten spontan wegfahren, jetzt, da wir sicher sind."

Er trommelt mit den Fingern am Lenkrad zu einer Melodie in seinem Kopf, die ich nicht hören kann. Vielleicht wieder dieser Westernmusiker. „Nach dem ganzen Trubel möchte ich am liebsten nach Hause."

Dezent räuspere ich mich. „Und wo ist unser Zuhause?"

Er seufzt und schüttelt den Kopf. „Keine Ahnung. Erstmal kommen wir irgendwo unter …"

„Aber bitte nicht bei Marcellus."

„Er tut dir nichts."

„Bitte." Ich bin mir nicht zu schade zum Betteln.

„Dann eben ein Hotel in der Stadt und wir suchen uns in meinen restlichen freien Tagen eine Wohnung."

Erleichtert sinke ich im Sitz zurück und merke erst jetzt, dass ich mich ganz versteift aufgerichtet hatte. Zwar muss ich mit Marcellus zurückfliegen, doch wenigstens nicht bei ihm einziehen. Bestimmt ist er darüber auch ganz froh. Andererseits sähe es ihm ähnlich, nach der alten Philosophie zu leben, seine Feinde ganz dicht heranzuholen, um sie im Auge behalten und kontrollieren zu können.

Als Desmodan an das Rollfeld von diesem kleinen Privatflugplatz heranfährt, sehe ich den Helikopter in der Nacht aufragen wie einen Adler über seinem Horst. Die Rotorblätter stehen still. Trotzdem kommt Leben in das Gerät, als die Tür aufschwingt und Marcellus wie eine Kampfmaschine auf den Asphalt springt.

Das hat mir wirklich nicht gefehlt. Ich wappne mich gegen eine kalte Begrüßung, während Desmodan den Wagen an der Seite parkt und wir die restlichen Meter laufen. Ein lauer Wind weht über das nackte Feld, und ich fasse meine Haare über der Schulter auf einer Seite zusammen und halte sie fest.

„Du bist wieder blond“, begrüßt mich Marcellus und wendet sich an meinen Begleiter. „Auf dem Handybild war sie doch noch brünett.“

„Friseur“, sagt Desmo nur und klopft seinem Schwager auf den Rücken. Die Begrüßung ist gerade so herzlich, dass es für echte Männer noch durchgeht. Innerlich verdrehe ich die Augen.

Marcellus taxiert mich erneut. Sein Blick ist nicht so reptilienhaft, wie der von Callistus es war, aber auf einer Herzlichkeitsskala von eins bis hundert, liegt er definitiv noch im Minusbereich. „Sie leibt und lebt“, fasst er meine Anwesenheit zusammen.

Unerwarteterweise stellt sich Desmodan neben mich und löst damit die Frontenbildung der beiden gegen mich auf.

„Bei unserem Gespräch habe ich dich wohl vorschnell verurteilt“, bekennt Marcellus ganz unerwartet. „Ich hätte nicht gedacht, dass Desmodan wirklich eine Schlaftablette nehmen würde, und sich einfach hingelegt hat."

„Ach, so … Ja." Ich zucke mit den Schultern und benetze meine Lippen.

„Nach der Erpressung hatte ich eine so harmlose Version nicht im Kopf." Sein Blick scannt mich.

Ich hatte ganz vergessen, Desmodan danach zu fragen, was er Marcellus eigentlich erzählt hat. Mit dieser Lösung habe ich genauso wenig gerechnet wie mein Schwager.

Ich setze eine neutrale Miene auf und deute auf den Helikopter. Dabei habe ich keine Ahnung, was für eine Marke oder was für ein Modell das sein soll. Auf dem Ding steht nur eine Zahlen- und Buchstabenkombination. Und schließlich sieht man Hubschrauber nicht so oft wie Autos auf den Straßen oder in der Werbung.

„Damit geht es zurück nach Tulsa?"

Marcellus nickt.

„Wo ist der Pilot?", frage ich, obwohl ich da so eine Ahnung habe.

„Steht vor dir", antwortet er nur.

War ja klar.

„Toll."

„Wenn du dich nicht so wohl dabei fühlst, kann ich dir ebenfalls eine Schlaftablette anbieten. Dann bekommst du vom Flug nichts mit." Er sieht zu Desmo. „Oder du gibst ihr eine von deinen."

Mein Mann zuckt nicht einmal mit der Wimper. „Ich habe die letzte verbraucht."

Das musste nicht mal eine Lüge sein. Irgendwo daheim

auf seinem Nachttisch liegt vielleicht wirklich eine leere Packung.

„Ich brauche nichts. Danke.“

Marcellus starrt mich weiter an, als würde ich heimlich Drogen verstecken und er wäre ein Zollbeamter. Ich gebe mir einen Ruck, klopfe ihm auf die Schulter und laufe an ihm vorbei zum Helikopter. Die Tür steht noch offen und ich klettere nach hinten durch. Bisher bin ich noch nie mit so einem Ding geflogen. Meine Familie hat schnelles Reisen mit Leerjets bevorzugt. Hier drinnen ist es eine ganze Nummer kleiner, aber keinesfalls beengter als in einem Auto. Soweit so gut.

Desmodan und Marcellus tuscheln draußen noch irgendwas, das ich nicht hören kann, und dann steigen sie beide ein. Sie nehmen vorne Platz und setzen sich Kopfhörer auf. Ich schnalle mich an und fühle mich wie vor meiner ersten Achterbahnfahrt. Hoffentlich schaukelt das Ding nicht so wie meine Haare im Wind.

Mein Mann dreht sich zu mir nach hinten um. „Alles klar bei dir?“

Ich nicke und lächele ihn an. „Danke.“ Ich gebe ihm zu verstehen, dass ich das von vorhin meine. Er hat mich vor Marcellus gedeckt, auch wenn der wie ein Spürhund wittern konnte, dass ihm etwas verschwiegen wird.

Der Motor wird gestartet und die Rotoren beginnen mit einem Höllenlärm zu kreisen. Gerade, als ich denke, dass ich auch Kopfhörer will, reicht mir Desmodan eine Packung Ohrstöpsel nach hinten durch.

So langsam schulde ich ihm mal was. Mit dem Mund forme ich ein Dankeschön, denn hören könnte er mich sowieso nicht mehr, wenn ich nicht schreien will. Als Antwort zeigt er mir den erhobenen Daumen und dreht sich wieder nach vorne.

Die beiden können sich nun ungestört über ihre Headsets unterhalten und ich bekomme absolut nichts mehr mit. Das ist in Ordnung. Ich habe seit Desmos kleiner Notlüge das Gefühl, dass ich ihm vertrauen kann. Ich stecke mir die Ohropax rein und der penetrante Lärm des Hubschraubers klingt dumpfer und erträglich.

Als wir abheben, kommt es mir vor, als bliebe mein Magen noch eine Sekunde länger am Boden als der Rest von mir, und schwebt dann mit davon. Der Flugplatz wird unter uns immer kleiner und auch die wenigen Lichter an diesem karg besiedelten Ort verglimmen in der Tiefe, als wir fortfliegen. Das hier ist nicht unbedingt komfortabel, doch ziemlich aufregend. Marcellus scheint ein erfahrener Pilot zu sein. So wie er mit Konstantin verklüngelt ist, hat der ihm vermutlich einen Flugsimulator zu Weihnachten geschenkt. So einen echten mit Hydraulik und zum Reinsetzen.

Ein bisschen vermisse ich das Geld und den Luxus. Wenigstens dürfte die kleine Wohnung, die wir uns nun suchen müssen, gemütlicher werden als diese ewigen Motelzimmer. Ich sehne mich danach, mir einen Schrank zu kaufen und alle Sachen aus dem Koffer einzusortieren und darin liegenlassen zu können.

Mit dieser schönen Vorstellung und dem gedämpften Dröhnen schlafe ich ein.

„Hey“, vernehme ich von ganz weit weg eine angenehme Männerstimme und spüre eine warme Hand an meinem Arm. „Wir sind da.“ Er hört sich merkwürdig klanglos an.

Träge blinzele ich und sehe einen süßen blonden Kerl

vor mir. „Desmo“, murmele ich.

Er schluckt schwer, sieht nervös zur Seite, wo Marcellus mir Blicke mit freundlichen Grüßen aus der Arktis zuschießt, und schaut dann zu Boden. „Desmodan“, korrigiert er mich.

Dass er das tut, landet bleischwer in meinem Magen, und ich bin endgültig wach. Ein fieses Ziehen entsteht in meiner Brust. „Tut mir leid.“

Meine Stimme klingt kratzig und ich räuspere mich.

„Wir sind da“, wiederholt er und kommt aus der Hocke vor mir hoch.

Erneut schaue ich zu Marcellus und sehe eine Furche auf seiner Stirn. Irgendwas scheint ihn gerade ins Grübeln zu bringen. Soll er doch denken, was er will. Ich schnalle mich ab und klettere von meinem Sitz. Dabei fummele ich mir die Ohrstöpsel heraus, die für die wattierten Klänge verantwortlich sind.

Tatsächlich stehen wir auf einem wesentlich größeren Flugfeld als zuvor. Hier leuchten viel mehr Lichter in den späten Nachthimmel und ich erkenne die Skyline einer lange nicht mehr gesehenen Stadt: Tulsa, Oklahoma. Dass hier nicht mal vierhunderttausend Einwohner leben und es trotzdem die zweitgrößte Stadt Oklahomas ist, sagt eigentlich schon alles über die Ländlichkeit dieser Region. Die Indianer nannten es Tulsy – die alte Stadt. Auf jeden Fall liegen hier viele meiner alten Erinnerungen begraben. Und nun soll ich ausgerechnet hier neu beginnen.

Ich strecke meine Arme und recke mich in die Höhe, um auch meinen Rücken wieder in Form zu bringen. Die letzten Strapazen haben mich so müde gemacht, dass ich sogar schon nachts schlafe. Dummerweise bin ich nun wach und habe keine Ahnung, wie ich es anstellen soll, in drei Stunden bereits wieder zu Bett zu gehen. Hoffentlich hat das Hotelzimmer, das wir nehmen werden, ein gutes Fernsehprogramm.

Die Männer tragen die Taschen zu einer Limousine. Es ist Konstantins Wagen, den erkenne ich sofort. Ich folge ihnen in einiger Entfernung und nehme schließlich wieder auf der Rückbank Platz. Anscheinend haben die beiden schon besprochen, wohin es als Nächstes geht. Ich versuche, mir nicht anmerken zu lassen, wie sehr es mich wurmt, dass ich nicht mit einbezogen wurde. Das ändert sich auch dann nicht, als Desmo den Wagen vor einem exklusiven Hotel parkt. Mit flauem Gefühl steige ich aus. Hier ist all der Glitzer, den ich zuletzt entbehren musste, doch er ist mir so fremd geworden, dass er mich kaum mehr anspricht als die Höhle. Vielleicht liegt es auch einfach daran, dass es in Tulsa steht.

„Ich will mal kurz mit Maribella allein reden“, sagt Marcellus.

Das trifft mich unvorbereitet. Automatisch rücke ich ein Stück an Desmodan heran. Irgendwie ist er zu meinem Beschützer mutiert.

„Keine Sorge“, setzt Marcellus an. „Wenn er es aushalten kann, dein Mann zu sein, schaffe ich es auch, mich mit dir zu unterhalten.“

Na, dann. Am liebsten möchte ich ihm gegen das Schienbein treten. Gegen alle beide. Ach, wenn er zehn hätte, auch gegen zehn.

„Ist das für dich okay?“, fragt Desmo mich nun. Er sieht aus, als würde er mir zu Hilfe eilen, falls ich ihn brauche, also zucke ich die Schultern und nicke.

Als er außer Hörweite ist, trifft mich der ganze kalte

Guss aus Marcellus' Augen. „Lass ihn einfach gehen! Er ist ein guter Kerl und fühlt sich an der falschen Stelle verpflichtet.“

„Du meinst dir gegenüber?“, hake ich nach.

Er verschränkt seine Arme. „Ich zwinge ihn nicht, gegen seine Natur zu handeln. Du könntest wieder so leben.“ Seine Hand malt eine Geste zum funkelnden Hotel. „Konstantin wäre bereit, dafür aufzukommen, wenn du Desmodan in Ruhe lässt.“

„Klar.“ Ich trete einen Schritt an ihn heran. Er ist zwar größer als ich und baut sich noch viel mehr auf, aber er sollte erst einmal vor seiner eigenen Haustür kehren. „Weißt du, Marcellus, vielleicht bist du die falsche Person, um sich als Moralapostel aufzuschwingen. Ich meine, du bist zwar entrüstet, dass meine Erpressung dich und Lindana in Gefahr gebracht hätte, doch gibt es dir nicht ein klitzekleines bisschen zu denken, dass du genau wusstest, dass meine Familie *mich* die ganze Zeit verdächtigt hat, und du gar nichts dagegen unternommen hast, obwohl *du* es warst? Für dich war es also vollkommen okay, dass ich unschuldig für dein Alibi herhalten sollte. Jetzt muss Desmo mal herhalten – auch unschuldig, das gebe ich zu –, doch das ist plötzlich ein Unding.“ Ich pieke ihm den Finger in die Brust. „Deine Moral ist nur solange okay, wie deine eigenen Freunde davon betroffen sind. Alle anderen scheren dich nicht. Fass dir mal an die eigene Nase.“

Ich trete wieder einen Schritt zurück, weil es nun auch nicht gerade so toll ist, diesem Schrank auf die Pelle zu rücken, und wische seelenruhig meinen Finger am Hosenbein ab, nur weil ich ihn damit angefasst habe. Tja, man kann sich eben auch an Marcellus die Finger schmutzig machen.

Ich kann seinen Kiefern dabei zusehen, wie sie aufeinander mahlen. Dann zuckt ein Muskel an seiner Wange und er stößt die Luft aus. „Stimmt. Es war mir egal, dass du verdächtigt wurdest. Ich hätte schon damals nach einem anderen Schuldigen suchen sollen."

„Ist das zu fassen?", schimpfe ich und stemme die Hände in die Seiten. „*Du* bist doch derjenige, der es war."

„In Notwehr." Darauf beharrt er ganz klar. „Du weißt es womöglich noch nicht, aber dein Bruder ..."

Ich schmeiße die Hände in die Luft und gebe einen genervten Laut von mir. „Verschont mich bitte mal mit diesem ewigen *‚Du weißt ja gar nicht, wie schlimm er war'* und gewöhnt euch an, *Halbbruder* zu sagen. Ist das echt zu viel verlangt?"

Er lächelt unterkühlt und nimmt mich mit seinem Laserblick ins Visier. „Mein Fehler."

„Allerdings."

„Du wusstest, wie er war, oder?"

Ich unterdrücke den Impuls »Quatsch, auf keinen Fall« zu quieken. Stattdessen sage ich so unnahbar wie ein Tiefkühlprodukt: „Es geht gerade nicht um mich."

„Vermutlich war er zu dir auch nicht besonders nett, sonst würdest du nicht derart auf das *Halb* vorm *Bruder* bestehen."

„Er war ein Arsch, okay? Aber wieso muss ich deshalb Probleme bekommen?"

Marcellus wird gerade so etwas wie locker. Ja, er lässt die Schultern ungefähr zwei Zentimeter hängen. Dem sollte mal einer Yoga zeigen.

„Ich hoffe, er hat dich besser behandelt als Elise.

Immerhin bist du kein Mensch, sondern eine Vampirin, und er hat da wohl Unterschiede gemacht."

Ich nicke nur. Wenn er das glauben will, habe ich kein Problem damit. Ich brauche sicher keine Therapie bei ihm. „War das alles, was du klären wolltest? Ich sollte mir den Marmor hier anschauen und darüber vor lauter Gier vergessen, wie ätzend es ist, sich verstecken zu müssen? Tut mir leid, dich enttäuschen zu müssen. Desmo bleibt bei mir."

„Hör auf, ihn so zu nennen. Du machst aus einem lieb gemeinten Kosenamen noch ein Schimpfwort."

Mir bleibt der Mund offen stehen. „Sag mal, wie hast du es bei all deinem Charme eigentlich geschafft, eine Frau zu bekommen? Wenn seine Schwester Desmo…dan …" Ich schiebe die letzte Silbe seines Namens nach. „… halbwegs ähnlich sieht, ist sie eigentlich ein zu guter Fang für dich."

Er legt den Kopf schief. „Dann gefällt dir mein Schwager also?"

Ich schlucke. „Hast du sie am Ende auch erpresst und in die Ehe gezwungen?"

Wir lassen beide unsere Fragen in der Luft hängen und entscheiden uns mit stummen Blicken dafür, dass wir uns eben nicht besonders mögen. Das ist okay. Fair ist fair: Ich mag ihn ja auch nicht.

„Hier ist meine Karte. Falls du es dir anders überlegst, ruf an!" Er steckt mir seine Visitenkarte zu, auf der nur ein großes M eingeprägt ist, unter dem eine Mobilnummer steht. Ich stelle mir Marcellus als einen Kerl mit ungefähr fünf verschiedenen Handys vor, bei dem jedes für eine andere Situation gedacht ist: privat, Konstantin, lästige Exfreundinnen von Konstantin, sich selbst oder Desmo, Kontakte in die Unterwelt … Wahrscheinlich ist es nicht ganz so schlimm.

Zwar weiß ich todsicher, dass ich ihn in dieser Sache nicht anrufen werde, aber es kann nicht schaden, seine Nummer zu haben. Auch wenn ich ihn nicht mag. Daher nehme ich das Kärtchen und stecke es in meine hintere Hosentasche. Innerlich könnte ich schmunzeln. Damit trage ich ihn am selben Popo, an dem er mir mal vorbeigehen kann.

Ich nicke Desmodan zu, der in einiger Entfernung die Auslagen des hoteleigenen Juweliers betrachtet. Er sieht erleichtert aus, dass wir fertig sind, sodass er sich nicht länger als Schmuckinteressent auszugeben braucht. Mir fällt mein hässlicher Automatenring ein, den ich von ihm habe, und ich traue ihm da auch keinen allzu erlesenen Geschmack zu.

„Sollen wir reingehen?“, fragt er.

„Ähm …“ Ich schaue Marcellus an. „Ich glaube, ab hier kommen wir alleine klar. Du willst uns doch hoffentlich nicht aufs Zimmer begleiten.“

Er runzelt die Stirn. Bei seinem Taktgefühl hatte er wohl genau das vor. Sicher, ich sehe die beiden schon die Getränke aus der Minibar köpfen und die Füße auf dem Sofa hochlegen. Bitte, lass das nicht meine Zukunft sein. Es reicht völlig, dass ich einen Ehemann habe. Ich brauche nicht seine komplette Familie zu Gast in unserer vorgetäuschten Zweisamkeit.

Da ist mir Desmodan fast lieber, wenn er mir auf die Pelle rückt, als Marcellus mit seiner frostigen Anwesenheit. Bevor mein Mann ihn auf einen Drink einladen kann, sage ich daher: „Du willst doch bestimmt lieber bei deiner eigenen Frau sein, oder?“

Desmodan grinst und klopft ihm auf die Schulter. „Es ist okay, fahr ruhig heim zu ihr.“

Eine Sekunde wägt Marcellus noch die Optionen ab, dann nickt er steif und erklärt: „Ihr habt die Suite.“ Er hält Desmodan eine Plastikkarte für die Tür hin.

„Und wer soll das bezahlen?“, bohre ich nach.

„Sie wurde schon bezahlt.“

Ich schüttele den Kopf. „Von Konstantin, oder? Ich will mich nicht von ihm aushalten lassen. Wir bezahlen selber.“

„Wovon sollen wir das Ding bezahlen? Ich bin ja schon mein Auto los“, wendet Desmo ein.

„Das ist bereits auf dem Weg zurück zu dir“, beruhigt ihn Marcellus.

Trotzig zucke ich die Schultern. „Wer braucht denn bitte eine Suite? Ein simples Doppelzimmer tut es auch. In dieser Hütte ist das eh besser als die Wohnung, die wir uns später mal leisten können.“

„Wohnung?“, krächzt Marcellus. „Was denn für eine Wohnung? Sagt mir nicht, dass ihr zusammenzieht!“

„Wir sind verheiratet.“ Ich hake mich bei Desmodan unter, auch wenn ich weiß, dass das albern ist. Entsprechend sieht auch Marcellus’ Gesichtsausdruck aus. Wieso habe ich bloß was gesagt? Er war doch schon so gut wie weg.

„Sie kann ja schlecht mit mir bei Konstantin leben“, erklärt Desmodan.

Das macht Marcellus’ Mimik noch grotesker. „Ja, sicher nicht! Wieso müsst ihr denn überhaupt zusammenziehen?“ Erbittert sieht er mich an. „Wie viel von seinem Leben willst du eigentlich noch kaputtmachen?“

Aus Reflex trete ich nach seinem Schienbein. Er macht einen unglaublich schnellen Ausfallschritt zurück und will mich seinerseits packen. Ersatzweise landen Desmodans Arme um meinem Brustkorb und er zieht mich an sich heran. Fort von Marcellus – das ist die Absicht dahinter –, aber definitiv an sich ran. Diese Mischung aus Adrenalin, Wut und Hormonen tut mir gar nicht gut und ich transformiere vor lauter Stress.

Marcellus scheint mit unserem Anblick und meiner missglückten Attacke allerdings auch seine liebe Mühe zu haben, denn sein Blick ist so finster wie meiner. Die Adern schwarz, die Fänge lang steht er vor mir und schnauft durch die Nase wie ein Stier, der den Torero drankriegen will.

„Jetzt beruhigen wir uns alle erst mal wieder", höre ich Desmodan sagen und sein Mund berührt dabei mein Haar. Sein Atem strömt über meine Haut. Zum Glück sieht keine Sau, ob man nun aus Wut oder Verlangen transformiert. Aber ich selbst weiß, dass Desmos Berührung in meinen Nervenbahnen knistert wie ein Hexenfeuer. Mein Herz schlägt nicht nur vor Wut schnell.

Neben uns räuspert sich dezent ein Hotelpage. „Verzeihung. Darf ich Ihnen mit Ihrem Gepäck behilflich sein?"

Das ist die freundlichste Form, zwei Streithähne aus dem Konzept zu bringen, die mir je untergekommen ist.

„Gerne", erklärt Desmodan. „Bitte holen Sie die Taschen aus dem Kofferraum dieser Limousine." Er checkt die Anzeige auf der Schlüsselkarte. „Die Nachthimmelsuite."

„Sehr wohl, der Herr." Der Angestellte verbeugt sich

höflich und kümmert sich um unser Gepäck. Die Erwähnung der Suite hat ihn noch beflissener gemacht.

Desmodan setzt mich vor sich auf dem Boden ab und ich bin verwirrt darüber, dass es mir gefallen hat, von ihm getragen zu werden. Der Kontakt mit dem Gehweg unter meinen Sohlen ist nicht halb so prickelnd.

„Bitte, sag Konstantin danke von uns." Mein Mann klopft Marcellus auf den Oberarm. „Und dir danke ich dafür, dass du alles organisiert hast."

„Ich wünschte, ich könnte mehr tun." Marcellus wirft einen gequälten Blick in meine Richtung.

„Hey, ich bin ein großer Junge. Ich kann auf mich aufpassen. Solange es nur um Maribella geht und nicht ihren ganzen Todesclan von Familie, komme ich klar."

Ich rolle bei der Erwähnung vom »Todesclan« mit den Augen. So schlimm sind die Machiavellis nun auch wieder nicht. Es ist ja nicht so, dass meine Verwandtschaft aus Ritualmördern bestünde und eine Assassinenschule betreibt. Wenn es danach ginge, hätte ich doch zumindest Marcellus' blödes Schienbein treffen müssen. Ach, es fuchst mich immer noch, dass ich vorbei getreten habe.

„Na, gut", lässt sich unser Schwager besänftigen, der sich kein Stück wie mein Schwager anfühlt. „Du hast meine Nummer, falls was ist." Er sagt es auf eine Art, dass er genauso gut mich statt Desmodan meinen könnte, falls ich doch noch einen Luxusfallschirm über Versteckistan nutzen möchte.

Marcellus setzt sich in die Limousine und fährt davon. Unser Gepäck ist ebenfalls schon verschwunden. Ganz sicher hat dieser Angestellte es auf einem dieser Rollwagen entführt, bloß habe ich darauf überhaupt nicht geachtet. Jetzt steht es gewiss vor den Schränken dieser Suite und beraubt mich damit der Möglichkeit, diese Einladung von Konstantin auszuschlagen und ein eigenes Zimmer selbst zu bezahlen. Ich weiß, dass er das für seinen Fahrer macht und nicht für mich. Zufällig werde ich einfach auch dort sein. Auf diese Weise bin ich ihm nicht wirklich etwas schuldig, denn das möchte ich nicht. Wir sind schließlich im Streit auseinandergegangen. Danach erhielt ich ein geprägtes Kärtchen mit roter Schrift, auf dem stand, dass ich von nun an Hausverbot hätte. Ich tippe darauf, dass Barnabas es mir zugesandt hat. Dieser Butler ist so etwas wie Konstantins Hausgeist und als Hüter der Tür, die stets er öffnet und schließt, wird er sich um die Nachricht gekümmert haben.

Desmo stiert anerkennend auf die Türkarte. „Nachthimmelsuite. Wie die wohl aussieht?"

„Wie ein Nachthimmel", antworte ich prompt.

Er reicht mir seinen Arm und ich hake mich wieder unter. Ein Lächeln spielt auf meinen Lippen, als ich mir vorstelle, dass wir für die Leute um uns herum vermutlich wie ein echtes Liebespaar aussehen. Beide blond, beide hübsch, obendrein auf dem Weg in eine Suite. Das Glück scheint es unverschämt gut mit uns zu meinen.

KAPITEL 12

Wir gehen vorbei an den öffentlichen Liften zu einem Bereich, der mit »Suiten« ausgewiesen ist. Zwei private Aufzüge warten dort auf betuchte Gäste. Desmo lässt mir den Vortritt. Er hält die Karte an einen Scanner und erst dann lässt sich das Stockwerk betätigen. Er drückt auf die Acht und wir gleiten hinauf. Allein mit ihm in diesem Fahrstuhl, das erste Mal seit Stunden unbeaufsichtigt, fühle ich mich beinahe an die Stille in der Höhle zurückversetzt. Wahrscheinlich geht es ihm aber nicht ähnlich, denn die meiste Zeit davon hat er verschlafen.

Keiner von uns spricht ein Wort und als das dezente Läuten des Lifts die Ankunft auf unserer Etage verheißt, erschrecke ich beinahe über den jähen Klang. Ich presse die Lippen aufeinander und husche durch die sich öffnenden Türen auf unser Zimmer zu. Desmo wirft mir einen prüfenden Blick zu, bevor er die Karte ans Schloss hält, und ich schaffe es nicht, seinen Augen standzuhalten und schaue abrupt an die Türzarge. Sie ist schwarz. Der Teppichboden in diesem Flur ist es ebenfalls. Wir sind auf der Nachtetage. Pechfarbene Tapeten mit glänzend schwarzem Prägemuster aus Paisley und Blüten verzieren die Wände. Kein Vergleich mehr mit der Höhle.

Ich höre, wie der Mechanismus vom Schloss aufschnappt, und Desmodan drückt mir die Tür auf. Der hochflorige Boden unserer Suite ist schwarzgrau wie ein Wolkenbett bei Nacht. Schwarzblaue Wände und Decken führen das nächtliche Thema fort. Hunderte eingelassene Lichter in der Decke und aufgemalte Wolken an den Wänden ziehen sich durch die Suite, als hätte ein Himmelsdschinn sie eingerichtet. Tatsächlich fühlt man sich, als wäre man oberhalb der Wolken und hätte über sich nur noch Sterne. Wunderschön.

„Da beiß mir doch 'ne Krabbe in den Zeh“, staunt mein Mann.

„Wenn ich eine finde, stecke ich sie dir in den Schuh.“ Kichernd schaue ich mich weiter um. Alle Möbel sind exquisit und von einem luftigen, teils märchenhaften Design. Es gibt zwei Schlafzimmer – wenigstens das.

„Wenn ich eine darin finde, weiß ich gleich, dass du es warst.“ Er läuft hinter mir her und inspiziert sogar die Funktion der Möbel, indem er Schranktüren öffnet und Schubladen aufzieht. Alle sind mit einer bläulichen Lichtfunktion ausgestattet.

Ich zucke die Schultern und schnuppere an den Seifen und Lotionen im Badezimmer. „Und was willst du dann tun?“

„Nachdem ich mit Schreien fertig bin, mir den Zeh gekühlt und die Krabbe wiederbelebt habe, komme ich dich suchen.“

Ich schraube an einem Fläschchen mit Hautöl, dass

nach Nachtjasmin duftet. „Na und?“ Es riecht himmlisch und ich streiche mir gleich etwas auf meine Arme und den Hals.

„Das riecht ziemlich gut, weißt du?“

„Wenn’s stinken würde, würde ich es mir auch nicht drauf tun.“

Was denkt er denn? Schmunzelnd sehe ich mich um und finde wieder das Feuer in seinem Blick, das mein Herz zusammenkrampfen lässt. Er ist nicht transformiert, aber er tanzt auf Messers Schneide.

Desmodan saugt genießerisch das Aroma ein und lächelt. „Meine Frau duftet gut. Wie ein orientalischer Garten.“

Ich probiere es mit Ablenkung. „Also, nach der Sache mit der Krabbe ...“

„Würde ich dich schwindlig küssen.“ Seine Finger tippen sanft auf meine Lippen und ich kann das Kribbeln seiner Berührung spüren. „Dort, auf den Mund.“

Okay, keine Krabben im Schuh. Das fehlte gerade noch, dass ich meinen ersten echten Kuss von – ja, was eigentlich? – meinem Ehemann bekomme. Mein Herz flattert wie ein Feuer im Wind.

„Küsse sind für Liebende“, murmele ich nur und gehe weiter zur Dusche. Sie ist offen begehbar mit dekadent viel Platz, einer Glastrennwand und Regenduschkopf. Trotzdem kann sie es nicht mit der freistehenden Badewanne im angrenzenden Raum aufnehmen.

„Hast du schon mal ein Badezimmer mit zwei Räumen gesehen?“, fragt mich Desmodan.

„Ja.“ Ich zucke mit den Schultern. „Machiavellis trennen gerne Toilette, Wanne, Dusche und Waschtisch voneinander.“

„Damit ihr alle gleichzeitig das Badezimmer benutzen könnt?“

Das lässt mich schmunzeln. „Nein. Weil es so viel hübscher ist. Jeder von uns hatte diese mehrteiligen Waschräume.“

„Toll.“ Er reibt sich über den Nacken. „Dann war dein letztes Badezimmer vermutlich größer als unsere künftige Wohnung.“

„Kann sein. Das liegt lange hinter mir.“ Mit dem Daumen deute ich über die Schulter zum Eingangsbereich der Suite. „Ich glaube, dort vorne lagen Zeitungen aus. Vielleicht sind regionale Blätter dabei. Dann könnten wir mal den Immobilienteil durchschauen.“

Er nickt und wirkt etwas unbehaglich. „Klar.“ Ruckartig setzt er sich in Bewegung.

„Fühlst du dich unwohl, weil du nur ein Chauffeur bist?“, frage ich ihn und betone es so, dass er hoffentlich merkt, dass mich das nicht stört.

Das lässt ihn stocken und er dreht sich auf dem Absatz zu mir um. „Du und ich, wir kommen aus verschiedenen Welten.“

Stimmt. In meiner Welt herrschte das Geld und in seiner familiäre Herzlichkeit. Er will doch wohl nicht wirklich tauschen.

„Im Moment sind wir beide im selben Raum. Unsere Welten haben sich getroffen, würde ich sagen. Ich weiß, dass du nicht Konstantin bist.“

Er knirscht mit den Zähnen, legt den Kopf in den Nacken und starrt an die Decke. Ich kann seinen hübschen Kehlkopf sehen. Nun presse auch ich meine Zähne fest aufeinander, damit sie nicht ausfahren. Sein

Blut sollte mich nicht interessieren. Es stört mich schließlich auch, dass er meines dauernd will.

„Was war Konstantin für dich?“, fragt er und senkt seinen Blick auf mich. „Ich will eine ehrliche Antwort.“

„Bist du eifersüchtig?“

„Ja.“

Wow, das war sehr direkt. So etwas Ähnliches erwartet er auch von mir. Ich runzele meine Stirn und sammele mich für die Wahrheit. Das ist sehr ungewohnt.

„Er war mein Liebhaber.“

„Hatte er dich denn lieb? Oder du ihn?“ Seine Arme hängen verkrampft an seiner Seite und er merkt wohl gar nicht, dass er die Hände zu Fäusten ballt.

Ich schüttele den Kopf und mache einen Schritt auf ihn zu. „Ich denke weder noch.“

„Warum wart ihr dann zusammen?“

Die Wahrheit, gemahne ich mich selbst. „Er vermutlich, um Sex zu haben. Ich, weil mein Halbbruder das so wollte.“

Ich sehe, wie sich seine Augen von gezwungen zu entsetzt verwandeln. „Warum sollte er das wollen?“

„Weiß das nicht die halbe Vampirwelt dieser Stadt? Er wollte mit Konstantin ins Geschäft kommen und ich war der Einsatz.“

„Und wieso hast du da mitgemacht?“

Ich benetze meine Lippen. „Das ist einer der Gründe, aus dem wir verheiratet sind. In meiner Familie kannst du als Frau nicht ‚nein‘ sagen. Ich gehörte zum Familienbesitz, alle Besitztümer gehören den Machiavelli-Männern und ihre Herzen schlagen fürs Geld.“

Seine Augenbrauen ziehen sich zusammen. „Ich

dachte, du wolltest mit Konstantin fest zusammenkommen. Du selbst."

„Nein." Ich schüttele den Kopf.

„Aber du hast doch herumerzählt, dass ihr fest zusammen seid, dass ihr ernste Absichten habt. Der ganze Klatsch und Tratsch."

„Den mochte Konstantin überhaupt nicht." Bei der Erinnerung daran muss ich schmunzeln.

„Warum hast du es dann erzählt, wenn es nicht so war?"

Er steht wirklich auf dem Schlauch. „Na, weil Konstantin es nicht mochte. Versteh doch: Ich konnte nicht nein sagen, aber er konnte es."

Allmählich wird ihm die Tragweite bewusst. „Du hast ihn dazu gebracht, sich von dir zu trennen."

Ich nicke.

„Aber warum warst du dann an diesem einen Abend da, als er Elise zu sich geholt hatte? Ihr wart doch schon auseinander. Du wolltest ihn wiederhaben."

Sind denn alle Männer so langsam im Denken? Callistus hat auch nie etwas gemerkt.

„Ich wollte ihn nicht zurück."

„Du hast ihm eine Szene gemacht. Eine ziemlich ..." Er läuft tatsächlich rot an. Wahrscheinlich hat Barnabas die gesamte Belegschaft mit meinem exakten Wortschatz erfreut. „Du warst jedenfalls sehr deutlich und hast deine weiblichen Waffen benutzt."

„Noch mal zum Mitschreiben: Ich wollte ihn nicht zurück. Mein Halbbruder hat mich geschickt. Konstantin mag vulgäre Frauen nicht, also war ich vulgär. Es ist nicht so schwierig, ihn dazu zu bringen, nein zu sagen."

Er stößt einen keuchenden Laut aus. „War denn alles

zwischen euch inszeniert?“

Ich zucke mit den Schultern und gehe an ihm vorbei zu der Zeitungsauslage auf dem Fernsehtisch. „Von meiner Seite ja. Konstantin meinte es garantiert so, wie er es sagte. Seine Abneigung war nicht gespielt.“

„Aber deine Zuneigung.“

Zwischen den größeren Wirtschaftsblättern finde ich tatsächlich eine Regionalausgabe und mache es mir damit auf der wolkengrauen Couch gemütlich.

„Ich bin nicht so die Gefühlsfrau. Lass uns jetzt lieber nach einer Wohnung suchen. Ich möchte Konstantin nicht mehr als eine Nacht auf der Tasche liegen. Morgen ist ein Werktag, da haben hoffentlich ein paar Makler Zeit.“

Er setzt sich neben mich und ich spüre die Körperwärme, als sein Bein meines berührt. Oh, Himmel! Was ist schon dabei? Das ist ein Bein! Früher haben die Leute auch so ein Brimborium um nackte Knöchel gemacht. Ich sollte das nicht überbewerten. Trotzdem fällt es mir nicht mehr ganz so leicht, mich auf die Anzeigen zu konzentrieren.

„Wie viel Geld bekommen wir denn für die Miete zusammen?“, frage ich ihn. Ich habe keine Ahnung, was wir ausgeben können.

„Weiß nicht“, murmelt er abwesend. „Zweihundert die Woche?“

„Rechnest du da meinen Anteil schon rein?“

Er runzelt die Stirn und sieht mich an. „Hast du denn einen Anteil?“

Ich spitze die Lippen, um ihm ein ironisches Küsschen anzudeuten. „Also nicht.“ Im Kopf überschlage ich die Ausgaben, die ich sonst fürs Hotel hatte. Da bekam ich oft Rabatte, wenn ich länger blieb. Besonders in touristischen Regionen in der Nebensaison, wenn alle ausgeflogen waren, kam ich da oft auf sieben Nächte zum Preis von fünf. „Also sagen wir insgesamt vierhundert pro Woche."

„Du hast keinen Job."

„Noch nicht. Aber ich habe ein paar Ersparnisse beiseitegeschafft."

Er schüttelt den Kopf. „Solange du keinen Job hast, gehen wir höchstens auf zweihundertfünfzig die Woche."

„Hotels musste ich doch auch immer bezahlen."

Die haben mehr als fünfzig die Woche gekostet. Sonst würde ich da niemals ausziehen. Man bekommt nämlich die Zimmer geputzt. Ach, dieses blöde Putzen!

„Da warst du aber noch allein", wendet er ein. „Ich mag es nicht, wenn man konstant Minus macht. Irgendwann landet man in den roten Zahlen. Und dann leben wir so wie meine Großeltern nach dem traurigen Motto: *Der Hunger treibt's rein*. Das will ich nicht."

„Für das Geld bekommen wir aber wirklich nur was Kleines."

Was auch immer ihn gerade noch beschäftigt hat, jetzt ist er bei der Sache und lehnt sich mit über die Zeitung. Sein Finger rutscht über die einzelnen Rubriken. „Da! Wir suchen außerhalb von Tulsa in einem der vielen Vororte. Meine Familie wohnt da auch und das reicht aus."

Ich muss kichern und obwohl ich mir Mühe gebe, dabei keinen Ton von mir abzusondern, bekomme ich es nicht hin, dass meine Hände nicht zittern – und mit ihnen die Zeitung. Das Rascheln lässt ihn aufschauen und er guckt mich irritiert an.

„Was?“

Ich schüttele nur den Kopf. Daraufhin piekt er mir in die Seite, wodurch ich nur noch mehr kichern muss. Ich beuge mich weg und suche Deckung hinter der Zeitung. Er rupft sie mir aus den Händen und der Großteil davon landet auf dem Tisch. Die abgerissenen Ränder halte ich noch in den Fingern.

Er nimmt mich in die Zange und fängt an, mich durchzukitzeln. „Sag’s mir“, verlangt er.

„Bitte hör auf!“ Die Worte ersticken fast im Lachen.

„Dann sag’s mir.“

„Ich habe ein Sparschwein geheiratet!“, gackere ich.

„Und ich eine Luxustussi.“ Obwohl ich ihm gesagt habe, was ich dachte, kitzelt er mich weiter.

„Hey! Du wolltest aufhören.“

„Wollte ich nie.“

„Bitte“, flehe ich, weil ich kaum noch Luft bekomme. Mal wieder raubt er mir den Atem.

„Was kriege ich dafür?“

„Ich muss dir wohl erst wieder K.O.-Tropfen einflößen“, drohe ich. Dafür bekomme ich natürlich erst recht eine Abreibung.

„Das ist gar kein gutes Thema.“ Er drückt mich in die Couch und legt sich auf mich.

„Nicht so nah“, flüstere ich.

Seine Hand streicht durch mein Haar und sein Blick wird weich. „Wie nah dann?“

Ich schlucke und lecke nervös über meine Lippen. „Die Wahrheit?“

Er nickt. „Ja, die mag ich immer lieber.“

„Diese wohl nicht.“

„Wie nah?“, wiederholt er seine Frage.

„Nur so nah, dass ich nichts fühle."

Er atmet tief ein. Ich weiß nicht, was er dabei findet, außer den Duft vom Nachtjasmin. „Ist Fühlen denn so schlimm?"

„Es ist nichts für mich."

„Womöglich hast du bisher einfach die falschen Dinge gefühlt." Sein Blick bohrt sich in meinen. „Wofür hättest du sonst diese Tropfen dabeigehabt? Ich kenne keine Frau, die damit herumläuft. Nicht mal meine Schwester und die wurde von einem Psychopathen überfallen und zum Sterben in ein morgengraues Feld geworfen."

Erschütterung macht sich in mir breit. Ich kenne seine Schwester nicht, aber ich weiß, wie sehr er sie mag. Er war so wütend, als ich gedroht habe, sie und Marcellus den Fängen meiner Familie auszuliefern.

„Geht es ihr gut?"

„Sie hat sich vor dem Licht retten können und Marcellus hat sie gefunden und da rausgeholt."

Wow. Kein Wunder, dass er Desmodans Held geworden ist und er ihn nicht mehr für einen Roboter hält.

„Haben sie sich so kennengelernt?"

Ich bin so gebannt von seinen Worten, dass ich fast vergesse, wie dicht beisammen wir sind, bis er sich leicht bewegt und mir damit noch mehr den Atem raubt. Er ist so schwer und stark. Jung und trotzdem männlich. Diese Grübchen, die er jetzt hat, als ihm ein Gedanke kommt, sind hinreißend. An ihm ist nichts Kaltes. Nichts, was ich mehr fürchten bräuchte.

„Nein, sie ... hatten einen unkonventionellen Start in ihre Beziehung."

Neugierig schaue ich ihn an. „Wie?"

„Das kann ich wirklich nicht sagen.“ Er grinst dieses unverschämt jungenhafte Lächeln. Seine Augen funkeln dabei. Ich kann mich nicht erinnern, dass Callistus’ Lächeln je seine Augen erreicht hätte.

„Zumindest hat er sie nicht erpresst, hm?“

„Wie kommst du denn darauf?“

Ich versuche mit den Schultern zu zucken, doch ich stecke unter ihm fest. „Wahrscheinlich haben wir beide Vorurteile voneinander. Marcellus von mir und ich von ihm.“

„Lief euer Gespräch nicht so gut?“

„Er wollte mich gewissermaßen ausbezahlen, damit ich dich gehen lasse.“

Sein Blick wird neugierig und sucht mein Gesicht ab. „Und das wolltest du nicht?“

„Nein. Ich will nicht mehr fliehen. Keine Verstecke.“

Desmodan kaut an seiner Unterlippe. Verzwickt und reingebissen! Das sieht sehr verführerisch aus. „Magst du mich?“

Seine Frage treibt mir einen Schauer über den Körper. Ja. Nein. Irgendwie. Oh, oh ...

„Ich ... ich kann das nicht.“ Um Verzeihung bittend schaue ich ihn an. Langsam nickt er und richtet sich auf. Dabei nimmt er mich mit sich hoch und wir sitzen wieder nebeneinander wie zuvor. Nur dass die Zeitung an den Rändern ausgefranst ist und irgendwas in mir drin ist auch gerissen. Wie ein Sprung im Tränenschloss.

Aufgewühlt taste ich durch meine Haare und blinzele mehrmals. Er zupft die Zeitungsfetzen von meinem Schoß und legt sie auf den Tisch. Daran, dass er sie akribisch anordnet, merke ich, dass er selbst auch so seine Schwierigkeiten damit hat, aus diesem surrealen

Moment aufzutauchen.

Meine Mutter sagte immer: »*Das Schiff der Zeit fährt einfach weiter, selbst wenn man gedanklich noch im letzten Hafen ist.*« Es ist seltsam, dass ich gerade jetzt an sie denken muss.

„Alles okay?", erkundigt er sich.

„Klar." Ich nicke und festige meinen Blick. „Ja, ich bin okay." Zumindest wäre ich es gerne. Dann rutscht mir wieder dieses dumme Hüsteln heraus. Woher kommen eigentlich immer diese Frösche im Hals, wenn sie unpassender kaum sein könnten?

Desmodan glättet sogar die Zeitung, bis der Mittelteil nicht mehr so zerknittert aussieht. „Schau, wir können wieder suchen, was es gibt. Nichts passiert."

Es ist nichts passiert. Eigentlich könnte das stimmen, aber irgendwas schmilzt gerade in meinem Innersten, als hätte ich lauter Tränen in meiner Brust.

„Wohnung klingt gut."

Wir kringeln interessante Objekte ein und haben am Ende sogar fünf zur Auswahl, nach denen wir uns erkundigen können. Nachdem geklärt ist, wer welches Schlafzimmer nimmt, wünschen wir einander fast wie Fremde eine gute Nacht. Distanz oder Nähe. Es scheint wenig dazwischen zu existieren.

Obwohl ich im bequemsten Bett seit meiner Flucht liege, bin ich so durcheinander, dass ich mich unruhig hin und her wälze. Bestimmt schläft er wie ein Baby und ich dumme Nuss bin die einzige Person in dieser traumhaften Suite, die es nicht schafft, in ihre Träume zu finden.

KAPITEL 13

Der nächste Morgen ist eine willkommene Erlösung. Ich mache mich im Badezimmer fertig und klopfe dann einigermaßen aufgeräumt an seine Tür. Als er sie öffnet, hat er erst seine Hosen an. Sie sitzen knackig auf seinen Hüften. Wieso sind nackte Rückenansichten ebenso sexy wie ein Barfuß-mit-Jeans-Look?

Er strubbelt sich durch die Haare und streift sich ein Shirt über. „Sorry, ich habe ein bisschen in der Dusche festgesteckt. Da könnte ich glatt einziehen."

Nein, ich stelle mir das jetzt nicht vor.

„Apropos einziehen, wollen wir nach dem Frühstück mal die Makler kontaktieren?"

Er taucht aus seinem Shirt wieder auf und nickt, während er die Ärmel an den Schultern gerade zieht. „Je eher, umso besser. Falls wir uns vor zwölf ausquartieren, kostet es keine weitere Nacht."

Ich lächele vor mich hin, weil ich wieder daran denke, dass er mein Sparschwein ist. „Soll mir recht sein."

Er hebt seinen Finger, weil ihm noch etwas eingefallen

ist. „Wenn wir uns das Frühstück liefern lassen, können wir parallel dazu schon telefonieren."

Desmodan ist das Oberhaupt aller Sparschweinchen.

„Okay."

Sein Handy piept und er wühlt in seiner Tasche. „Ich nehme Blut und Rührei."

Das heißt dann wohl, dass ich beim Service anrufe. Das ist in Ordnung, denn ich bekomme eh gerade keinen Anruf. Nachdem ich ausgiebig die Speisekarte studiert habe, ordere ich seine Bestellung und noch Croissants mit selbstgemachter Marmelade, Trinkschokolade und ebenfalls eine Tasse frisches Blut. Wenn dieses Hotel in allen Bereichen fünf Sterne hat, wird es noch warm sein, wenn sie es servieren.

Dann suche ich die Telefonnummer vom ersten Maklerbüro heraus, als Desmo sich zu mir gesellt.

„Meine Mom hat angerufen."

Mich ruft seit meinem Verschwinden niemand an, weil keiner meine Nummer hat. Das Wegwerfhandy ist nur für Notfälle.

Ich vermisse es, eine Mutter zu haben. Es wäre schön, wenn es so jemanden auch in meinem Leben gäbe. Es heißt, dass niemand einen liebt wie die eigene Mutter. Mein Vater und mein Halbbruder kannten keine Liebe für mich.

Ich weiß nicht so genau, was ich sagen soll. Also nicke ich einfach und lächele neutral.

„Sie ..." Wieder reibt er über seinen Nacken. Diese Geste an ihm ist mir mittlerweile sehr vertraut. „Sie wollte wissen, wie mein Urlaub so ist."

Ähm ... Er wird ihr bestimmt nicht alles erzählt haben. Allerdings frage ich mich schon, was genau es war.

„Und?“

„Ja, also, ich habe ihr gesagt, dass ich bereits zurück bin und mir Las Vegas einfach nicht so sehr gefiel.“

Ich nicke. „Okay.“

Er kratzt sich den Hals. „Ähm, ich bin bei ihnen zum Essen eingeladen. Erst vier Uhr morgens zum Spätmahl. Aber die Sache ist die: Soll ich ihnen von dir erzählen? Dann müsstest du mitkommen. Und falls ich ihnen nichts sage, würde ich vermutlich mal wieder Papas Sekretärin treffen.“

„Du hast eine Freundin?“ Das klingt geschockter, als ich es will.

„Nein, nicht direkt. Sie wollen mich nur mit ihr verkuppeln.“

Verstehe. Oder auch nicht. Mein Gesicht scheint voller Fragezeichen zu sein, denn er redet weiter: „Ich bin fast dreißig und meine Mutter will mich unter die Haube bringen. Sie hat nur zwei Kinder und Lindana ist bereits versorgt. Daher beschränkt sich die weitcre Kuppelauswahl auf mich.“

„Oh, dann werden in deiner Familie Ehen also auch arrangiert?“

Er runzelt die Stirn. „Nein. Nein, das nicht gerade. Mom versucht eher eine Vorauswahl zu schaffen. Aber Marcellus stand sicher nie auf ihrem Wunschzettel und jetzt solltest du sie mal sehen, wenn er mitkommt.“

„Sie mag ihn?“, rutscht es mir bass erstaunt heraus.

Desmodan lacht und greift nach der Zeitung. „Ich würde eher sagen, sie vergöttert ihn. Immerhin hat er ihrer Tochter das Leben gerettet. Das ist eine Garantie für einen lebenslangen Stein im Brett.“

„Dann solltest du ohne mich gehen.“

Er lässt die Zeitung sinken und sieht mich fragend an. „Marcellus wird nicht da sein."

„Ja, gut. Das ist schon mal wirklich gut. Aber wenn sie ihn so sehr mag und mitbekommt, dass er mich nicht leiden kann, wird sie mich sicher auch nicht mögen."

Er schlägt einen beschwichtigenden Ton an. „Marcellus wird ihr bestimmt nichts von der Erpressung sagen, weil er sonst erklären müsste, wie er deinen Bruder abgemurkst hat."

Fast im Reflex will ich ihn auf *Halbbruder* korrigieren, bis mir einfällt, wie auffällig Marcellus diesen Tick bei mir fand. Ich möchte nicht, dass Desmodan auch auf solche Gedanken kommt und tiefer bohrt.

„Das stimmt wahrscheinlich. Trotzdem wird sie merken, dass dein Schwager mir zerstörerische Blicke zuwirft. Sie ist doch nicht blind."

„Ich schätze, sie würde dich mögen. Du bist hübsch und obendrein meine Frau. Vermutlich zieht sie sich die Pantoffeln aus und macht ein Freudentänzchen in der Küche, wenn sie behauptet, bloß schnell den Sekt zu holen."

Die Vorstellung erheitert mich. Ich nicke zu der Zeitung. „Wo sollen wir zuerst anrufen?"

„Was ist mit heute Nacht?"

„Ich denke drüber nach."

Wir entscheiden uns für ein Maklerbüro, das gleich zwei der möglichen Wohnungen im Angebot hat. Allerdings wird uns dort mitgeteilt, dass keines der Objekte bezugsfertig ist. *„Frühestens in einem Monat."* Damit fallen gleich zwei weg.

„Hoffentlich haben wir bei den anderen mehr Glück", fasst Desmo das zusammen.

Ich lasse den Zimmerservice herein, als er es bei einer anderen Agentur versucht. Kaum habe ich dem Lieferanten ein Trinkgeld in die Hand gedrückt, legt mein Mann bereits den Hörer auf und schüttelt den Kopf.

„Wieder erst später frei?“, hake ich nach.

„Schon vergeben.“

Die Zeitung ist natürlich von gestern, weil die heutige noch nicht geliefert wurde. Da war eben jemand schneller.

„Ich hätte nicht gedacht, dass der Markt in Tulsas Umland so umkämpft ist.“

„Willkommen im Niedrigmietsegment.“

„Ich könnte was drauflegen“, biete ich erneut an, aber Desmodan schüttelt den Kopf.

„So fangen wir gar nicht erst an.“

„Und wo wohnen wir, falls wir nichts finden? Bei Konstantin geht es nicht. Hier auch nicht. Etwa bei deinen Eltern?“

„Nie und nimmer!“, stöhnt er. „Jetzt lass mal nicht gleich den Kopf hängen. Wir haben noch zwei Wohnungen zum Anrufen. Außerdem kommen immer neue Angebote rein. Zur Not suchen wir uns als Übergang ein billiges Motel.“

Frustriert klaue ich mir einen Streifen Schinkenspeck von Desmos Rührei und er hebt nur amüsiert eine Braue, als er das Telefon erneut ans Ohr nimmt.

„Ja, guten Abend. Mein Name ist Desmodan Martin und ich habe Ihre Wohnungsannonce für Objekt 78 in der Zeitung gesehen. Wäre die Wohnung noch frei? ... Aha ... Ja ... Ja.“ Er lacht herzlich und seine Grübchen tauchen von Neuem auf. „Das wäre kein Problem.“ Er wirft einen Blick auf die Uhr. „Das passt uns prima. Natürlich bringe ich meine Frau mit … Gut, vielen Dank.“

Grinsend legt er auf. „Na, wer sagt’s denn? Die Wohnung ist noch frei, aber wir müssten uns schnell entscheiden, falls wir sie wollen.“

„Können wir heute einziehen?“

Er zuckt die Schultern. „Sie ist zumindest frei und muss nicht erst geräumt werden. Schauen wir mal, wie flott das gehen könnte.“

Er tippt die letzte Nummer ein und ich stibitze mir erneut einen Streifen Speck. Der schmeckt ziemlich gut. Nachdem Desmo wieder seinen Begrüßungssatz aufgesagt hat, runzelt er die Stirn.

„Aber das ist gut, oder?“, höre ich ihn fragen. Sein Blick wird noch merkwürdiger. „Was denn für Geister?“ Jetzt kraust er komplett die Stirn. „Die von … wo sind die Geister jetzt? … Wiedergeboren in Ihren Katzen?“

Ich halte mir die Hand vor den Mund und unterdrücke ein Glucksen.

„Nein, da haben wir keine Allergien … Ja, wir. Meine Frau und ich … Sie suchen nur einen Mann … Aha.“ Ich kaue auf dem Speck und versuche, nicht loszuprusten. „Nein, ich suche keine Frau mit Katzen. Hallo? Hallo?“ Er sieht mich sprachlos an. „Aufgelegt.“

Mühsam schlucke ich den Schinken herunter und lache dann los.

„Das ist nicht witzig“, findet er. „Jetzt haben wir bloß die eine Wohnung übrig.“

Ich zucke die Schultern. „Na, die muss es eben sein.“

„Futterst du da meinen Schinken?“

Ähm …

„Nö“, probiere ich es mal mit Lügen.

Er reibt sich nur gerädert über die Augen und schüttelt den Kopf. „Ist wenigstens noch was übrig?“

Ich starre auf sein Rührei. Es liegen drei verbliebene Streifen Speck drauf. Dann grinse ich ihn frech an, nehme mir noch eins runter und halte ihm den Teller hin. „Ja, zwei. Die sind hier wohl knauserig in der Küche.“

Er sammelt selbst zunächst ab, was noch drauf ist, und stopft es in sich hinein, damit ich es nicht mehr klauen kann. Dann murmelt er: „Ich glaube, mit so Tropfen betäubt wärst du mir auch manchmal lieber.“

Wir stehen vor einem größeren Wohnblock und warten auf den Makler. Weil wir die Wohnung so dringend brauchen, sind wir sogar zehn Minuten zu früh da. Schließlich kommt exakt zum Termin ein kleiner rundlicher Vampir in einem Anzug von der Stange und streckt uns die Hand hin.

„Wir haben telefoniert“, begrüßt er uns.

„Desmodan und meine Frau Maribella.“

Ich lächele besonders höflich und der Makler wirkt entzückt. „Hallo. Oh, bitte, ich bin Siziliano“, erklärt er, während er meine Hand drückt und nicht mehr loslässt. „Wie wunderschön, Sie kennenzulernen.“

Er sieht weder sizilianisch noch sonst wie italienisch aus. Wenn ich raten müsste, würde ich ihn eher nach Skandinavien verfrachten. Andererseits bin ich selbst blond und wenig südländisch. Da kommen die Einflüsse meiner Mutter durch.

Ein Passant, der unsere Begegnung ein wenig zu sehr beobachtet, läuft vorbei und ich sehe ihm grübelnd nach.

Ich habe ein seltsames Gefühl im Bauch. Die beiden Männer tun es mir gleich. Siziliano tätschelt noch immer meine Hand.

„Kennen Sie sich?"

„Ich glaube nicht." Trotzdem mochte ich die Art nicht, wie dieser Mann mich ansah. Dabei könnte man direkt eine Gänsehaut bekommen.

„Ach, bitte. Wir können schon mal hineingehen", wechselt Siziliano in seine Maklerrolle. „Wir haben hier zwanzig Wohnungen im Haus, die restlichen sind alle vermietet. Während der Tagzeiten dürfen keine lärmenden Geräte laufen, damit die Schlafruhe nicht gestört wird. Die Fenster sind sensorbetrieben und verdunkeln automatisch. Ihre Wohnung, falls Sie sie wollen, liegt im vierten Stock. Es gibt keinen Aufzug, aber Sie sind ja jung."

Das Appartement selbst war als Dreizimmerwohnung beschrieben, allerdings ist Raum Nummer drei eher eine Rumpelkammer. So viel zu zwei Schlafzimmern und einem gemeinsamen Wohnraum. Dann müssen wir uns eben in der Küche treffen.

Während der Makler spricht, zieht mich Desmo zur Seite. „Wir haben keine Alternative. Sollen wir sie nehmen?"

Wenigstens ist sie sauber und es hängen keine Kabel von der Decke. Auch das Bad wirkt gepflegt und die Lage ist nicht die Schlechteste. Es gibt Einkaufsmöglichkeiten in der Nähe.

„Besser als im Hotel, oder?", stimme ich zu.

Desmo wendet sich genau im richtigen Moment zu Siziliano um, als dieser in seiner Beschreibung über die Ausstattung endet. „Wir würden sie nehmen."

Der Makler lächelt sein Verkaufslächeln. „Prima. Eine Sache wäre da allerdings noch: Der Vermieter wünscht sich ausdrücklich eine kinderfreundliche Familie. Er mag Kinder."

Mein Mann strahlt wie der geborene Vater. „Oh, wir lieben Kinder, nicht wahr, Schatz?" Er legt seinen Arm um mich und zieht mich romantisch an sich heran, als würden wir bereits den Nachwuchs planen. „Wir können es selbst kaum erwarten", fährt er wie zur Bestätigung fort und ich kann geradeso ein neutrales Gesicht aufsetzen. „Unsere ganze Familie wäre begeistert von Nachwuchs. Meine Schwester ist sogar Erzieherin."

„Das freut mich", erwidert Siziliano. „Soll ich die Verträge aus dem Auto holen?"

Wir nicken unisono und ich höre ihn die Treppe nach unten stiefeln.

Etwas befremdet schaue ich Desmo an. „Wir lieben Kinder?"

Er zuckt bloß die Schultern. „Klar. Jeder liebt Kinder."

Ömm. Na ja. Sie werden ja alle mal groß.

Ist doch nur für die Wohnung. Oder? „Willst du mal welche?", frage ich ihn.

„Keine Ahnung. Jetzt bestimmt noch nicht."

„Okay, aber wenn du mit mir verheiratet bist, du jedoch eigentlich welche willst ..."

„Dann willst du keine?"

Das war in meinem Leben bisher undenkbar. Was für eine Mutter könnte ich denn sein? Eine, die weiß, wie man Geld ausgibt?

„Weiß nicht", sage ich stattdessen, weil es mir klüger vorkommt, dem Thema auszuweichen.

Siziliano kehrt mit den Papieren zurück und summt

dabei fröhlich ein Lied. Wenn er immer so schnelle Abschlüsse hätte, könnte er vermutlich sogar mit diesen günstigen Immobilien ganz gut verdienen, doch darauf deutet seine Kleidung nicht hin.

„Ab wann soll ich den Einzug datieren?“, erkundigt er sich.

„Geht heute?“, schlägt Desmo vor.

Die Augen vom Makler leuchten. „Wunderbar!“

Nach mehreren Unterschriften, bei denen ich erst merke, dass ich meinen neuen Nachnamen gar nicht eingeübt habe, und einem Abnahmeprotokoll, drückt er uns direkt seinen Schlüssel in die Hand. „Den anderen Schlüssel reiche ich Ihnen nach. Haben Sie die Anzahlung dabei, oder sollen wir bei einer Bank halten?“

Ich krame die Scheine aus meiner Tasche und Siziliano wird noch fröhlicher. Schließlich stehen wir allein in unserem neuen Domizil.

„Hast du immer so viel Bargeld dabei?“, will Desmodan wissen.

„Manchmal.“

„Lasse es lieber auf der Bank.“

Mir kommt eine Idee. „Kann ich ein Konto mit meinem Namen einrichten gehen? Das wäre sehr praktisch.“

„Hast du denn kein ...?“ Er hält mitten im Satz inne und starrt auf meine Tasche. „Los! Wir bringen das gleich weg. Allein der Gedanke an lauter Bargeld und einen Taschendieb macht mich ganz bekloppt.“

Vor allem fällt mir dabei der Räuber vom Parkplatz ein und Desmo scheint dasselbe zu denken. Ich hätte mehr als mein Geld verlieren können, doch bei meinem Mann bin ich sicher. Dankbar lächele ich ihn an.

Allmählich komme ich in meiner neuen Existenz an. Ich habe einen anderen Namen und ein Konto, das darauf läuft. Der Schalterbeamte hat sich einem Großteil meines Geldes angenommen und nun trage ich nur noch einen normalen Betrag mit mir herum. Ich fühle mich gleich viel leichter und beschwingt.

„Lass uns Möbel besorgen", trällere ich und ziehe Desmodan in ein Kaufhaus. Gegen einen Aufpreis bekommen wir sogar die Zusage, dass alles, was wir ausgesucht haben, bis morgen geliefert wird. Für heute Nacht packen wir uns zwei Campingstühle und zwei Luftmatratzen ein.

„Wir hätten die Isomatten aus der Höhle mitnehmen sollen", denke ich laut.

„Der Nächste, der dort Unterschlupf findet, wird froh sein, dass sie da sind."

Wir besorgen uns Vorräte für den Kühlschrank, melden Telefon und alles andere auf unsere Namen an und finden uns fix und foxy Stunden später in der Wohnung wieder.

„Ich glaube, ich gehe heute nirgends mehr hin", seufze ich und knete meine Fußsohlen mit den Händen durch.

„Dann muss ich allein zu meinen Eltern."

„Sie erfahren es doch früh genug."

Desmodan lehnt sich gegen die Wohnzimmerwand. Jedenfalls wäre dies hier eigentlich das Wohnzimmer, doch dann könnten wir uns nur ein Schlafzimmer teilen. Das geht auch schlecht.

„Ich mag mich nicht verkuppeln lassen", sagt Desmo seufzend.

„Dann sag ihnen das."

Er lacht trocken. „Glaub mir, das habe ich drei

Dutzendmal erwähnt. Du wärst ein überzeugenderer Grund."

„Sag doch ganz ab. Dann können wir uns beide erholen. Nach diesem Marathon bist du doch bestimmt genauso kaputt."

Für einen kleinen Moment denkt er darüber nach und die Vorstellung scheint auf ihn einladend zu wirken, doch dann schüttelt er den Kopf. „Ich habe schon zugesagt. Da sage ich jetzt nicht mehr ab."

Ich zucke die Schultern und atme tief durch. Bei mir machen sich viel zu viele Knochen und Muskeln bemerkbar. „Wie du meinst."

„Stört es dich denn gar nicht, dass sie mir eine andere Frau vorstellen wollen?"

Verwundert sehe ich ihn an, schließlich scheint er keine Lust auf die besagte Dame zu haben. Außerdem: „Wir hatten doch gesagt, dass das mit uns eine offene Beziehung ist."

Er schluckt schwer und macht dicht. „Wenn du das so willst." Mit groben Bewegungen kramt er in seinem Gepäck und holt sich ein schickes Hemd heraus. Desmo beginnt tatsächlich damit, sich aufzubrezeln.

„Machst du dich immer fein für ein Essen bei deinen Eltern?" Ich lächele amüsiert.

„Nein, ich habe ein Date." Er klingt grimmig. „Ich rufe gleich an und bestätige es."

Mit diesen Worten lässt er mich stehen und verschwindet im Nebenraum. Ich habe einen Kloß im Hals und einen im Magen. Außerdem klopft mein Herz viel zu betroffen. Nur, was wäre die Alternative? Er sucht so viel Körperlichkeit, die ich ihm einfach nicht geben kann. Ich nage an meiner Unterlippe und ertappe mich selbst dabei, wie ich an die Wand starre. Niemand hat behauptet, das hier könnte leicht werden.

Um mich nicht mit der Vorstellung von Desmo mit einer anderen Frau herumzuplagen, mache ich mich daran, meine Luftmatratze aufzupumpen. Wir haben so eine Fußpumpe besorgt, immerhin, aber es wird bestimmt eine halbe Stunde oder länger dauern, bis das Luftbett so voll ist, dass es unter meinem Gewicht nicht zusammensackt. Wenigstens kann ich so den Frust aus mir heraushebeln.

Mein Mann kommt zurück ins Zimmer und sieht so griesgrämig aus wie zuvor.

„Welches Zimmer willst du?“, frage ich ihn.

„Such dir eins aus.“ Er wirkt entsetzlich teilnahmslos, aber ich muss lernen, mit seiner Distanziertheit klarzukommen.

„Okay.“ Wir stehen in diesem leeren Raum, in dem alles seltsam hallt, weil die Möbel fehlen, und ich bin trotzdem zufrieden. „Das ist meine erste eigene Wohnung.“

Na, gut. Sie gehört mir nicht allein. Desmo wohnt auch hier. Für mich bleibt es dennoch etwas Besonderes.

„Meine nicht.“ Er zuckt die Schultern und nimmt den Schlüssel aus seiner Tasche. „Ist es okay, wenn ich den einpacke?“

„Gehst du denn schon?“

„Ja, ich haue eher ab. Ich brauche etwas Luft.“ Er sieht mich nicht mal an.

„Du kannst auch klingeln, wenn du wieder da bist.“

„Ich komme sicher nicht so früh wieder.“

Seine Abweisung trifft mich wie ein Schlag aus einer alten Elektrodose. „Wegen dem Date?“

„Genau.“

„Ich dachte, du stehst nicht auf sie.“

Wieder zuckt er bloß die Schultern. „Brauchst du den Schlüssel, oder kann ich ihn nehmen? Morgen bringt Siziliano bestimmt den zweiten Satz.“

„Pack ihn ein“, murmele ich und merke, dass ich irgendwann im Gespräch aufgehört habe, die Pumpe zu drücken. Ohne große Energie setze ich erneut an.

Er nickt mir zum Gruß zu. „Bis dann.“

KAPITEL 14

Am Ende brauche ich zwei Stunden, bis meine Matratze richtig aufgebaut ist. Aus mir sclbst ist die Luft heraus wie aus einem alten Blasebalg. Die halbe Zeit stelle ich mir vor, wie er gerade bei seiner Familie sitzt, dieser Sekretärin zuzwinkert und ihr dabei seine Grübchen zeigt, die er mir mit seiner freudlosen Micnc natürlich vorenthalten hat.

Oh Gott! Ich bin eifersüchtig auf eine unbekannte Steuersekretärin. Vermutlich trägt sie graue Kostüme, deren Röcke artig das Knie bedecken, und eine langweilige Hochsteckfrisur. Missmutig ziehe ich mein Luftbett ins andere Zimmer. Es liegt nach hinten gerichtet, weil es ganz offensichtlich das eigentliche Schlafzimmer dieser Wohnung ist. Zwar ist es kleiner, aber bestimmt auch ruhiger. Und jetzt?

Desmo ist nicht da und ich möchte trotzdem darauf anstoßen, dass ich gerade in meine erste Wohnung einziehe. Bloß haben wir bei unserem Einkauf keinen Sekt besorgt und ich habe keinen Schlüssel, um mir welchen holen zu gehen. Das wird dann wohl die kindertaugliche Variante einer Einweihungsfeier. Ohne Luftballons. Und ohne Gäste, wenn wir schon dabei sind. Nicht einmal meine andere Hälfte ist mit von der Partie.

Ich beschließe, es ganz bleiben zu lassen. Für Desmo war das hier ohnehin kein feiernswerter Anlass. Wenn es wenigstens einen Fernseher gäbe! Weder kann ich Möbel aufbauen noch Wände farbig streichen oder sonst etwas Nützliches tun. Natürlich könnte ich Desmos Luftmatratze auch noch aufpumpen, allerdings fand ich die letzten zwei Stunden mit meinem provisorischen Bett schon nicht wirklich spaßig, und inzwischen bin ich noch antriebsloser.

Darum beschließe ich, mich schlafen zu legen. Desmo kommt vermutlich erst nach Sonnenaufgang zurück, falls er im Anschluss an das Essen bei seinen Eltern mit der Dame noch ins Kino oder eine Bar will. Irgendein fensterloses Tagesshuttle wird ihn nach Hause bringen, weil er bei Sonnenlicht selbst dann nicht mehr fahren könnte, wenn er sein Auto bereits zurück hätte.

Als ich Stunden später wach werde, ist er immer noch nicht wieder zurück. Er wird doch nicht bei ihr geschlafen haben! Bei ihr oder gar mit ihr. Irgendwie ist mir schlecht. Dabei war doch gar nichts anderes zu erwarten. Ich selbst habe ihn um eine offene Beziehung gebeten, damit er sich seine Bedürfnisse anderswo befriedigt. Ich kann ihm schlecht verbieten, welche zu haben oder verlangen, darauf zu verzichten, weil ich ihm dabei nicht helfen kann.

Ich fühle mich wie gelähmt, als ich mich ankleide und frisiere. Am liebsten würde ich mich unabhängiger fühlen und mir zum Beispiel endlich einen Job suchen.

Wenn mein eigenes Leben mehr Inhalt hätte, würde ich möglicherweise aufhören, dauernd an seines zu denken. Allerdings kann ich nicht weg. Nicht nur, weil ich keinen Schlüssel habe. Aber die Möbellieferanten stehen für heute auf dem Programm und wenigstens einer von uns sollte hier sein, um sie hereinzulassen. Hoffentlich bringt dieser Siziliano bald ein weiteres Schlüsselpaar.

Die Zeit verstreicht und da ich nichts zu tun habe, mache ich mir eben Frühstück. Dabei plündere ich Desmodans Schinkenspeckpackung, brutzele mir alles in der Pfanne und bin heilfroh, dass diese Wohnung wenigstens über eine Küchenzeile und ein fertiges Badezimmer verfügt. Am Ende sitze ich auf einem der Campingklappstühle, blicke aus dem Fenster in die nächtliche Nachbarschaft und finde die Aussicht erfreulich normal. Ich habe endlich ein fast normales Leben. Kleine Abstriche gibt es hier und da noch, doch die Richtung stimmt.

Als es an der Tür klingelt, hoffe ich, dass es der Makler ist. Stattdessen sind die Möbelpacker von der flotten Sohle.

„Wir haben hier eine Lieferung für Familie Martin. Würden Sie die Möbel bitte in Empfang nehmen?"

Ähm. Ich soll die Möbel allein in den vierten Stock tragen? Panik macht sich in mir breit.

„Könnten Sie sie bitte heraufbringen?"

„Wir liefern nur."

„Und gegen ein Extrageld?"

„Ich weiß nicht, Ma'am."

Oh je, er ma'amt mich. So habe ich ja keine Chance. „Warten Sie bitte kurz. Ich komme herunter."

Ich schnappe mir meine Tasche mit dem letzten

Bargeld, breite mein volles blondes Haar über die Schultern und ziehe meine Lippen schnell mit einem blutroten Stift nach. Dann beäuge ich misstrauisch die Tür. Wenn sie zufiele, hätte ich ein Problem. Draußen vor der Tür der Nachbarn sehe ich einen kleinen Keil im Flur liegen. Ich stopfe ihn unter meine eigene Türschwelle und eile die Stufen herunter. Es dauert bereits eine halbe Ewigkeit, um sie nur nach unten zu sausen. Aufwärts und mit den schweren Sachen würde ich das niemals schaffen.

Daher setze ich ein hilfloses und entwaffnendes Lächeln auf, als ich die letzten Stufen zum Möbelbringer nach unten nehme. Ich sehe genau, wie sich der Ausdruck in seinen Augen verändert.

Gespielt lege ich mir die Finger vor die Brust und atme erschöpft aus. „Es tut mir so leid. Ich bin ganz allein hier und kann das ...“ Ich werfe einen allumfassenden Blick auf die ersten ausgeladenen Kisten. „... unmöglich ohne Hilfe bewerkstelligen. Bitte.“ Ich benetze meine Lippen und sehe ihn notleidend an. „Sie sind meine einzige Rettung.“

Männer retten unheimlich gerne hübsche Frauen. Die Aussicht, zu meinem persönlichen Helden zu werden, spornt ihn sichtlich an. Ich krame ein paar Scheine aus der Tasche und ergänze mein Anliegen mit: „Ich kann auch bezahlen.“

Er wirft einen fragenden Blick zu seinem Kollegen, der gerade die Waschmaschine mit einem Rollwagen heranschiebt. Beide zucken die Schultern und ich atme erleichtert auf. Vor lauter Glück falte ich die Hände zusammen. „Vielen, vielen Dank. Sie sind wirklich reizend.“

Ich schnappe mir eine verpackte Lampe, die ich noch ganz gut tragen kann, und laufe mit schwingendem Po vor ihnen die Stufen hoch. „Es ist oben im vierten Stock“, ergänze ich, nun, da ich ihre Zusage habe. Das Stöhnen hinter mir sagt alles.

Doch als ich oben auf meiner Etage angelange, bin ich selbst es, die stöhnt. „Oh, nein!“

Die Tür ist zu.

Die verfluchte Tür ist zu! Im Flur sitzt spielend ein kleines Mädchen von etwa drei oder vier Jahren und dreht vergnügt den Keil in ihren Händen. Zement landet in meinem Magen und hinter mir kommen schnaufend die Packer hoch.

„Hast du die Tür zugemacht?“, frage ich die Kleine überflüssigerweise und komme mir im selben Moment blöd vor.

Sie nickt und lächelt unschuldig. „Ja, sie stand offen.“

Nervös gehe ich vor ihr in die Hocke. „Bist du durch den Keil nicht vielleicht auf die Idee gekommen, dass das Absicht war?“

„Aber das ist unser Keil.“

Entsetzt starre ich sie an.

„Ist es die Wohnung?“, fragt mich der Möbelbringer und deutet auf die offene Tür, vor der die Kleine spielt.

„Nein, dort wohnt sie“, sage ich und zeige auf das Mädchen.

Er nickt zu meinem Appartement. „Dann öffnen Sie uns bitte, ja? Wir müssen zügig machen, weil wir einen Lieferplan haben.“ Er wischt sich mit der Hand die verschwitzte Stirn ab, während ich meinerseits in Schwitzen gerate.

Probehalber versuche ich gegen die Tür zu drücken. Es

könnte doch sein, dass sie nur angelehnt ist. Aber sie hält bombenfest und bewegt sich keinen Millimeter. „So ein Mist."

„Schließen Sie sie bitte auf?", schlägt er vor.

„Ich … ich habe keinen Schlüssel dabei." Hilflos klopfe ich meine Taschen ab, als hätte ich ihn nur vergessen. Ich habe keine Lust ihnen zu erzählen, dass mein Mann mit dem einzigen Exemplar zu einem Date gegangen ist. „Sie können nicht zufällig Türen öffnen?"

Er schüttelt den Kopf. „Nee."

Ich spähe das Treppenhaus nach unten, doch Desmodan kommt einfach nicht. Verfluchter Kerl!

„Aber ich …"

Der Möbellieferant scheint zwar Mitleid zu haben, doch viel weiter geht seine Hilfe nicht. „Dann tut es mir leid, Miss." Ich bin immerhin keine Ma'am mehr. „Aber wir müssten dann weiter. Wir haben keine Zeit, um mit Ihnen auf den Schlüsseldienst zu warten."

Resigniert nicke ich und sie schieben wenigstens die schwere Waschmaschine vor meine Tür. Unten laden sie die restlichen Sachen ab und ich finde mich allein mit der Ausstattung einer kompletten Wohnung wieder, die sich auf den kleinen Hausflur verteilt. Der Rest, der nicht mehr hineinging, steht draußen auf dem Gehsteig.

„Bitte bestätigen Sie hier den Empfang."

Ich kritzele meinen ungewohnten Namen aufs Papier und gebe ihnen einen Zwanziger für ihre Mühe.

Was jetzt? Als der LKW abfährt, fühle ich mich wie eine Obdachlose, die von Vorbeigehenden seltsam beäugt wird. So oft sitzen die Leute dann doch nicht mit ihrem ganzen Hausstand auf der Straße herum.

Ich reibe mir die Stirn und krame in meiner Tasche.

Viel ist nicht drin. Mein Wegwerfhandy scheint mir am Brauchbarsten zu sein. Siedend heiß geht mir auf, dass ich noch nicht einmal Desmodans Nummer habe. Ich habe überhaupt nichts außer der Auskunft eingespeichert. Sch...itty. Dann runzele ich die Stirn und krame aus meiner hinteren Hosentasche die kleine Visitenkarte vom großen M.

Jetzt gerade bin ich so verzweifelt und kurz vor einem Heulkrampf, dass es mir egal ist. Kurzentschlossen rufe ich ihn an. Es klingelt keine zweimal, da höre ich seine sachliche Stimme. „Marcellus hier."

In dem Moment wird mir bewusst, dass er nicht weiß, dass ich es bin. Auf der ganzen Welt bin ich bei niemandem eingespeichert. „Ich bin's, Maribella."

Ich kann regelrecht hören, wie er die Luft einsaugt. „Hast du es dir überlegt?"

„Nein, ich ... Ich bräuchte Desmos Handynummer."

Stille.

Dann: „Wieso hast du sie nicht?"

„Ich habe vergessen, sie einzugeben, okay?"

„Wo ist er gerade?"

„Sagen wir, er hat ein Date mit gewissen Extras. Bitte, ich brauche seine Telefonnummer. Er hat den einzigen Schlüssel der Wohnung und das Nachbarmädchen hat mich ausgesperrt, weil sie den Türkeil geklaut hat, der ihr ja auch gehört. Und die Möbel wurden gerade geliefert und ..." Ich schnappe nach Luft und unterbreche mich selbst in meinem verzweifelten Redeschwall. „Ich könnte wirklich Hilfe gebrauchen. Und bitte lach jetzt nicht. Das wäre echt zu viel."

Ich rechne ihm hoch an, dass er todruhig bleibt. „Wo bist du jetzt?"

„Vor unserem Wohnhaus."

„Gib mir die Adresse."

Ich schniefe. „Aber ich brauche doch bloß seine Telefonnummer. Was willst du denn mit der Adresse?"

„Ich komme vorbei."

„Du?", keuche ich entsetzt.

„Du hast mich angerufen, oder nicht?"

„Aber ..."

„Und du sagst selbst, dass Desmo gerade ein kleines Stelldichein hat. Da wollen wir ihn auf keinen Fall stören. Du hast mir doch versichert, dass er sich weiterhin mit anderen Frauen treffen kann."

Ich schlucke. „Schon ..." Mir fällt selbst auf, wie zerknirscht ich klinge.

„Wie würde es ihm da vorkommen, wenn er mit deiner Erlaubnis erst schön ausgeht, ein romantisches Date hat und mit seiner Herzensdame im Bett landet, nur damit du ihn störst und mittendrin anrufst, als wärst du doch eifersüchtig?"

Ich schneide eine Grimasse, krampfe die Hand ums Telefon und würde es am liebsten gegen die Wand schlagen. Stattdessen klopfe ich damit nur ein paar mal leise an meinen Kopf. So ein Scheibenkleister.

„Maribella? Bist du noch da?"

„Ja."

„Da war so ein Klopfen in der Leitung."

Auch das noch! Ich rolle mit den Augen. „Die Verbindung ist wohl nicht so gut. Ich hab es auch gehört." Und gespürt.

„Adresse?"

Ich nenne sie ihm, weil er sie von Desmodan ja sowieso irgendwann erfahren würde. Es nutzt nichts, sich vor ihm verstecken zu wollen, und letztendlich habe ich ihn ja auch selbst angerufen. Ich brauche seine Hilfe. „Kannst du denn Türen öffnen?“

Er klingt belustigt. „Ich bekomme jede Tür auf.“

Damit trennt er die Verbindung und ich schließe die Augen und fühle mich völlig ausgelutscht. So weit ist es gekommen, dass ich ausgerechnet Marcellus anrufen muss. Alles nur, weil mein Mann seinen kleinen Freund nicht in der Hose behalten kann. Mir wird erneut übel. Mit so einer Sekretärin. Kein Wunder, dass seine Eltern nicht glauben, dass er nichts von ihr will, wenn er sie trotzdem flachlegt. Ich würde jetzt so gerne etwas treten, doch ich hänge mit meinen Möbeln auf der Straße fest und will nicht, dass sie geklaut werden.

Nach einer viertel Stunde fährt eine schwarze Corvette mit schwarzen Scheiben vor und hält schnittig am Bordstein. Die Tür schwingt auf und Marcellus steigt heraus. Er nimmt mich mit den Kartons in Augenschein und wölbt eine Braue. Dann kommt er fachmännisch auf mich zu.

„Welcher Stock?“

„Vierter.“ Die Begrüßung brauchen wir wohl nicht. Wir haben ja schon am Handy hallo gesagt.

„Wie willst du das alles hochbekommen? Sind da bloß Plüschsachen drin?“

„Ja, genau. Rosa Plüschsofas. Ich konnte nicht an mich halten.“

Da ist doch tatsächlich so etwas wie ein Zucken an seinem Mundwinkel.

„Ich schau mir mal deine Tür an.“ Marcellus prüft, welche Kartons schwer sind und drückt mir dann eine leichte Box in die Hand. Er selbst nimmt sich zwei Kisten auf einmal und läuft voran.

„Klaut das denn keiner, wenn wir es allein lassen?“

„Der Rest wiegt zu viel. Wir brauchen auch nicht lang und außerdem will niemand rosa Möbel.“

Ja, klar.

Ich folge seinem knackigen Hintern nach oben und obwohl er schwerer trägt als ich, kommt er deutlich schneller voran. Der Typ ist so was von trainiert. Kein Wunder, dass ich meinen Mann mit neuen Muskeln vorfand, wenn die beiden zusammen Sport machen.

Ziemlich mühelos und kein bisschen außer Atem stellt er die Kartons neben die Waschmaschine, während ich selbst förmlich japse, allein schon, weil mich sein Tempo so außer Puste bringt. Trotzdem bewahre ich meine Würde und stemme die Hände nicht auf die Oberschenkel. Nein, ich halte mich am Geländer fest.

Marcellus geht vor dem Nachbarmädchen in die Hocke und streckt ihr seine Hand entgegen. „Hey du, ich bin Marcellus. Verrätst du mir deinen Namen?“

„Tiziana.“ Sie legt den Keil in ihren Schoß und legt ihm die kleine Hand in seine Pranke. Er verneigt den Kopf und deutet eine Kusshand an. „Es ist mir eine wahre Freude, edle Prinzessin Tiziana. Dann herrschst du wohl über dieses Stockwerk?“

Hallo? Was geht denn hier ab? Der Terminator kann Kindergartendaddy?

Mir fällt ein, dass Desmodan erwähnt hat, dass seine Schwester und damit Marcellus’ Frau Erzieherin ist. Das muss abgefärbt haben. Zu mir war er noch nie so nett. Er kann richtiggehend charmant sein und ich kann nicht anders, als die beiden anzustieren.

Die Kleine scheint über seine Frage nachzudenken,

Gefallen daran zu finden und schließlich nickt sie entzückt. „Ja, das ist meine Etage."

Marcellus deutet galant mit seiner Hand in meine Richtung. „Dann hast du Maribella schon kennengelernt?"

Das Mädchen sieht zu mir und ich versuche, meinem ungläubigen Blick ein Lächeln hinzuzufügen. „Das bin ich", bestätige ich.

„Ja, sie hat meinen Keil geklaut."

Mir klappt fast der Kiefer herunter.

„Sie hat ihn dir aus der Hand gerissen?", hakt er nach.

„Das würde ich nie tun", protestiere ich.

Marcellus macht eine beschwichtigende Geste in meine Richtung und das Mädel schüttelt den Kopf.

„Nein, er liegt hier immer neben meinen Schuhen. Und dann war er weg und steckte dort unter der Tür." Sie zeigt mit dem Arm herüber.

„Das verstehe ich natürlich", erklärt Marcellus. „Sie hat dich vorher nicht gefragt."

„Ja, aber ihre Tür war doch zu", sage ich.

Wieder ernte ich nur eine beruhigende Geste, ohne dass er sich zu mir umdreht. „Weißt du, Lady Maribella – sie ist keine Prinzessin wie du, aber trotzdem vornehm – wollte dich nicht wecken."

Lady? Vornehm? Und er nimmt mich in Schutz? Jetzt bin ich etwas baff.

„Wirklich?", haucht die Kleine.

Ich beeile mich zu nicken.

„Ganz wirklich", versichert er ihr.

„Bist du auch ein Prinz?", will sie wissen.

Er schüttelt den Kopf. „Nein, ich bin ein Zauberer."

Ihre Augen werden groß. „Wirklich?"

„Aber ja.“ Er stemmt die Hände in die Seiten und erhebt sich. „Willst du mal einen Trick sehen?“

„Au ja.“

„Au ja“, sage ich ebenfalls.

Er lächelt mich doch tatsächlich an. Ich sollte fünf sein, dann würde er mich mögen. Wenn ich genau drüber nachdenke, hätte er mich mit fünf auch noch gemocht. Ich war mal selber lieb und reizend. Ist allerdings eine Weile her, das gebe ich zu.

„Ich zeige dir, wie ich ohne einen Schlüssel diese Tür aufbekomme.“

„Cool.“ Das Mädchen klatscht begeistert.

Dann bricht er vor ihren Augen in meine Wohnung ein und verstaut anschließend sein Einbrecherspielzeug wieder in der Hosentasche.

„Das ist so cool“, seufzt sie selig.

„Danke.“ Er grinst über beide Ohren und ich bin davon überzeugt, dass vor mir ein komplett anderer Marcellus steht als der, den ich bisher kannte. Einer, in den sich eine Erzieherin vermutlich problemlos verlieben könnte. Mein Vermieter würde ihn und Desmos Schwester sicher toll finden. Die sind so was von ausdrücklich kinderfreundlich.

Er geht vor dem Mädchen in die Hocke. „Prinzessin Tiziana, würdest du mir einen Gefallen tun?“

Sie spitzt ihren süßen Mund und nickt angetan. „Klar.“

„Würdest du uns für eine Weile deinen Keil borgen, damit wir die Tür auflassen können?“

„Au ja!“, ruft sie wieder, flitzt zu dem Ding und überreicht es ihm mit solch einer Feierlichkeit, als wäre er ein Ritter der Tafelrunde.

Marcellus steckt ihn unter die Tür und zwinkert ihr zu.

Dann wendet er sich an mich. „Auf geht’s.“

Er schnappt sich die zwei Kisten und trägt sie herein.

„Du hilfst mir?“, frage ich erstaunt.

„Sicher. Alleine schaffst du das nie und so können wir uns mal in Ruhe unterhalten.“

Der Satz fing so gut an und hört dann so unerfreulich auf. Ich füge mich ins Schicksal und gemeinsam schleppen wir die Möbel Karton für Karton hinauf. Irgendwann brennen meine Arme von der Schlepperei und meine Beine sind so schwer vom Treppensteigen, dass sie finden, sie hätten sich eine Pause verdient. Trotzdem mache ich weiter, denn ich möchte vor Marcellus nicht einknicken. Er scheint Möbel hochtragen nicht großartig anstrengender zu finden, als Einkäufe heraufzubringen. Seine Muskeln hätte ich für ein paar Stunden auch gerne mal. Nicht dauerhaft. Ich will nicht aussehen wie eine weibliche Actionfigur. Nur für jetzt.

Inzwischen ist Mitternacht, als wir alles oben haben und dabei sind, erste Sachen zusammenzuschrauben. Er hat sogar einen Werkzeugkoffer in seinem Auto, was nun ganz praktisch ist, denn daran habe ich überhaupt nicht gedacht.

„Zumindest bist du nützlich“, gebe ich zu und bringe eine Schraube an.

Er zieht die Brauen hoch und sieht mich an. „War das eine Art Kompliment?“

Ich zucke mit den Schultern und drehe die Schraube fest. „Irgendwie schon.“

„Das Komplimentemachen üben wir noch mal, Maribella.“

„Wieso bist du zu mir so fies und zu der Kleinen so

nett?“

„Prinzessin Tiziana? Sie ist ein liebes Kind.“

„Ich war auch mal Kind“, murmele ich, ohne groß darüber nachzudenken. Dass ich dabei ziemlich wehmütig klinge, entgeht ihm keinesfalls.

„Du und Desmodan. Also, du hättest auch einen anderen heiraten können, oder nicht?“

„Einen, der von der Ehe auch nichts erwartet? Außerdem hatte ich nicht vor zu heiraten, bis er auftauchte und meine Tarnung in die Luft gejagt hat.“

„Wie findest du es, dass er gerade ein Date hat?“ Er wirft einen überflüssigen Blick auf seine Uhr. „Puh, schon wieder echt spät. Das geht wohl länger. Na ja, er ist jung und vital.“

Marcellus lässt mich nicht aus den Augen und ich schlucke. „Das ist okay. Ehrlich. Ja, es stört mich nicht.“ Als er nicht aufhört zu schauen, hänge ich ein „Gar nicht“ dran.

Gar, gar, *gar* nicht.

Sein Blick spricht Bände. „Er ist ein hübsches Kerlchen.“

„Kann schon sein.“ Ich widme mich hingebungsvoll der nächsten Schraube. Das ist so eine wichtige Aufgabe. Die lenkt mich gänzlich ab.

Er streicht sich mit der Hand über Mund und Kinn. „Also konntest du bloß ihn heiraten? Und keinen anderen.“

„Genau.“

Marcellus pustet seinen Atem in die leere Faust. „Habt ihr mal über eure Gefühle gesprochen?“

Irritiert starre ich ihn an. „Unsere was?“

„Du nennst ihn auffallend oft Desmo.“

„So heißt er ja auch."

Er schüttelt den Kopf wie ein Mann, der sich nichts vormachen lässt. „Er heißt Desmodan. Nur enge Freunde und Familienangehörige nennen ihn Desmo."

„Ja, also, wir sind verheiratet, oder nicht?"

Marcellus richtet sich im Schneidersitz auf und kratzt sich nachdenklich die Schulter. Seine nächsten Worte triefen vor Ironie. „Ich selbst nenne Leute, die ich nicht leiden kann, auch immer total gern beim Kosenamen. Es kommt mir einfach so passend vor, diese verbale Nähe zu erzeugen."

Ich schlucke schwer. „Du liest da zu viel rein."

„Ja, wirklich, Marichen, so machen die Leute das einfach."

Entnervt sehe ich ihn an. „*Marichen?*"

Er hält sich gespielt die Hand an den Mund. „Oh, soll ich lieber Bellalein sagen? Oder Maribellaleinchen?"

Wütend atme ich durch. „Nichts davon!"

Er nickt und fährt seelenruhig fort. „Genau das ist der andere Punkt. Du springst wie ein bissiger Hund im Kreis, wenn ich das bei dir anfange. Merkwürdigerweise wirkt mein Schwager ziemlich gelassen, wenn du ihn beim Kosenamen nennst."

„Nein, er … Er hat doch gesagt, ich soll nicht …"

„Als du im Helikopter wach wurdest, war dein erster Name für ihn *Desmo* und nicht *Flachzange* oder *Nervensäge*. Du hast nicht groß nachgedacht, sondern das zu ihm gesagt, was dir richtig vorkam. Und statt dass er aus der Haut fährt, wie ich das sonst so von ihm kenne, wenn einer ihn fälschlicherweise so nennt, bleibt er erst mal still. Dann merkt er, dass ich auch da bin, und ihm fällt ein, dass ich das seltsam finden könnte.

Also korrigiert er dich. Aber da war es mir schon klar. Du hast am Telefon neulich gar nicht gelogen, oder? Er mochte es tatsächlich, dass du ihn so nennst.“ Er sieht mich bedeutungsvoll an.

Ich kratze mir durchs Haar am Scheitel entlang und weiß nicht, wie ich ausgerechnet mit Marcellus bei so einem Thema landen konnte. „Wir sollten weiter aufbauen.“

Mein Vorschlag bleibt ungehört. Stattdessen findet er Worte, die mir die Seele aus dem Leib hervorziehen. „Elise hat mit mir darüber gesprochen, dass Callistus dir einige Dinge angetan hat.“

Mein Sichtfeld wird schwarz und ich fühle mich wie versteinert. „Was?“ Die Frage kommt beinahe klanglos über meine Lippen.

„Als ich ihr gestern erzählt habe, dass du mit Desmodan verheiratet bist, nachdem mein Angebot von Konstantin dich kaltgelassen hat. Eigentlich wollte ich Elise nichts davon sagen. Konstantin und ich wollten das so mit dir regeln. Falls du eingewilligt hättest, hätte sie das ja nicht zu wissen brauchen. Immerhin hattet ihr eure unschöne Begegnung in Konstantins Haus und Elise war damals sehr aufgewühlt wegen dir.“

Ich habe gerade wirklich Mühe zu atmen und starre nur ins Leere.

„Bisher hat sie das für sich behalten“, versichert er mir. „Sie hat niemandem davon erzählt, nicht einmal Konstantin. Callistus hat Elise überfallen an dem Tag, als ich ihn umgebracht habe. Er hat sie völlig zerbissen und Witze darüber gemacht, dass er und Konstantin sich nun erneut die Frau teilen würden. Ihr war nicht klar, dass er von dir – seiner Halbschwester – sprach, bis er es ihr gesagt hat."

Ich presse meine Lippen aufeinander und schaue auf meine Finger. Fremde Finger. Es sind schon wieder nicht mehr meine Hände. Ich bin zurück in meinem Tränenschloss und blinzele gegen die brennende Nässe in meinen Wimpern an.

Marcellus legt seine Hand auf meine. „Ich hatte keine Ahnung, dass er *so* ein Schwein war. Ich wusste nicht, dass du das ertragen musstest."

„Er hat mir meine Unschuld genommen", flüstere ich. „An meinem siebzehnten Geburtstag."

Ich fange an zu heulen wie ein Kind und er zieht mich in seine starken Arme und streichelt über meinen Rücken. „Wenn ich dieses Monster nicht schon getötet hätte, würde ich ihn noch mal umbringen." Es ist ein dunkles Versprechen von einem Mann, der mich bisher nie mochte. Gleichzeitig weiß ich, dass es stimmt. Er würde es tun.

„Willst du wissen, wie er starb?"

„Ja", schniefe ich.

Er zeigt mir eine starke Faust. „Damit habe ich ihm jeden Knochen in seinem Gesicht gebrochen und ihn dann ins Sonnenlicht geworfen, wo er verschmort ist wie eine elende Ratte auf dem Grill."

Ich ziehe mehrmals die Nase hoch, weil ich kein Taschentuch habe, und gerade, als ich kurz davor bin, meinen Ärmel nicht nur für meine Tränen zu benutzen, reicht er mir ein Kleenex und ich schnäuze hinein. „Danke."

„Ist nur ein Taschentuch", sagt er leichthin.

„Nein, ich meine dafür, dass du ihn umgebracht hast. Ich wollte das so oft. Anfangs wollte ich sogar mich umbringen, aber er hat mich daran gehindert."

Er fasst mich bei den Schultern und sieht mich durchdringend an. „Maribella, du musst mit Desmo darüber reden. Er steht doch total auf dich, das sieht ein Blinder. Aber vermutlich hast du ein Problem damit, dich auf ihn einzulassen, oder? Er sollte das wissen. Er hat ein Recht darauf zu erfahren, dass er für seine Ehe kämpfen muss."

Ungläubig schaue ich ihn an. „Aber du wolltest doch, dass ich mich von ihm trenne."

„Das war, bevor mir klar wurde, dass ihr beide euch mögt."

Traurig kaue ich auf meiner Unterlippe herum. „Ich kann das nicht. Und ich darf das auch nicht. Verstehst du denn nicht, wie defekt ich bin? Es wäre nicht fair, ihm da Hoffnungen zu machen. Er sollte mit ganz normalen Frauen ausgehen dürfen."

„Er ist alt genug, selbst zu wissen, wofür er sich entscheiden will, Maribella. Die Wahl solltest du ihm schon lassen."

Ich fühle mich so überrumpelt und bin nicht dazu in der Lage, ihm dieses Versprechen zu geben. Schlimm genug, dass Elise es die ganze Zeit wusste. Nun auch noch Marcellus und ich habe keine Ahnung, ob sie dann nicht auch Konstantin ins Vertrauen zieht, nur damit er Marcellus gegenüber nicht benachteiligt ist. Loyalität ist so eine vertrackte Sache, die den Leuten zu viel entlockt.

„Sagst du mir, wen du für den Tod an Callistus verantwortlich machen willst?"

„Wenn du mir versprichst, niemanden mit diesem Wissen zu erpressen oder es gegen uns zu verwenden."

Ich nicke nur.

„Diese Welt ist ein seltsamer Ort“, setzt er an. „Es gibt ganz verschiedene Glaubensrichtungen. Vampire fühlen sich dem Tod oft näher als dem Leben. Ich schlafe selbst sehr gerne in einem Sarg. Wir sind Schattenkreaturen.“

„Und?“, flüstere ich.

„Es gibt eine Art Selbstmordsekte. Sie töten sich nicht wirklich kollektiv selbst. Es ist so, dass du dort eintreten kannst und von da an noch ein sehr schönes Leben auf dieser Welt führst. Gleichzeitig tickt mit deinem Beitritt der Countdown für den eigenen Tod schneller. Denn du verpflichtest dich dazu, wenn du an der Reihe bist, den Tod zu akzeptieren. Vermutlich einen Mord. Es kostet eine halbe Million, wenn du einen dieser Sterblichen für deine Zwecke buchst. Das Geld fließt in den Fonds für die Verbleibenden der Gruppe, die davon einen nie gekannten Luxus erleben können. Der andere stellt sich zur Verfügung für einen Tod deiner Wahl.“

„Du hast jemanden aus dieser Sekte gekauft, den du meiner Familie als Schuldigen liefern konntest?“

„Ja. Es sind Vampire ohne eigene Familien. Einzelgänger ohne Bindungen oder anderweitige Verpflichtungen.“

„Aber wie …?“

„Konstantin hat das Geld zur Verfügung gestellt, weil es der Mord zum Schutz seiner Frau war. Vor einem Gericht würde ich noch nicht einmal als Mörder verurteilt, weil es Notwehr war. Ich habe einen Einbrecher in Konstantins eigenen vier Wänden erwischt, der seinen Besitz – Elise – beschädigen wollte. Ich hatte das Recht, gegen ihn vorzugehen. Aber deine Familie würde das anders sehen. Es ist die Blutfehde der Machiavellis, von der wir uns freigekauft haben. Ich habe ein paar Beweise fingiert und zu geraumer Zeit wird deine Familie ihre Rache an einem anderen Vampir vornehmen. Erst mal müssen sie ihn kriegen."

„Er macht es also freiwillig."

„Ja. Davon hat er die letzten Monate oder Jahre gelebt, als andere in den bezahlten Tod gingen. Nun ist für ihn der Tag der Abrechnung gekommen. Aber die Leute dieser Sekte gehen dem Tod mit offenen Armen entgegen. Es ist wie ein assistierter Selbstmord."

„Mein Gott, was es alles gibt."

„Die Schattenwelt ist groß."

Und sie kennt allzu tiefe Schatten.

Ich fühle mich so müde und ausgelaugt. „Ist es okay, wenn wir das hier abbrechen? Ich könnte eine Pause und etwas Ruhe gebrauchen."

„Sicher." Er steht auf und reicht mir seine Hand, um mich hochzuziehen. Meine Beine fühlen sich von dem langen Hocken am Boden ganz steif an.

„Sag mir, wie dein Makler heißt."

„Wieso?"

„Es geht nicht, dass du keinen Schlüssel hast. Ich besorge dir einen und falls du bei meiner Rückkehr schläfst, lege ich ihn dir hier auf die Konsole."

Er legt seine Hand auf das kleine Möbelstück, das bereits fertig aufgebaut im Flur steht.

„Danke. Ich wusste gar nicht, dass du so nett bist."

„Na ja, du bist auch in Ordnung. Man lernt nie aus." Er drückt kurz meine Hand. „Es wird schon werden."

Dann geht er und lässt mich allein. Es gibt Momente im Leben, die so eigenartig sind, dass man sich hinterher wundert, wie es eigentlich dazu kommen konnte.

KAPITEL 15

Obwohl die Nacht noch nicht verstrichen ist, fühle ich mich bereits so müde, als müsste die Sonne bald hervorkriechen. Ich bin so froh, dass nun ein echtes Bett in meinem Zimmer steht, und ich ziehe meine fertige Luftmatratze nach drüben für Desmodan, weil seines noch nicht aufgebaut ist.

Eigentlich sollte ich mir endlich einen Job suchen, doch ich fühle mich so zermürbt, dass ich froh bin, ohne Schlüssel die Wohnung nicht verlassen zu können. Die besten Entschuldigungen sind die, die man für sich selbst hat. Ich nehme mir ein *BoBlood* aus dem Kühlschrank und betrachte nachdenklich die Packung. Ich habe doch ein Abo abschließen wollen. Kurz entschlossen greife ich nach meinem Handy und wähle die aufgedruckte Hotlinenummer.

Nach einer düdeligen Melodie nimmt eine klangvolle Frauenstimme ab: „*BoBlood Enterprises*, mein Name ist Lucrezia, wie kann ich Ihnen helfen?“

„Ja, ich möchte gerne ein Abo abschließen.“

„Sehr gerne. Haben Sie bereits eine Kundennummer bei uns?“

Darüber könnte ich fast lachen. Eine Machiavelli mit Kundennummer bei *BoBlood*. Doch nun gehöre ich nicht mehr zu dieser Sippe.

„Nein, aber ich trinke fast täglich Ihr Blut.“

„Das freut mich sehr zu hören. Wir setzen auf höchste Produktqualität. Wussten Sie bereits, dass Sie *BoBlood* auch langsam in der Mikrowelle erhitzen können? Die Auftaustufe lässt es nicht klumpig werden. Wir bieten aber auch selbst einen hauseigenen Bluterwärmer an, der durch Wasserdampf in einem Vorwahlprogramm automatisch auf siebenunddreißig Grad Körpertemperatur erhitzt.“

„Den will ich“, stoße ich sofort aus. Keine Ahnung, weshalb ich mich so in ihr Gespräch einwickeln lasse. Es ist wohl eine Mischung aus Frustshopping und dem natürlichen Drang der Frau, Dinge zu kaufen.

Sie lacht erfreut auf. „Wunderbar. Wir haben da für Sie ein interessantes Einstiegspaket.“

Nachdem sie meine Daten aufgenommen hat, bin ich ein Blutabo reicher. Dafür erhalte ich die ersten sechs Monate einen Vorzugspreis. Und weil ich das Abo gleich für zwei Jahre abgeschlossen habe, ist der Bluterwärmer kostenlos dabei. Prost. Auf die nächsten zwei Jahre Tütenblut. Ich steche mein Trinkröhrchen in den Beutel und stoße gleich mal mit der nun hauseigenen Blutmarke an, als das Türschloss umgelegt wird und die Wohnungstür aufgeht.

Erst denke ich, dass es Marcellus ist, und ich eile freudestrahlend hin. „Hast du mir wirklich meinen Schlüssel ...?“ Doch dann bleibe ich mitten im Lauf stehen und schenke mir die Frage. Es ist nicht mein Schwager, sondern mein Mann.

Hastig werfe ich einen Blick auf die Uhr. Er war einen ganzen Tag weg. Außerdem sieht er müde aus. Ich kann mir lebhaft vorstellen, wovon.

„Auch schon da?“, grüße ich ihn bloß, drehe mich um und gehe wieder zurück in die Küche.

„Es hat länger gedauert.“

Ich verziehe den Mund und schaffe es nicht, ihn anzusehen. Mein Tütenblut ist ohnehin viel interessanter. „Tja, wenn die eigene Manneskraft einen überwältigt, kann so eine Packung Gummis schon mal knapp werden. Du benutzt doch hoffentlich welche.“

Er stützt seine Hände neben mir an der Küchenplatte ab und ich spüre seinen Atem direkt in meinem Nacken. „Bist du etwa eifersüchtig?“

„Niemals!“, fauche ich.

„Ohoho“, tönt er und dreht mich zu sich herum. Sein gereizter Blick findet meinen und wir starren uns an. Mit der Energie zwischen uns könnte man ein ganzes Warenhaus beleuchten. „Du wolltest doch nicht mitkommen.“

„Wofür? Damit es ein Dreier wird?“

Er tippt mir seinen Finger an die Schläfe. „Was geht hier drin eigentlich vor?“

Ich schlage seine Hand weg und das *BoBlood* fliegt durch die Luft und klatscht auf den Fußboden. Eine rote Pfütze breitet sich aus. „Das geht dich nichts an.“

„Du bist meine Frau“, erinnert er mich.

„Und du mein herumhurender Ehemann!“

Er zieht sein Handy aus der Tasche, scrollt geschäftig darauf herum und hält mir dann das Bild einer langweiligen grauen Maus hin. „Meinst du mit ihr?“

„Ist das deine Liebste, ja? Schön, dass du ein Bild von ihr auf deinem Handy hast. Aber du könntest schon etwas Besseres haben als sie.“

Ich will vorbei, doch er hält mich fest und drückt mich bis an die Wand, wo ich ihm noch weniger entrinnen kann.

„Das ist die Sekretärin meines Vaters.“

„Fickt sie gut?“

Er wölbt glutvoll seine Braue und sein Blick wird schwärzer als jede Nacht. „Das weiß ich nicht. Ich hab’s nicht ausprobiert.“ Eine tonnenschwere Last plumpst von meinem Herzen.

Er starrt mir auf meine Lippen und seine Worte flüstern zwischen langen Zähnen hindurch: „Dieses Bild ist von Dads Firmenseite.“

„Wo warst du dann so lange? Hast du ihr die ganze Zeit nur auf den Hals geglotzt?“

Seine Hand wandert an meine Kehle und streicht daran entlang. „Ich starre nur auf deinen Hals.“ Er leckt sich über die Lippen. „Ich vermisse deinen Geschmack.“

Mir wird flau im Magen. „Wo warst du?“

„Bei meinen Eltern. Die Sekretärin war übrigens gar nicht da.“

Langsam schelte ich mich selbst einen Narren, dass ich mir so einen Kopf gemacht habe.

„Wieso nicht?“

„Weil ich ihnen gesagt habe, dass ich sie allein sprechen muss.“

Ich zittere unter seiner Berührung und diesen verlangenden Blicken. „Was hast du denn mit ihnen besprochen?“

Seine Hand findet meine und er hält sie fest. „Dass ich geheiratet habe und sie mich nicht mehr verkuppeln brauchen."

„Du hast es ihnen gesagt?", staune ich.

„Sie haben ein Recht, es zu erfahren, oder nicht?"

„Weiß ich nicht." Welche Rechte einer Familie an ihren Kindern sind angemessen und welche nicht? Ich habe viel zu viele unangemessene kennengelernt, doch entgegen Marcellus' Rat, schaffe ich es nicht, ihm das zu sagen. Ich kann es einfach nicht. Und mit welcher Überleitung überhaupt? *Schön, dass deine Eltern das wissen. Übrigens hat mich mein Halbbruder missbraucht.* Wie sollte dieser schändliche Satz, der mich bis ins Innerste besudelt, je über meine Lippen kommen? Wie könnte ich seinen angewiderten Blick ertragen, wenn er das von mir weiß?

Ich ziehe meine Hand aus seiner und presse meine Lippen aufeinander. Ich kann ihn kaum ansehen, also schließe ich nur die Augen und lasse meinen Kopf hängen.

„Was ist los mit dir, Maribella?"

„Nichts", flüstere ich.

„Irgendetwas ist doch", beharrt er.

„Ich habe ein *BoBlood*-Abo abgeschlossen. Für zwei Jahre."

„Deswegen bist du so bedrückt?"

Ich nicke nur, weil es leichter ist zu lügen, als offen zu ihm zu sein. Er legt seinen Finger unter mein Kinn und hebt es an. „Das ist doch kein Grund. Sieh mich an, Mari. Das ist kein Grund."

Mari? Meine Augenlider flattern auf und ich schaue in seine wunderschönen schwarzen Augen. Er zieht mich in eine feste Umarmung und seufzt. „Ich hätte ja angerufen, aber du hast kein Telefon."

„Doch. Ich wusste deine Nummer aber auch nicht."

„Die Möbelmänner waren also da?"

Ich nicke stumm.

„Hast du das alles alleine aufgebaut?" Doch er wartet meine Antwort nicht ab. „Komm, zeig mir mal, was schon alles da ist."

Er nimmt wieder meine Hand und wir gehen durch die wenigen Räume.

„Es ist noch viel zu tun", sage ich.

„Aber das wird warten müssen."

„Wieso?"

„Wir sind nochmal zum Essen bei meinen Eltern eingeladen. Sie wollen meine Braut kennenlernen."

Ich streiche mir mit der Hand über die Wangen. „Aber ich sehe ganz furchtbar aus. Ich habe nichts ..."

„Shhh. Du siehst toll aus. Wie immer. Komm einfach mit mir mit."

„Du hast bei deinen Eltern geschlafen? Wirklich?"

„Ganz wirklich. Und ganz allein. Jetzt brauche ich auch erst mal ein *BoBlood*, sonst falle ich gleich über dich her."

Voll transformiert läuft er in die Küche und trinkt sogar zwei, obwohl ich weiß, dass er den Geschmack nicht mag. „Das ist wie essen, ohne satt zu werden", grummelt er.

Ich verschwinde kurz ins Bad und richte mich halbwegs her. Oh Himmel, seine Eltern! Wie soll das nur werden?

Wir stehen vor der Tür seiner Familie und ich bin so

nervös, dass ich meine Hand um seine kralle und in meinen Haaren nestele, als könnte ich dort Hilfe finden.

Eine besonders kleine Frau mit hübschen blauen Augen öffnet uns die Tür. An ihrer Seite steht ein reichlich verlegener Mann mit untersetzter Figur. Sie sehen sehr liebenswert aus und seine Mutter wird bei meinem Anblick geradezu hektisch.

„Oh!“, stößt sie aus. „So eine Freunde!“ Sie greift nach meinem Arm und zieht mir die Hand aus dem Haar, bloß um mir kleine Küsse darauf zu hauchen. „Ist es wirklich wahr? Darf ich dich meine liebe Schwiegertochter nennen?“

„Ich ... ähm.“ Sprachlos nicke ich.

Sogleich fällt sie mir in die Arme und mustert mich dann von oben bis unten. „Meine Güte, du bist ja wahrhaft schön, Liebes. Ich bin Griseldis. Wenn du nicht förmlich sein magst – und darauf legen wir hier wirklich keinen besonderen Wert –, dann darfst du mich auch Mama nennen.“

Unsicher schaue ich von ihr zu Desmodan. Er nickt nur und lächelt. Die meinen das wirklich ernst! Meiner Familie wäre so ein flatterfrohes Gebaren nie in den Sinn gekommen.

„Ich bin Maribella“, stelle ich mich vor und bin fast so weit, einen Knicks zu machen. Gerade so kann ich mich noch davon abhalten. Es sind nur seine Eltern und kein königlicher Hofstaat, doch ich hoffe inständig, dass sie mich mögen können. Die Einleitung wirkt schon mal sehr vielversprechend. So leicht hatte ich es mir gar nicht vorgestellt.

„Maribella“, flötet sie und wendet sich an ihren Gatten. „Hör nur, Korbi, wie schön sie nicht nur aussieht, sondern auch noch klingt.“ Sie zieht ihn am Arm heran. Ich zweifele keine Sekunde daran, wer in dieser Familie das Zepter schwingt. Erstaunlicherweise ist es eine Frau. „Darf ich dir meinen Mann vorstellen? Das ist Korbinian, der Vater unserer wundervollen Kinder.“

Sie strahlt über beide Wangen und er räuspert sich verlegen. „Du kannst auch Korbi sagen“, schlägt er vor. „Das macht sie auch dauernd.“

Ich muss fast lachen und ergreife freudig seine ausgestreckte Hand. „Gerne.“

Derweil knutscht seine Mutter Desmodan auf beide Backen, wofür er sich ein gutes Stück bücken muss, weil sie wirklich unglaublich klein ist.

„Kommt rein, kommt rein!“, trällert sie und zieht uns beide nach drinnen. Die Tür fällt geradezu fröhlich ins Schloss. Ich bin in einer ganz seltsamen Parallelwelt gelandet. Alles ist ordentlich aufgeräumt, ich wette, hier wird täglich Staub gewischt. Doch trotz der Ordnung wirkt ihre Wohnung beinahe kitschig familiär. Kuschelweiche Kissen liegen auf den gestreiften Sofas, kleine Teddybären sind wie Sammelpuppen auf dem obersten Schrankbrett aufgereiht. Jeweils an den Enden dieser Plüschbrigade stehen kleine Wachbärchen mit Helmen wie von Palastwachen.

Praktisch jede freie Ecke dieser Wohnung ist mit irgendwelchen Kinkerlitzchen dekoriert, ob es nun Karaffen, Blumenschalen oder geschnitzte Figuren sind. Die Wände tragen eine geblümte Tapete und auf dem Esstisch liegt eine weiße Spitzentischdecke.

„Wollt ihr etwas trinken?“, bietet sie als gute Gastgeberin an.

„Ja, gerne.“ Mein Hals ist mir ganz eng geworden und

ich könnte einen Schluck vertragen. Außerdem kann man sich an so einem Glas gut festklammern. Einerseits sind alle sehr nett, andererseits könnte das auch schwierig werden, denn ich habe von so viel Herzlichkeit wenig Ahnung.

„Oh!“, meint sie und hebt einen ausgestreckten Finger. „Das ist doch ein guter Moment für den Sekt. Wir sollten anstoßen.“ Sie zieht mich am Arm mit sich in die Küche. „Die Männer können sich unterhalten, und wir richten alles und plaudern von Frau zu Frau, ja?“

Beim letzten Satz bekomme ich fast Angst. Immer will jemand mit mir plaudern. Was wird sie wohl wollen?

Desmodan zwinkert mir zu und ich verschwinde mit ihr in der Küche. Sie schließt die Tür hinter uns und das ist der Moment, an dem ich erwarte, dass sie ihre Maske des Lächelns fallenlässt und einen morbiden und eifersüchtigen Ton anschlägt. Doch sie lächelt einfach weiter. Nichts Schlimmes passiert. Ich sollte aufhören, in allen Dingen dieser Welt eine Gefahr für Leib und Seele zu wittern.

„Die Kelchgläser stehen gleich dort oben“, informiert sie mich. „Ich bin etwas klein geraten und komme da so schlecht dran. Holst du sie uns bitte raus, Liebes?“

„Klar, ähm ... Okay.“

Etwas unbeholfen öffne ich ihre Schranktüren. Sie hat mich zwar dazu eingeladen, trotzdem bin ich befangen dabei, anderer Leute Schränke aufzumachen. Das ist ihr privates Reich. Drinnen stehen artig angeordnet eine Reihe von langstieligen Gläsern und ich hole vier heraus.

Sie macht sich in der Zwischenzeit am Kühlschrank zu schaffen und nimmt eine Flasche Sekt heraus. „Magst du Rosé? Ich persönlich finde ihn am besten.“

„Ja, das ist gut.“ Ich lächele sie gezwungen an. Mir fällt das nicht so leicht wie ihr.

Doch sie deutet meine verkrampfte Mimik wohl falsch, denn sie nimmt mir eines der Gläser ab und legt ihre flache Hand obenauf. „Oder solltest du am Ende gar nichts trinken?“

„Wie? Wieso denn nicht? Desmo fährt.“

Er hat sein Auto wieder, wie ich bei der Herfahrt festgestellt habe. Nicht den blauen Toyota, sondern den schwarzen Camero.

„Oh“, kichert sie und legt vertrauensvoll ihre Hand vom Glas auf meinen Arm. Sie ist kühl, aber der Sekt, den sie zuvor aus dem Schrank genommen hat, war es ja auch. Verlegen streichelt sie über meinen Unterarm und benetzt ihre Lippen. „Nein, meine Liebe, das meinte ich doch gar nicht. Aber eure Hochzeit kam so plötzlich.“

Sie blickt mir suchend in die Augen und ich runzele die Stirn. „Und deshalb darf ich nichts trinken?“

Griseldis neigt verschwörerisch den Kopf. „Das ist gar nicht schlimm. Ich würde mich wirklich freuen. Weißt du, Desmodan war damals auch unterwegs, als Korbi und ich den Bund fürs Leben geschlossen haben.“

Ich muss fast husten. „Oh. Nein, ich ...“

„Wann ist es denn bei dir soweit?“

Ich lächele gezwungen. „Aber ich bin nicht schwanger.“

„Nicht?“ Sie formt ein stummes „Ah“ mit dem Mund. Dann tätschelt sie erneut meinen Arm. „Na, das kann noch werden. Eure Reihenfolge ist im Grunde auch besser. Ich erinnere mich wie meine Mutter so seltsam schaute, als Desmo schon nach sieben Monaten da war, aber gar nicht wie ein Frühchen aussah.“

„Das ist ... verblüffend.“

Sie kichert. „Ja, nicht wahr?“

Ich nehme die Gläser und sie holt einen Flaschenöffner heraus und trägt den Sekt. „Ganz im Vertrauen“, murmelt sie. „Ich glaube, Lindana will noch keine Kinder. Dabei ist sie doch Erzieherin und lange genug verheiratet. Na, und eigentlich sieht Marcellus doch wirklich … ähm …“ Sie winkt mich heran und ich neige mein Ohr an ihren Mund. „… potent aus“, beendet sie den Satz.

Ich würde mir jetzt wirklich gern mit der Hand an die Stirn fassen, bloß muss ich die Gläser halten. Das ist doch wohl die lustigste Mutter, die ich je getroffen habe.

„Wissen Sie was, Griseldis?“

„Oh, ich weiß ganz viel“, tuschelt sie. „Aber ich würde es mögen, wenn du mich duzen und Mama nennen würdest.“

Puh. Unleugbar wäre das schön. Eine eigene Mutter habe ich nicht mehr und auch mein Vater ist keiner, auf den ich noch zählen könnte. Ich sehne mich nach einer netten Person in meinem Leben, dabei habe ich nicht einmal eine beste Freundin. Oder irgendeine Freundin. Da ist keine Seele auf dem ganzen Planeten.

Desmo ist nun zwar bei mir, nur ist das nicht ganz freiwillig passiert. Seine Mom hingegen ist von Grund auf herzlich und rührt etwas in mir. Obendrein stelle ich mir Desmos Gesichtsausdruck zu komisch vor, wenn ich seine Mutter so nenne.

„Gerne.“ Ich nicke lächelnd und fühle mich eigenartig frei. „Das würde ich sehr gerne, Mama.“

„Oh“, seufzt sie und Tränen kullern über ihre Wangen. Dann merke ich, dass selbst meine Augen feucht werden, und ich lächele sie an. Sie stellt alles zurück auf die

Küchentheke und nimmt mich herzlich in den Arm. Am Ende heulen wir beide und lachen gleichzeitig. Nach all der Zeit habe ich eine Mutter.

„Alles okay bei euch?“, fragt Desmo und steckt seinen Kopf durch die Tür. Als er uns sieht, eilt er auf uns zu und schlingt seine Arme um uns beide. „Was ist denn los?“

„Wir freuen uns nur“, verkündet Griseldis und kichert. „Jetzt steh nicht so rum, Desmo, mach lieber den Sekt auf. Wir wollen auf eure Ehe anstoßen. Es ist so schön, dass du dir diese reizende Frau geangelt hast.“ Dann wendet sie sich an mich. „Wobei du mir mal erzählen musst, wie dieser Tropf es geschafft hat, eine solche Schönheit an sich zu binden.“

Mit großen Augen sieht er uns nach, als wir ins Wohnzimmer bummeln. Korbinian reicht uns hastig eine Kleenexschachtel und wir wischen uns die Gesichter trocken.

„Danke.“

Er läuft rot an und nickt verlegen. „Aber sehr gerne, Maribella.“

Mit einem herzlichen Klirren der Sektgläser werde ich in der Familie Martin willkommen geheißen. Kein Wunder, dass Desmo so ein Schatz ist. Bei seiner Herkunft kann kein Übel in ihm wohnen. Das habe ich inzwischen erkannt. Mit einem tiefen Blick schlägt er sein Glas an meines. „Auf uns“, prostet er.

Wir sitzen am Tisch und erzählen von unserer neuen Wohnung. Bei jeder Gelegenheit nenne ich ihn Desmo. Anfangs scheint er dem wenig Beachtung zu schenken, so wie Marcellus es gesagt hat, doch dann sieht er mich immer undurchdringlicher an. Was bedeutet dieser intensive Ausdruck? Jedes neue *Desmo* nagt an seinem Blick und er wird immer stummer bei Tisch.

Als wir kurz vor Sonnenaufgang aufbrechen, habe ich ein mulmiges Gefühl im Bauch. Griseldis und Korbinian sind die liebenswürdigsten Vampire, die ich kenne. Daran liegt es nicht.

„Du bist still geworden“, sage ich nach einigen Minuten stummer Fahrt.

„Ich habe nur nachgedacht.“

„Verrätst du mir auch, worüber?“

„Über dich.“

Uh, oh! Hat es ihn gestört, dass seine Mom und ich so ein herzliches Verhältnis aufgebaut haben? Sie könnte glatt meine einzige Freundin auf der Welt sein.

„Wenn es wegen deiner Mom ist ...“, deute ich an.

„Was ist mit ihr?“

„Ich habe sie ab und zu Mama genannt.“

Er zuckt mit den Schultern und blickt stur auf die Straße. „Und?“

Ich nicke. „Okay. Das ist es also nicht.“

„Nein.“

„Muss ich noch lange raten?“, dringe ich in ihn.

„Wir klären das zu Hause. Ich muss mich jetzt aufs Fahren konzentrieren.“

Ich fühle mich wie eine Weihnachtsente, kurz bevor sie gerupft wird. Er ist so verschlossen, dass ich mich frage, welches Stündlein nun eigentlich geschlagen hat. Ganz klar muss da ein Auslöser für seine Einsilbigkeit sein.

Als wir die Treppen hinaufsteigen, wird jeder Schritt für mich schwerer und schwerer. Fast bangt mir davor, mit ihm allein zu sein. Oben angelangt finde ich einen Ersatzschlüssel auf der kleinen Konsole. Glücklich packe ich ihn ein. Auf Marcellus ist wirklich Verlass. So seltsam das auch klingen mag, jetzt gerade hätte ich ihn gern zur Unterstützung hier.

„Mir ist etwas eingefallen“, eröffnet Desmo das Gespräch und drückt die Tür ins Schloss.

„Okay.“ Fragend drehe ich mich zu ihm.

„Dieses ganze Desmo heute Abend. Desmo hier, Desmo da.“

Zaghaft blicke ich zu Boden. „Dann stört es dich wieder?“

Er stößt die Luft aus. „Desmo, Desmo, Desmo“, flüstert er und kommt mit jedem Namen einen Schritt auf mich zu.

„So heißt du“, wispere ich.

„Mir ist eingefallen, wann du das zuletzt zu mir in der Form gesagt hast.“

„Ach, wirklich?“

„Desmo, Desmo“, raunt er in mein Ohr und lehnt sich an mich. Er verwebt seine Hände mit meinen und schiebt mich gegen eine Wand. Seine Hand wandert durch mein Haar und er betrachtet mein Gesicht, meinen Mund. „Wir waren allein.“

Ich schlucke, als sein Finger über meine Unterlippe streicht. „Wir sind doch oft allein.“

„Mhm, nicht so. Sonst läufst du eher weg, weichst mir aus, blickst zu Boden.“ Er ertappt mich dabei, wie ich es wieder tue und hebt abermals mein Kinn mit seiner Hand. „Du hast mich berührt, Maribella.“ Seine Stimme kitzelt meine Nerven. „Hier.“ Er drückt seine Hüfte an mich und ich spüre, dass er hart ist. Als ich in seine Augen schaue, sind sie schwarz. Ich kann mich in ihnen spiegeln. Blond und kleiner als er. Ich finde mich selbst in seinem Blick. „Erinnerst du dich auch daran, Mari?“

„Ja“, flüstere ich.

„Und du hast mir dabei dein Blut geschenkt.“

Ich nicke nur. Der Moment kehrt so klar in meine Erinnerung zurück, dass ich mich frage, wie viel davon er in seiner betäubten Wahrnehmung mitbekommen hat. Die mehrmalige Nennung seines Kosenamen heute Abend hat sein Gedächtnis geöffnet wie ein Schlüssel.

„Ich bin fast wahnsinnig geworden bei meinen Eltern. Anfangs wusste ich nur, dass da etwas in mir begraben lag, das mir einfach nicht mehr einfallen wollte. Aber als deine Stimme diesen verträumten, süßen Klang angenommen hat, fiel es mir wie Schuppen von den Augen.“

„Wenn dich das stört, dass wir …“

„Ich will das noch einmal, Maribella. Wenn ich ganz nüchtern und klar bei Verstand bin – so wie jetzt. Was denkst du?“ Er streichelt mein Gesicht und schmiegt seinen harten männlichen Körper an meinen.

Mein Atem geht hektisch, als er sich sein Shirt über den Kopf streift. Er ist so herrlich muskulös. Langsam schiebt er mein Top hinauf bis an den unteren Rand meines BHs. Sein Bauch legt sich heiß an meine Haut. Er glüht und ich verbrenne.

„Maribella“, stöhnt er. „Ich will dich so gerne fühlen.“

„Dann soll ich das für dich tun?“

„Ja“, raunt er. „Bitte.“

Mit zitternden Händen öffne ich seine Hose und er gibt ein kehliges Knurren von sich, das aus den Tiefen seiner animalischen Vampirseele dringt. Er zerrt sich selbst die Hose tiefer und ich streife seine Shorts hinterher, bis ihm beides auf den Knien hängt. Langsam umfasse ich ihn. Erst mit einer Hand, dann mit beiden.

Er stöhnt meinen Namen und ich liebe diesen Klang, wenn er sich mir hingibt. Wenn er mir die Führung lässt. Seine Finger wandern über meine Schultern und meinen Nacken bis durch mein Haar. Mit kreisenden Bewegungen massiert er meine Kopfhaupt und mit ebenso kreisenden Bewegungen stößt er in meine Hände.

„Ich will von dir trinken", knurrt er.

In diesem Moment will ich auch, dass er es tut. Also neige ich meinen Kopf und er schiebt mein Haar beiseite und legt meinen Hals frei. „So schön", murmelt er. Desmodan küsst meine Haut. Mein Kinn. Meine Wange. Er sucht meinen Mund, doch ich drehe mein Gesicht weg.

„Nicht auf den Mund", flüstere ich. „Das ist alles, worum ich dich bitte."

Er gibt ein frustriertes Geräusch von sich und ich beeile mich, ihn leidenschaftlicher zu massieren, um ihn abzulenken.

„Sag meinen Namen", verlangt er.

„Desmo." Ich wiederhole ihn, so wie ich es zuletzt gemacht habe. Seine Lippen wandern hungrig über meine Haut. Mit einem Mal schlägt er die Zähne in meinen Hals und ich keuche auf und winde mich unter ihm. Er fühlt sich so verboten gut an. Dass ich das einmal freiwillig mit einem Mann tue, lässt mich selbst staunen. Anscheinend kann ich meine Phobie an ihm therapieren. Sein Name klingt noch süßer von meinen Lippen.

„Trink von mir", seufze ich und befriedige ihn, bis er kommt.

Desmodan stöhnt auf und dreht sein Becken beiseite, um mich nicht dreckig zu machen.

„Ah!“ Er ringt nach Luft und atmet schnaufend an meinem Hals. Ich spüre seinen Atem auf mir und er nimmt ein paar letzte Schlucke, bevor er meine Wunde mit seiner Zunge verschließt.

„Mari“, flüstert er. „Ich bin so verrückt nach dir.“

Ich lege den Kopf in den Nacken und genieße die Spur seiner Küsse.

„Ich liebe es, wie du schmeckst.“ Er bläst sanft seinen Atem über die Bissstelle. „Was du mit mir machst.“ Zart knabbert er an meinem Schlüsselbein entlang und ich entspanne mich unter seiner Berührung. „Und ich will mehr.“

Abrupt endet meine Ruhe. „Was meinst du damit?“

„Das hier.“ Er deutet zwischen uns hin und her und selbst mit heruntergelassenen Hosen sieht er sexy aus. Er trägt diesen Ausdruck frischer Befriedigung im Gesicht. Sein Blick ist noch ganz verhangen. „Wird es immer nur so sein?“

„Nur?“ Mein Herz verkrampft sich. „War es denn nicht schön für dich?“

„Sicher, aber es gibt doch so viel mehr als das.“

„Ich glaube nicht, dass ich *mehr* so gut kann.“

Desmodan legt seine Hände um meine Wangen. „Mir ist heute was Seltsames passiert. Als Marcellus mir die Wagenschlüssel gebracht hat – das war kurz bevor ich zurückkam –, da hat er mir eine sehr direkte Frage gestellt.“

Mein Herz fängt an zu wummern wie eine Bassanlage. Er wird ihm doch nichts von meiner Vergangenheit erzählt haben ...

„Er wollte von mir wissen“, fährt Desmo fort, „wann ich mal vorgehabt hätte, ihm zu sagen, dass ich mich in dich verknallt habe.“

Jemand muss einen Sack Zement an mein Herz gebunden haben, der es nun in die Tiefe zieht. „Oh“, hauche ich. Mehr bringe ich nicht fertig.

„Und da dachte ich, dass ich vor allem mit *dir* reden sollte, nachdem man mir das anscheinend sowieso an der Nasenspitze ansehen kann.“

„Ich hab nichts gesehen.“ Meine Stimme klingt ganz klein. „Hat er noch etwas anderes gesagt?“

„Marcellus?“

Ich nicke furchtsam.

„Nein, wieso?“

„Aus keinem besonderen Grund.“

„Du weichst meinem Thema aus“, sagt er lächelnd, als wäre es nur ein schnell zu durchschauender Versuch von mir gewesen. Ich bin erleichtert, dass er keinen anderen Verdacht schöpft und auch dass Marcellus unser Gespräch für sich behalten hat.

„Deine Gefühle. Hast du denn welche?“, frage ich ihn. „Ich dachte, wir verlieben uns beide nie.“

Er legt seine Stirn an meine. „Das stimmt sonst auch. Ich mag es unkompliziert und du bist sehr kompliziert. Bindungen sind überhaupt nichts für mich und du hast mir gleich die Ehe abgerungen.“

„Siehst du. Das ist nicht deine Art.“

„Und im Augenblick fühle ich mich nicht nur machtlos, weil mir die Hosen um die Knie schlottern. Warte mal kurz.“ Er zieht sich lächelnd seine Sachen wieder hoch und das Geräusch seines Reißverschlusses ratscht durch die Stille der Wohnung. „So, das ist besser. Ich habe mir das nicht ausgesucht und sicher nicht damit gerechnet. Dann auch noch bei dir. Dabei dachte ich doch, dass ich dich nicht mal mag.“

„Desmo ...“

„Ich habe es mir zwar nicht ausgesucht, aber jetzt ist es passiert. Also sollte ich es wenigstens zugeben können.“

Er sagt es so charmant. Bloß weiß er noch immer nicht, wer ich eigentlich bin, was Callistus aus mir gemacht hat. Ich will nicht, dass er mich je so entwertet ansieht. Langsam schüttele ich den Kopf.

„Schau mal, ich komme hier von alleine nicht weiter“, fährt er fort. „Ich stehe an einem Punkt, an dem ich niemals vorher war. Ich verliebe mich sonst nicht.“

Das Organ in mir, das normalerweise nur Blut pumpt und eine Neigung dafür hat, sich in den unschönsten Momenten schmerzhaft zusammenzuziehen, erwacht in mir zu etwas Neuem.

„Was, wenn ich eine Mauer aus Eis um mein Herz errichtet habe? Was, wenn ich nicht genügend empfinden kann? Was willst du dann mit mir? Wie könnten wir so zusammen sein?“

Er greift nach meiner Hand. „Und was, wenn ich das Eis schmelze? Wenn ich deine Gefühle wecke? Dann könnten wir es doch.“

„Du weißt nicht, was ich wirklich bin.“

„Dann lerne ich es. Ich weiß nur, dass ich nicht mehr weiß, wohin ich mit meinen ganzen Gefühlen für dich soll. Sie sind einfach da.“

„Kann ich darüber nachdenken?“, bitte ich ihn.

Er nickt.

KAPITEL 16

Ich liege still in meinem Bett und höre den Geräuschen des verdunkelten Tages von draußen zu. Irgendwo in der Nähe müssen Tauben sein, denn ich lausche ihrem beruhigenden Gurren wie einer sanften Einschlafmelodie. Das ist allerdings nicht das Einzige, was ich vernehme. Draußen wandert Desmodan durch den kleinen Rest der Wohnung. Er tigert auf und ab und schleicht vor meiner Tür herum. Seine Nervosität ist beinahe greifbar für mich.

Morgen geht er wieder arbeiten und ich werde mir einen Job suchen und über alles nachdenken. Nach einer Weile liege ich noch immer wach und höre nichts mehr von ihm, also traue ich mich nach draußen, um die Toilette zu benutzen. Er schläft ausgestreckt und voll transformiert auf der Luftmatratze. Erst denke ich, dass ich ihn geweckt habe, doch er wälzt sich nur unruhig umher. Als er dabei im Schlaf meinen Namen flüstert, eile ich zum Klo, weil ich mir wie eine Spannerin vorkomme. Ich kann kaum glauben, dass ich das mit ihm mache.

Das nächste Mal, als ich wach werde, ist er schon nicht mehr da. Still und leise ist er zur Arbeit gefahren. Zu Konstantin mit seinen grünen Augen und seinem vielen Geld. Geld ist ohnehin ein Thema. Wir sitzen hier regelrecht aufeinander, wenn ich nicht bald mit einem eigenen Einkommen zu einer größeren Bleibe beitragen kann.

Darum mache ich mich hübsch zurecht, förmlich genug, dass ich geschäftsmäßig aussehe, nur nicht so bieder, dass ich meine Vorzüge verstecke. Gerade als ich mir die Schuhe überstreife und das Chaos aus Möbelpackungen, Montageteilen und Aufbauanleitungen überblicke, klingelt es an der Tür. Mein Makler kann es nicht sein, weil ich den Schlüssel ja schon habe. Etwas ratlos betätige ich die Sprechanlage. Im selben Moment klopft es an der Tür. Wie es aussieht, ist mein Besucher bereits oben und hat meine Stimme gehört.

Viel zu unbedarft öffne ich und sacke dann innerlich zusammen. „Vater!“

Er hat dieselben eisgrauen Augen wie früher. Sein Haar ist schlohweiß geworden. Er ist so sehr gealtert, wie es in der kurzen Zeit kaum möglich sein dürfte. Als wären es zehn Jahre und nicht eineinhalb. Hinter ihm steht der verdächtige Passant von dem Abend, an dem wir uns unten zur Besichtigung der Wohnung getroffen haben. Er war also ein Angestellter meines Vaters und ich darf nun annehmen, dass wir seit unserer Ankunft beschattet wurden.

„Darf ich reinkommen?“

Ich nicke zögernd. „Aber er bleibt draußen.“ Mein Blick klebt an diesem Begleiter, dem ich nicht über den

Weg traue. Mein Vater gibt ihm ein Signal zu warten und er postiert sich vor meiner Tür wie ein blöder Bodyguard.

„Du spionierst mir also nach?“, frage ich ihn, als die Tür zufällt.

„Ich habe dich lange nicht gesehen. Kann man hier irgendwo sitzen?“ *Hier* klingt bei ihm wie die letzte Zumutung einer Rumpelkammer.

Gönnerhaft deute ich in den voll gestellten Wohnraum. „Sicher, such dir eine Kiste aus oder ...“ Ich rücke ihm einen Klappstuhl hin und nehme selbst auf einem Platz.

„Du musst wirklich nicht so leben“, tadelt er mich und lässt sich auf dem anderen Campingsitz nieder. Auf so einem Ding hat er zweifelsohne noch nie gesessen.

Wir schauen einander nur an. Er hat keine Frage gestellt und ich will nicht selbst das Gespräch eröffnen. Ich weiß, dass mein Vater gerne schweigt, um andere zum Reden zu bringen, und hinterher haben sie mehr gesagt, als sie je wollten. Allerdings habe ich es gelernt, Stille zu ertragen. Da ist er bei mir falsch. Und ein Getränk biete ich ihm schon dreimal nicht an. Ich will gar nicht, dass er hier lange verweilt. Er soll sagen, was er zu sagen hat, und dann für immer gehen.

Schließlich räuspert er sich. „Du kannst dir vorstellen, wie enttäuscht ich von dir war und bin.“

„Welch schöne Einleitung nach all der Zeit.“

„Du gehörst der Familie“, beharrt er. Nicht *zur* Familie, sondern *der* Familie. Das war kein Versprecher. Er sieht es tatsächlich so.

„Jetzt nicht mehr.“ Endlich gehöre ich zu Desmos Familie und es würde ihnen nicht einmal etwas nutzen, meinem Mann was zu tun, weil ich dann in den Besitz seiner Familie übergehen würde. Ich fürchte mich weder vor Korbi noch vor Marcellus. Im Gegenteil. Es gibt keinen Weg mehr zu den Machiavellis. Entspannt lehne ich mich zurück.

„Wieso bist du nur gegangen?“, fragt er. „Du warst doch mein Täubchen.“

Der Kosename ist so vergessen wie das abgefallene Laub früherer Jahre. Ich habe nun einen neuen Kosenamen. Und von meinem Mann weiß ich, dass er sich in mich verliebt hat. Das gibt mir eine eigene Kraft.

„Wenn das so wäre, hättest du mich damals nicht Callistus geschenkt.“ Anklagend blicke ich ihn an. „Du hast doch gewusst, was mein Halbbruder mir angetan hat. Ich habe dich schließlich um Hilfe gebeten.“

Als es begann, war ich zu meinem Vater gerannt und hatte ihn gebeten, mich zu befreien. Das hätte er als Familienoberhaupt gekonnt, doch das passierte nie. Er hat mich sogar zu Callistus zurückgebracht. Inzest war für ihn keine Abartigkeit.

„In einer Ehe ist das doch auch nichts Ungewöhnliches“, sagt er auch heute. „Familienliebe hat wenigstens etwas Reines an sich, die das Familienblut nicht verfärbt. In adligen Kreisen wurden verwandtschaftlichen Beziehungen schon immer ein Vorrecht eingeräumt. Callistus hat dich doch nur auf deine späteren ehelichen Pflichten vorbereitet und eingearbeitet.“

Eingearbeitet? Das Wort entsetzt mich, dabei hatte ich geglaubt, dass mich in meiner Familie nichts mehr schockieren könnte. Es widert mich an, dass er sich für adlig hält – und sei es nur Geldadel. An ihm ist gar nichts auserlesen.

„Was hättest du eigentlich gemacht, wenn ich damals nicht fortgegangen wäre, als ihr gemerkt habt, dass Callistus nicht mehr wiederkommt?“

Er sieht mich gequält an. „Ich hatte schon einen anderen tadellosen Vampir für dich gefunden, einen gutaussehenden Kerl, der mehrfach sein Interesse an dir bezeugt hat und bereit war, dich zu heiraten. Es hätten sich exzellente wirtschaftliche Beziehungen daraus ergeben.“ Sein Blick wird finster. „Aber da du verschwunden bliebst, kam das Arrangement nicht zustande. Schämst du dich nicht, deiner Familie solchen Kummer zu bereiten? Wir hatten doch schon unseren geliebten Sohn verloren und nun auch noch die Tochter. Dabei war es deine Aufgabe, als Frau für uns da zu sein.“

„Diese kranken Ansichten existieren zum Glück nicht in jeder Sippe.“ Kälte macht sich in mir breit und ich würde so gerne meine Herkunft ändern können. Meine Angehörigen sind das klassische Beispiel für das verrohte Wesen so vieler Vampire in der Welt. Sie sind geblendet von Macht, Geld und Gier. Status schlägt Zuneigung. Mein Vater weiß nicht, was Liebe ist. Callistus wusste es ebenfalls nicht. Er kannte nur Besessenheit. Was habe ich je bei diesen Männern Gutes lernen können?

Da ist so wenig in mir, was ich geben könnte. Ich will ja lieben. Ich weiß, ich habe ein Herz. Aber ich fürchte, dass es einfach so furchtbar klein ist im Vergleich zu Desmodans. Dass ich ihn nie so lieben könnte, wie er eine Frau lieben kann. Es wäre nicht gerecht, ihn mit meinem verkümmerten Organ zu belasten.

„Du solltest besser gehen“, sage ich.

Er nickt und klammert sich an den Stuhlgriff. „Da ist

nur eine Sache, die ich nie verstanden habe. Callistus war mein allerliebster Sohn. Warum hast du mir denn nie Enkel von ihm geschenkt? Er hat mir versprochen, dass ich welche bekomme. Und was wäre reiner als Blut vom eigenen Blut? Dann gäbe es jetzt noch etwas von ihm, was in dieser trostlosen Welt weiterleben würde."

Allein die Vorstellung erstickt mich. Nicht nur hatte mein Vater nie vor, mir in meiner Not zu helfen, er hat sogar auf Nachkommen gehofft.

Ich lache ihn kalt aus. „Dann hat er dich angelogen. Und ich bin froh, dir wenigstens das sagen zu können, damit du einmal leiden kannst, wie ich gelitten habe. Er wollte nie Kinder. Nie. Zumindest das blieb mir erspart ... Seine Brut auszutragen." Ich spucke die Worte förmlich aus. So viel Hass quillt aus mir hervor und trifft endlich den Mann, der ihn herbeigeführt hat. Er sieht aschfahl aus. „Nein, er hat immer peinlich genau darauf geachtet, mich nicht zu schwängern. Callistus wollte nicht, dass etwas zwischen uns kam. Auch nicht noch mehr eigenes Blut."

Ich sehe meinem Vater dabei zu, wie er noch mehr altert. Haut und Haare von ihm sind weiß wie nackte Knochen.

„Angelogen?", wispert er nur.

Von all den Dingen, die gesagt wurden, macht im Grunde bloß das ihm zu schaffen. Das ist der letzte Moment, den ich noch brauche, um mich für immer von dem zu lösen, was einst Familie genannt wurde. Ich habe jetzt eine neue Familie. Die allerbeste. Selbst mein Schwager Marcellus ist tausendmal mehr wert.

„Komm nie wieder hierher." Ich verschränke die Arme vor der Brust.

„Täubchen …“

„Nenne mich niemals mehr so. Sprich mich nie mehr an.“

„Dann darfst du unseren Familiennamen nie mehr führen“, ruft er mir ins Gedächtnis.

Das habe ich schon seit meiner Flucht nicht mehr getan. „So ein Glück!“

„Du wirst kein Geld bekommen …“, droht er mir, als könnte ich auch nur im Entferntesten so sein wie er.

„Geh und kauf dir Enkel von deinem widerlichen Geld.“

Ich lege alle Verachtung, die ich empfinde, in meine Worte.

Seine Nasenflügel beben und er starrt mich aus dunklen Augen an. „Kannst du am Ende so gut auf mein Geld verzichten, weil du Callistus bestohlen hast?“

Ich runzele die Stirn. Er kann unmöglich die paar Kröten meinen, die ich mir abgezweigt habe. Solche Beträge würden Desmodan auffallen, aber niemandem der Machiavellis.

„Wovon, zum Teufel, redest du?“

„Gib mir den Schlüssel“, zischt er.

Schlüssel? Welcher Schlüssel?

„Du bekommst meinen Wohnungsschlüssel nicht.“ Ich verschränke die Arme vor der Brust. „Hau endlich ab! Falls du es noch nicht gemerkt hast, du bist hier nicht willkommen.“

Sein Blick wird schmal und er lässt ihn über die Kartons gleiten. „Wo hast du ihn?“

Ich schüttele den Kopf. Er ist nicht nur gealtert, sondern vollkommen durcheinander. Dass er den Verlust von Callistus so schlecht wegsteckt, dass er wirres Zeug redet, erstaunt mich dann doch.

Ich weise ihm den Weg zur Tür und er behält diesen argwöhnischen Blick, doch wenigstens ist er endlich draußen und hoffentlich für immer. Nachdem er mich verlassen hat, fühle ich mich gebeutelt, doch gleichzeitig durchströmt mich eine Erleichterung, die ich lange nicht mehr kannte. Er kann keine Rechte mehr auf mich erheben, denn nun gehöre ich zu Desmodan. Das hier ist unser Reich.

Ich drehe die Klimaanlage voll auf, damit die Luft, die er mit sich hereinbrachte, wieder herausgepustet wird. Ein frischer Wind weht durch mein Leben und immer mehr alter Staub wirbelt davon und löst die Verbindung zu meiner Vergangenheit.

Obwohl ich mich elender fühle, als ich es will, weil mir all das noch nicht gleichgültig genug ist, möchte ich nun dringend einen Job finden. Das wäre mir früher nie gestattet gewesen, als hätte eine arbeitende Frau in der Familie deren gesamten Status beschmutzt. Im Sinne von: *Geht es euch so schlecht, dass ihr sogar schon eure Frauen arbeiten schicken müsst?*

Allein bei der Vorstellung, wie erniedrigend mein Vater es finden würde, dass ich irgendwo eine kleine und obendrein ungelernte Angestellte bin, steigt meine Motivation. Ich will bereits meinen zweiten Anlauf nehmen, die Wohnung zu verlassen, als es abermals klingelt. Unmöglich kann er das noch mal sein. Trotzdem bin ich misstrauischer, als ich dieses Mal die Sprechanlage drücke.

„Hallo?“

„Miss Maribella Martin?“, erkundigt sich eine

Männerstimme.

Mir gefällt der Klang meines neuen Namens und stolz erwidere ich: „Ja, bitte?“

„Ich bin von *BoBlood* und liefere die erste Ausfuhr Ihres neuen Kundenabos ab.“

„Wirklich? So schnell? Das ist ja toll.“ Ich drücke auf den Summer, während ich ihn darüber informiere, dass ich im vierten Stock wohne.

Er kommt die Treppen herauf, ohne sich am fehlenden Lift zu stören. Die Tür von gegenüber öffnet sich ein wenig und eine kleine Nase schiebt sich hindurch. Ich winke dem Nachbarmädchen zu und mache dann sogar einen Knicks, was dazu führt, dass sie kichert und sich hinter der Tür versteckt.

Bepackt mit einer Kühltragetasche und einem Quittungs-Tablet trifft der Bote ein.

„Hier ist Ihre Lieferung“, verkündet er und öffnet sein Gepäck. Er zählt vor meinen Augen das Tütenblut durch und überreicht es mir zufrieden.

„Mit Tasche?“, frage ich erstaunt.

„Ja, beim nächsten Mal bringe ich wieder eine herauf und dann geben Sie mir diese einfach zurück. So können Sie in Ruhe auspacken und haben im Alltag sogar eine unserer praktischen Taschen mit unserem wirklich schönen Firmenlogo ...“ Er zwinkert mir zum Marketingwitz zu. „... für Ihre Einkäufe zur Verfügung. Die sind drei Stunden lang kühlecht.“

Ich nicke anerkennend und mit einem breiten Lächeln, denn das kleine Mädchen von nebenan hat sich neugierig herangepirscht und klebt nun fast mit ihrer Nase in den Blutbeuteln.

„Prinzessin Tiziana“, grüße ich sie.

Sie kichert wieder und knickst ihrerseits. „Lady Maribella."

„Ich bin Batoristo." Der Bote hält mir das Tablet hin, auf dem ich den Empfang bestätige.

„Bist du nicht vornehm?", will die Kleine von ihm wissen.

Er kratzt sich am Hinterkopf. „Na ja. Also, ich fahre bloß *BoBlood*-Produkte aus. Hier ist übrigens noch unser Katalog. Wir verkaufen nicht nur Getränke."

Ich nehme seinen Prospekt und argwöhne, dass wir noch einen Tiefkühlschrank brauchen könnten. „Danke."

„Bekomme ich auch einen?", will Tiziana wissen.

„Aber sicher." Batoristo zieht einen zweiten aus seiner Umhängetasche.

Grübelnd sehe ich ihn an. „Sie fahren also den ganzen Tag herum und liefern aus?"

„Ja, genau. Zwischendurch fülle ich meinen Transporter auf und plane die nächste Route, aber im Großen und Ganzen fahre ich herum."

„Mein Mann ist auch Fahrer", sage ich. „Da braucht man eigentlich nur einen Führerschein, oder wie ist das?"

„Führerschein und Ortskenntnis. Reden und Freundlichsein gehören auch dazu. Ab und an gute Kondition für Treppenhäuser und schwere Taschen. Aber sonst. Sucht Ihr Mann einen neuen Job?" Er fängt bereits wieder an, in seiner Prospektmappe zu wühlen, und hält mir einen Mitarbeiterflyer hin. Darauf ist ein grinsender Vampir in *BoBlood*-Firmenkleidung mit einem ihrer Transporter im Hintergrund und der Kurzinfo: *BoBlood Enterprises – Wir bewegen, was dich durstig macht.* Darunter steht, welche Telefonnummer man für Bewerbungen anrufen soll.

„Nein“, antworte ich und betrachte das Blatt. „Nicht mein Mann. Ich suche Arbeit.“

Batoristo räuspert sich. „Na, wenn das so ist, würde ich sagen, dass Sie sich als Fahrer nicht halb so gut eignen würden wie als Angestellte in einer unserer anderen Filialen. Es gibt da nämlich gleich eine um die Ecke und die suchen jemanden.“

„Andere Filiale?“

„Klar. Zu *BoBlood* gehört auch die *BoPolarium*-Kette.“

„Cool“, schwärmt Tiziana. „Meine Mama geht da immer hin. Bekäme Lady Maribella denn einen Mitarbeiterrabatt? Auch für Freundinnen?“

Batoristo lacht und drückt mir schon die nächste Werbebroschüre in die Hand. „Du wirst mal sehr geschäftstüchtig“, lobt er die Kleine. An mich gewandt fährt er fort: „Bossantos – wir nennen ihn immer Boss, weil er ja auch unser Boss ist, und gleichzeitig ist es so eine lustige Abkürzung für seinen Namen ...“ Er räuspert sich. „Na, jedenfalls vertreibt Bossantos sämtliche Produkte rund um den Vampir. Das *Bo* steht für seinen Namen. Waren Sie schon mal in einem seiner Polarien? Sie sind wirklich hübsch blass.“

„Noch nicht.“

„Au ja, da sollst du arbeiten“, findet Tiziana.

Ich nicke und zucke mit den Schultern. „Danke, dann gehe ich da gleich vorbei.“

Zum Gruß tippt er sich an seine Schirmmütze und läuft die Treppen nach unten. Schnell versorge ich das Blut, obwohl es in der Kühltasche gut gelagert ist. Allerdings hat Batoristo sie aufgemacht, um mir zu zeigen, dass der Inhalt vollständig ist, und ein Teil der Kälte ist heraus.

„Cool, hier steht ja viel rum“, staunt Tiziana, die mir in die Wohnung gefolgt ist.

„Wir müssen noch alles aufbauen.“

„Wird es dann mal hübsch?“ Sie beäugt alles sehr neugierig.

„Das hoffe ich doch.“

„Habt ihr auch Kinder?“

„Ähm ... nein.“

Sie strahlt mich an. „Zum Glück habt ihr ja mich.“

Allerdings, das ist nicht zu übersehen.

„Wann kommt dein Mann denn wieder?“, verhört sie mich weiter.

„Er ist gerade erst weg zur Arbeit, Süße.“

„Schade.“ Sie zieht schmollend die Lippe vor. „Ich fand ihn so nett.“

„Du hast ihn schon gesehen?“

„Klar, er hat doch deine Tür aufgezaubert.“

Ups. Ich schüttele lächelnd den Kopf. „Nein, das war nicht mein Mann. Das war mein Schwager.“

„Was ist ein Schwager? Ist er dein Schatz, wenn dein Mann nicht da ist?“

Gott bewahre! „Nein, wie kommst du denn darauf?“

„Mama hat einen Schatz, wenn Papa nicht da ist.“

Ich stiere sie an wie eines dieser Bilder, die in sich nicht stimmen können, weil Treppen sich überlappen und Gänge am falschen Ende landen. „Oh, das ist ... das ist ... das kommt vor.“

Die Kleine zuckt mit den Schultern. „Ja, sie hat erklärt, dass Papa erst mal nicht wiederkommt.“

Langsam geht mir ein Licht auf. Ich mag nicht zu tief in ihre Familienbeziehungen dringen. Daher greife ich das frühere Thema auf. „Also, ein Schwager ist der

Bruder oder der Mann der Schwester deines Mannes. Na, oder deiner Frau. Im Prinzip entweder Bruder oder Schwester oder deren Ehepartner von deinem eigenen Ehepartner."

Okay, das klingt auch in meinen Ohren sehr verwirrend.

„Und was ist Marcellus dann genau? Der Bruder von deinem Mann?"

„Nein, der Mann seiner Schwester."

„Und wie sieht dann dein Mann aus?"

Ich zwinkere sie fröhlich an. „Sehr gut. Groß und kräftig mit blondem Haar. Er ist ganz nett."

„Kann er auch zaubern?"

„Das weiß ich nicht." Ich verstaue den letzten Blutbeutel im Kühlschrank und stelle die Kühltasche in der kleinen Kammer ab, die definitiv kein echtes drittes Zimmer ist.

„Oh, ihr habt auch eine Besenkammer?", fragt Tiziana entzückt.

„Besser." Ich streichele ihr über den Kopf. „Das, mein Schatz, ist der Traum einer jeden Frau."

„Ich weiß nicht recht ..." Sie schaut sich das Ding kritisch an. „Sieht aus wie unser Abstellraum." Dann scheint ihr ein Licht aufzugehen. „Putzt du denn so gerne?"

Bei der Idee verschlucke ich mich fast. „Igitt, nein!"

Das Mädchen kichert. „Ich auch nicht."

„Das da", sage ich, gehe neben ihr in die Hocke und mache eine umfassende Handbewegung. „... ist ein begehbarer Wandschrank. Nur für Kleider und Schuhe."

„Oooooooh!", seufzt sie selig. „Das ist ja toll!"

„Na, sag ich doch."

Ich stehe wieder auf und klopfe auf den Flyer. „Und jetzt suche ich mir einen Job, um das Teil später auch füllen zu können."

„Au ja. Zeigst du mir dann immer deine Kleider?"

„Logisch."

Tiziana verschwindet winkend nach nebenan und ich zupfe meine Haare in Form, schlüpfe in meine Pumps und schließe mit meinem eigenen Schlüssel hinter mir ab. So langsam wird's was.

Das *BoPolarium* liegt tatsächlich um die nächste Straßenecke und ein Schild, dass eine Mitarbeiterin gesucht wird, hängt an der Scheibe. Ich sauge die nächtliche Luft in mich ein und drücke die Tür zum Geschäft auf.

Drinnen ist ein einladender Empfangstresen und ein paar hübsche Lederwartesessel. Nach hinten führt ein Gang ins nächste Zimmer, von dem einige Türen abgehen.

„Wie kann ich dir helfen?", begrüßt mich eine hübsche schwarzhaarige Mitarbeiterin, deren Haut schneeweiß ist. Zusammen mit dem roten Mund sieht sie so zwangsläufig wie Schneewittchen aus.

„Hi, ich bin Maribella und habe gesehen, dass ihr hier jemanden sucht."

Sie grinst mich an. „Na, das wird den Chef aber freuen."

„Bossantos?"

Sie lacht. „Nein, der kommt hier doch nicht selbst her. Dem gehört der landesweite Vertrieb von *BoBlood* und die Polarienkette. Ich meine den Chef vor Ort. Der sucht schon lange nach einer hübschen und nicht komplett ungeschickten Mitarbeiterin."

„Er hat doch dich", gebe ich zurück.

„Haha, vielen Dank. Ich bin schon jetzt dafür, dass er dich einstellt. Ich bin Kassandra, aber du kannst mich Kassy nennen. Warte mal kurz."

Sie kommt hinter ihrem Tresen hervor und läuft in den hinteren Bereich. „Chef, da ist eine Neue. Ich sag, wir nehmen sie", höre ich sie rufen.

Schmunzelnd lehne ich mich an die Theke. Von hinten kommt ein großer, kräftiger Vampir im weißen Kittel und hält mir zur Begrüßung die Hand hin. Er sieht eher aus wie ein Arzt mittleren Alters als ein Polariumbetreiber.

„Du bist Maribella?", fragt er mich.

„Ja, hallo."

Er lächelt interessiert und schätzt mich von oben bis unten ab. „Du suchst also Arbeit bei uns?"

Ich nicke und hoffe, dass es klappt. Alles wirkt sehr sauber und die beiden scheinen nett zu sein.

„Warst du schon mal bei uns?"

„Bisher nicht, aber mein Mann und ich sind gerade erst hergezogen. Ich wohne jetzt gleich um die Ecke."

„Na, das hört sich doch schon mal gut an. Ich zeige dir mal alles." Er fängt an, mit mir herumzulaufen. „Hier ist unser Wartebereich für Begleitpersonen, die unser Polarium nicht selbst nutzen, für Leute, deren Wunschkabine gerade noch belegt ist, oder für solche mit Termin, die manchmal kurz warten müssen."

„Termin?", hake ich nach.

„Ja, für meine Anwendungen. Das zeige ich dir auch gleich noch. Im Grunde sind wir aufgebaut wie andere Polarien auch. Aber wir gehören zu einer renommierten

Kette und darum findet man bei uns landesweite Standards. Im Grunde so wie bei Fastfood-Ketten auch immer dasselbe anzutreffen ist. Hier wäre der Empfangsbereich, wo wir die Kundendaten von registrierten Mitgliedern abrufen können und die Kabinenbelegung buchen. Nicht alle Gäste sind Mitglieder, aber die meisten. Sie bekommen dann Rabatte und Angebotsblätter zugeschickt."

„Okay." Ich lächele ihn an. „Wie im Fitnesscenter."

„Auch, ja. Wir arbeiten vor allem mit Stammkundschaft, doch natürlich sind wir für neue Gäste, die mal schnuppern wollen, offen." Er geht durch den Gang. „Bitte hier entlang."

Wir treten in einen kreisrunden Flur, von dem etwa fünfzehn Türen abgehen. „Diese zehn Türen führen zu Kabinen, wo Vampire durch Schwarzlichtbestrahlung einen helleren Teint bekommen. Ideal wäre natürlich Polarweiß. Deswegen ja auch Polarium. Aber wir bieten noch in den restlichen Zimmern ..." Er deutet auf die rechten Türen. „... Spezialanwendungen an. Meist für Blutphobiker."

„Für was?"

Er zwinkert mir verschwörerisch zu. „Gibt es leider auch. Vampire, die sich vor Blut ekeln. Das kommt nicht oft vor, doch wir gehören zur einzigen Filiale im Großraum Tulsa, die dafür ausgestattet ist. Hier ist ein leeres Zimmer, wo ich es dir zeigen kann. Nebenan liegt gerade mein Patient. Um den kümmert sich jetzt Kassandra."

Hinter der Tür finde ich einen Bereich mit Liege, Tropfhalter, verschiedenen Instrumenten und Reinigungsprodukte zum Sterilhalten.

„Also, hier kann sich der Angstpatient in Ruhe hinlegen“, erklärt er. „Der Raum ist gemütlich gestaltet, damit er sich nicht wie in einer Klinik fühlt. Wir haben in einer Studie erforscht, dass Rosa die harmonisierendste Wirkung hat. Manche wollen ganz betäubt werden, dafür haben wir in diesem Schrank entweder Atemmasken oder auch Spritzen. Ob nun schlafend oder nicht, kann dem Patienten dann eine hochdosierte *BoBlood*-Konserve zugeführt werden. Die hänge ich bei diesem Tropf ein, stelle ein wenig beruhigende Musik an, und wenn alles durchgelaufen ist, braucht der Kunde für eine Woche nicht mehr kommen. So lange decken wir damit seinen natürlichen Blutbedarf. Es ist alles ganz einfach.“

„Und was wäre mein Job?“ Von Spritzen und Infusionen verstehe ich wirklich gar nichts.

„Du würdest so wie Kassandra vorne den Eingangsbereich verwalten, Getränke anbieten, Kundendateien anlegen, die Kabinenbelegung buchen, Reinigungsarbeiten durchführen – also einfach die Polarienliegen nach der Anwendung wieder abwischen, die sind aber nicht wirklich schmutzig – und gegebenenfalls mal einen Kunden für die Blutanwendungen zu mir nach hinten begleiten. Die Behandlungen selbst mache nur ich.“

Das beruhigt mich sehr. Einen Computer bedienen und nett lächeln bekomme ich auf jeden Fall hin. Putzen mag ich zwar nicht, aber diese Glasliegen mit Schwarzlichtröhren abzuwischen, ist zum Glück nicht mit Toilettenputzen vergleichbar.

„Was ist denn mit der restlichen Reinigung der Räumlichkeiten?“, hake ich nach.

„Da kommt nach Ladenschluss immer die Putztruppe.

Was meinst du? Magst du mal einen Tag bei Kassandra hospitieren und wir schauen, ob es für uns passt?“

„Gerne. Kann ich gleich anfangen?“

Er strahlt mich an. „So motiviert? Das hört sich gut an.“

Ich verbringe den Tag an Kassys Seite und finde es sehr unterhaltsam. Vampire kommen und gehen, die meisten von ihnen sind Stammkunden und haben entsprechend makellos weiße Haut. Sie lässt mich einigen von ihnen Getränke servieren und zeigt mir, wie man Daten anlegt und aufruft. Ich darf die Stempel auf die Sammelkarten drücken und wir putzen zusammen die genutzten Liegen, was sich tatsächlich als ganz harmlos erweist. Ich hätte nie gedacht, dass Arbeiten solchen Spaß macht. Der Chef, der Felipolo heißt, ist meistens hinten und beruhigt die Phobiker vor ihrer wöchentlichen Dosis.

„Stell dir vor, sie finden den Geschmack von Blut eklig“, sagt Kassy. „Ich könnte ja immerzu welches trinken.“

„Haben die schon *BoBlood* im Mund, statt nur in der Vene gehabt? Mein Mann schwört, es schmeckt ganz anders.“

Kassy kichert. „Seid ihr schon lange verheiratet?“

„Nein, ganz frisch.“

„Oh, das muss aufregend sein.“

Ich nicke. Schließlich haben wir uns wirklich schon ein paar Mal aufgeregt. „Und du? Hast du einen Freund?“

Sie schüttelt den Kopf. „Nein, aber ... wie findest du eigentlich Felipolo?“, flüstert sie.

„Wirklich?“

Kassy sieht mich leicht verlegen an. „Er wirkt erst ganz

uninteressant und so, aber irgendwie kann er sehr charmant lächeln."

„Also, ich kenne ihn kaum. Bloß wenn er dir gefällt, warum nicht?"

„Bleibst du bei uns?", bittet sie mich. „Es ist so lustig mit dir. Ich glaube, wir würden uns super verstehen."

„Ich würde gerne. Nur entscheide ich das nicht allein."

„Überlass den Felipolo mal mir", sagt sie zwinkernd.

„Das mache ich gerne."

Zwei Stunden vor Sonnenaufgang habe ich den ersten Job meines Lebens.

KAPITEL 17

Ich bin total stolz darauf, neue Mitarbeitern in *Bo's Polarium* zu sein. Kassy und ich haben uns nach Feierabend sogar selbst noch eine kleine Bestrahlung gegönnt. Sie meinte, ich müsste doch wissen, was ich da eigentlich verkaufe. Ich bin überrascht, dass es einen kühlenden Effekt hat, was vielleicht an dem Gel liegt, mit dem ich mich vorher eingerieben habe, und ich bilde mir ein, dass meine Haut noch weißer geworden ist. *Polarweiß.*

Trotzdem werde ich keine von Felipolos Anwendungen testen, denn ich habe kein Problem mit dem metallisch-salzigen Aroma von Blut. Im Gegenteil. Ich finde ja, mein Chef ist ein kauziger Kerl, der sich ständig nervös die Stirn tupft. Aber er ist auch wirklich sehr höflich und begeisterungsfähig. Und man könnte sein Lächeln tatsächlich als charmant beschreiben. Ich bin schon gespannt, ob Kassy und er sich noch näherkommen.

Ich habe Lust, auf meinen neuen Job anzustoßen, und da ich bereits weiß, dass in der Wohnung kein Sekt ist, steuere ich die Bar an, die unserer Wohnung gegenüberliegt. Wie ich es gerne tue, bestelle ich mir zwei Getränke. Ein Glas Menschenblut, statt Synthetischem, und ein Glas Sekt, weil ich jetzt Arbeit habe. Ich schätze, die Bezahlung dort ist auch okay, obwohl ich mich nicht ernsthaft damit auskenne.

Beschwingt trinke ich meinen Sekt aus und fühle mich vollkommen zufrieden. Als ich einen Blick auf mein Gesicht im Spiegel über der Bar erhasche, bin ich von meinem eigenen Aussehen überrascht. Ich trage ein Lächeln auf dem Gesicht und es gehört nicht der Eiskönigin. Ich berühre meine Mundwinkel und muss noch mehr lächeln. Tränen brennen in meinen Augen, weil ich mich zum ersten Mal seit unglaublich langer Zeit ganz wunderbar fühle. Ausgelassen. Beinahe glücklich.

Einem kleinen Traum von Unbeschwertheit in mir wachsen Flügel und er fliegt davon. Ich trage ein ganzes Schloss mit Träumen in mir, die alle plötzlich an ihren Mauern rütteln, als könnte noch ein Wunder geschehen.

Nie zu viel auf einmal wollen. Das habe ich gelernt.

Als ich schon auf mein Blutglas schauen will, bleibe ich irritiert an der Spiegelung vor mir hängen und fühle mich wie in einem Déjà-Vu. Hinter mir schreitet Desmodan durch die Bar und läuft direkt auf mein Abbild in der Scheibe zu. Erst als ich seine Hand auf meiner Schulter spüre, kommt es mir echt vor, und ich sehe zu ihm auf. Er lässt sich auf dem Hocker neben mir nieder und rauft sich die Haare.

„Hier steckst du." Er hört sich beinahe klanglos an. „Als ich dich nicht in der Wohnung gefunden habe, brauchte ich erstmal was zu trinken."

„Was ist denn los?"

Desmo winkt den Barkeeper heran und bestellt sich einen Doppelten. Dann bezahlt er gleich unsere Getränke und leert sein Glas in einem Zug. Er verzieht den Mund und atmet aus.

„Deine Familie ist scheiße“, findet er.

Alarmiert schaue ich ihn an. „Was ist denn passiert?“

„Trink dein Blut!“

Ich schüttele den Kopf. „Ich bekomme gerade nichts runter, wenn du mir nicht sagst, worum es geht.“

„Auch gut.“ Er zieht mein Glas an sich heran, leert es und zieht mich mit sich hoch. „Wir reden zu Hause.“

Ich schnappe meine Tasche und fühle mich völlig benebelt. Am Sekt allein liegt das nicht. Der Weg die Stufen in den vierten Stock hinauf kommt mir vor wie der Gang zum Schafott. Meine Euphorie über den Job ist wie weggeblasen.

„Du machst mir Angst, Desmo“, wispere ich.

Er fasst nach meiner Hand, drückt sie kurz und zieht mich weiter nach oben. Mit viel zu forscher Bewegung sperrt er die Wohnungstür auf und nimmt mich mit sich hinein. Er bleibt auch jetzt nicht stehen, sondern geht mit mir bis zu seiner Luftmatratze und wir setzen uns beide darauf. Halb am Boden kauernd starre ich ihn an.

„Was ist passiert?“, frage ich ihn erneut.

„Dein Vater ist bei mir aufgetaucht.“ Sein Gesicht verzieht sich angewidert. „Er bietet mir eine Million an, wenn ich zustimme, unsere Farce von Ehe annullieren zu lassen. Erst dachte ich, er wüsste von unserem Arrangement, aber er fand einfach nur, dass ich so tief unter jedem erträglichen Niveau wäre, dass man es unmöglich als ernstgemeinte Ehe betrachten könnte.“

Eine Million! Nervös sehe ich ihn an. „Hast du …?“

„Das Geld genommen?“ Sein Blick nagelt mich fest und ist voller Abscheu. „Nein. Natürlich nicht. Ich hab ihm gesagt, er soll sich verpissen. Unsere Ehe hätte nichts mit Standesunterschieden zu tun, sondern mit echten Gefühlen.“

Wow. Das wäre fast zu schön. Ich stelle mir vor, wie er das meinem Vater an den Kopf schleudert und wäre gern dabei gewesen.

„Und dann?“ Desmo sieht viel zu gequält aus, als dass das alles gewesen sein könnte.

„Er hat mich gefragt, ob ich denn wüsste, wen ich da geheiratet habe.“

Ich schlucke und mir steigen Tränen in die Augen. Bitte nicht. Bitte lass ihn das nicht wissen. Sieht Desmodan mich deshalb so voller Abscheu an? Weil er weiß, wie befleckt ich bin?

„Desmo“, flüstere ich und er nimmt meine Hände. Ich bin so erleichtert, weil er mich noch anfasst und nicht zurückweicht, als könnte ich ihn schmutzig machen.

„Hat Callistus das wirklich mit dir gemacht?“

Ich weine los und er sieht so wütend aus, als ob er gleich verrückt wird.

„Er hat dich misshandelt? Ich dachte, du wärst mal von einem Mann geschlagen worden und das allein war schon furchtbar, aber das! Wenn er nicht schon tot wäre, würde ich ihn umbringen.“

„Das wollte Marcellus auch schon. Aber er hat es ja längst gemacht.“

Desmodan sieht mich mit leeren Augen an. „Er weiß es?“

Ich nicke hilflos. „Seit gestern. Er wollte, dass ich es dir sage, aber ich fand einfach keine Worte für etwas so

Unaussprechliches.“

„Wie konntest du Konstantins Berührungen nach alldem ertragen?“

Ich zucke mit den Schultern. „Weil das damals nun mal mein Alltag war. Sex zu ertragen. Und dann hörte ich nichts mehr von Callistus. Er war an dem Wochenende Elise und Konstantin zu jenem Medienball nachgefahren. Er konnte es nicht erdulden, dass er Elise nicht haben konnte, und ich wusste, dass er sie sich krallen wollte. Er konnte so schrecklich besessen sein. Normalerweise hätte er sich gemeldet. Ich wusste, dass etwas passiert sein musste. Ich dachte mir schon, dass Marcellus ihn gestoppt haben musste oder Konstantin selbst. Oder alle beide. Also nutzte ich meine Gelegenheit. Ich erklärte meiner Familie, dass Callistus von mir verlangt hätte, dass ich ihm hinterherreise. Und so habe ich vor ihren Augen meine Tasche gepackt und bin abgehauen. Eine Weile zuvor hatte ich damit angefangen, Geld beiseite zu schaffen, weil ich nur noch aus alldem ausbrechen wollte.“

Mein Mann zieht mich in seine Arme und tröstet mich. Seine Berührungen sind so lindernd und ich spüre seine Lippen in meinem Haar.

„Magst du mich wirklich?“, frage ich ihn.

„Ja. Das weißt du doch.“

„Nicht nur mein Blut?“

„Nicht nur dein Blut“, versichert er.

Ich suche seinen Blick und richte mich auf. Meine Sicht ist so verschwommen, dass ich mir die Tränen fortwische. So viele Tränen. „Wenn du frei sein könntest …“

„Aber ich bin doch frei, Mari.“

„Wenn es gar nichts gäbe, womit ich dich erpressen könnte? Denn ich habe keine Beweise bei einem Anwalt. Ich habe einfach nur geblufft und dich in diese Ehe gezwungen."

Er nickt langsam. „Hast du. Das hast du wirklich und ich hätte dir dafür den Hals umdrehen können. Doch inzwischen … Himmel, ich war so beleidigt, als du mir gesagt hast, dass du meine Nähe nicht erträgst. Ich hatte doch keine Ahnung! Bin ich wirklich so schlimm für dich? Ich weiß, dass ich dich oft genug bedrängt habe."

„Nein, du bist ganz anders." Zaghaft schaue ich ihm in die Augen, denn mich beschäftigt eine andere Sache noch viel mehr. „Und du? Ekelst du dich nicht vor mir, jetzt, wo du es weißt?" Ich kann es fast nicht glauben, würde so gerne hoffen. In mir tobt ein solcher Sturm der Gefühle und meine Augen brennen noch immer, weil die Tränen in mir nicht zum Versiegen kommen.

„Ich könnte mich nie vor dir ekeln, Mari." Er kommt meinem Gesicht näher und streicht mir mein offenes Haar über die Schultern. „Ich bin so verrückt nach dir. Du warst schon damals so hübsch, ein wandelnder Männertraum in meinem Rückspiegel." Er lächelt mich verlegen an. „Und du konntest so unglaublich zickig sein, dass es kaum auszuhalten war. Nur so bist du ja gar nicht. Das ist mir klar geworden."

Er küsst meine Wange, mein Ohr, meine Schläfe und Stirn. Als sein Mund von meiner Nasenspitze auf mein Kinn hüpft und dabei meinen Mund auslässt, weil ich das zuletzt nie wollte oder konnte, verbrenne ich innerlich vor solcher Sehnsucht nach seinem Kuss. Und ich weiß, dass ich seine Lippen schmecken will. Mehr als alles andere.

„Küss mich“, flüstere ich und er sieht mich fragend an.

„Ich denke, Küsse sind nur für Liebende?“

„Dann muss es wohl so sein, denn ich will dich mehr als alles andere auf der Welt küssen.“

Ich komme ihm ein kleines Stück entgegen und er überbrückt die restlichen Zentimeter. Seine Lippen finden meine und etwas in mir zerspringt in tausend Scherben. Das ist der Moment, in dem mein Tränenschloss zusammenbricht und wie eine Last fortgespült wird. Das Eis um mein Herz zerbirst und ich berühre seine Brust mit meinen Händen und spüre seinen Herzschlag. Ich kralle mich an ihm fest, während er seinen Mund über meinen streicht. Zunächst wie ein Hauch, ein kleiner Wind, der aufkommt und sich zu einem solchen Sturm entwickelt, dass ich an ihn herankrieche, um zu besiegeln, was ich nie für möglich hielt. Mein erster Kuss. Der Kuss meines Lebens. Meiner Freiheit. Meiner Liebe.

Seine Lippen ziehen mich in ihren Bann und nehmen mich gefangen. Er drückt mich auf die Matratze und schiebt sich über mich, seine Hände wühlen in meinem Haar und ich fühle seinen Atem auf meiner Haut. Der kleine Seufzer, der aus seinem Mund dringt, bevor seine Zungenspitze zwischen meinen Lippen entlangfährt, klingt wie das süßeste Versprechen.

Das Zimmer bleibt wie es ist, alles um uns herum verwandelt sich nicht urplötzlich, doch in mir drin kribbelt und tost es, so verzweifelt will ich ihn fühlen. Er küsst mich so rücksichtsvoll, sanft und behutsam. Seine Lippen sind zart und warm. Er schmeckt nach einer Mischung aus Blut und Alkohol aus der Bar und ganz unverkennbar nach ihm selbst. Ich kann es kaum erwarten, ihn noch mehr zu kosten und begegne seiner lockenden Zunge mit meiner. Mein Magen zieht sich zusammen und zerplatzt zu einem Feuerwerk, als sie umeinander streicheln. Er presst seine Lippen auf meine und ich tauche in seinen Mund ein.

Erleichtert fühle ich, dass es ihm nichts ausmacht, dass ich nicht weiß, was ich da tue. Ich erforsche ihn und er genießt diese Nähe mindestens so sehr wie ich. Mit der Zungenspitze kitzele ich an seinem Eckzahn entlang, necke das Zahnfleisch darüber und zwicke ihn in die Lippe. Wie ich es wollte, werden seine Zähne lang, und es erregt mich so sehr, dass auch ich transformiere. In seinen Armen werde ich nicht nur vampirischer, sondern auch menschlicher. Lange vergessene Gefühle kehren in mein Herz zurück, bis es so voll ist, dass es für ihn überläuft.

Ich gleite mit meinen Händen unter sein Shirt und taste über seine nackte glatte Haut. Für dieses Mal will ich, dass mir Sex etwas bedeutet, und mit ihm kann es wahr werden.

„Schlaf mit mir“, flüstere ich in unseren Kuss und er hebt seinen Kopf nur soweit, um mir in die Augen zu schauen.

„Bist du dir sicher?“

„Ja.“

„Erinnert es dich nicht an ...?“

Ich lege ihm meinen Finger auf seine Lippen. „Shhh. Lass uns nie mehr davon reden. Ich will nicht mehr zurückschauen, sondern nur noch nach vorn mit dir.“

„Weißt du“, flüstert er lächelnd und leckt sich über die Lippen. „Das hier erinnert mich an die Matte in der Höhle, als wir auch am Boden lagen.“

Ich nicke.

„Du hast mich mit meinem Gürtel gefesselt“, fährt er fort.

Bei der Erinnerung werde ich rot. „Tut mir leid.“

„Mir nicht. Mochtest du das?“ Sein Blick ist so neckend, dass ich mich traue, ihm die Wahrheit zu sagen. Es ist schön, nicht mehr lügen zu brauchen. Die größte Lüge von allen ist fort.

„Du sahst ziemlich gut aus“, gebe ich zu. „Nackt mit diesem Gürtel …“

Desmodan kniet sich hin und sieht so wahnsinnig sexy aus. Jung und selbstbewusst. Langsam zieht er sich den Gürtel aus der Hose und streift sich das Shirt vom Körper. Die ganze Zeit lässt er mich nicht aus den Augen. Seine Schuhe und Socken folgen, bis er in Jeans vor mir steht. Jeans ohne Gürtel.

„Lass die noch an“, bitte ich ihn und klopfe mit der Hand auf die Matratze. Mit einem sinnlichen Lächeln legt er sich auf den Rücken und hält mir den Gürtel hin.

Ich nehme ihn und erwidere sein Lächeln. „Arme über den Kopf.“ So wie damals instruiere ich ihn, aber nun fühlt es sich gänzlich anders an.

Folgsam tut er, was ich verlange. Rittlings setze ich mich auf ihn und beuge mich vor. So wie ich es in der Höhle gemacht habe. Er lässt sich bereitwillig fesseln und stiert mir auch dieses Mal gebannt auf meine Brüste.

„Du hast tolle Kurven“, raunt er.

Das erinnert mich an seine lustigen Gedanken über Gott in den Bergen.

„Ich habe dir nicht zu sprechen erlaubt“, weise ich ihn schmunzelnd an.

Sein Mundwinkel zuckt amüsiert. Ich ziehe mich bis zur Unterwäsche aus und er sieht mir mit einer solchen Vorfreude zu, dass ich am liebsten lachen würde. Dieser große starke Mann liefert sich mir voll und ganz aus, weil er weiß, dass ich ein Problem damit habe, bedrängt zu werden. Dabei weiß ich es bei ihm längst anders einzuordnen.

Ich schiebe die Körbchen vom BH unter meine Brüste, ohne den BH auszuziehen.

„Oh, mein Gott“, stöhnt Desmo und bewegt sich unruhig auf dem Luftbett.

Ich knie mich neben ihn, öffne den Knopf seiner Hose und ziehe ganz langsam Zahn für Zahn seinen Reißverschluss auf. Darunter ist er komplett hart und schon wieder so groß, dass seine Penisspitze unter den Shorts hervorlugt.

„Behalte schön die Arme oben“, instruiere ich ihn und er nickt mir mit großen lustvollen Augen zu. Seine Zahnspitzen schieben sich so herrlich lang über seine Lippe, dass ich weiß, wie sehr er das hier kaum aushält. Trotzdem kontrolliert er sich und hört auf mich, gibt mir damit eine Sicherheit, die ich nie zuvor hatte.

Ich hake meine Finger unter den Bund seiner Hose und Unterhose, lehne mich vor, um sie ihm tiefer zu streifen, küsse seinen Bauch hinab und nehme ihn in den Mund. Er keucht und bäumt sich auf. „Maribella“, stöhnt er.

Er schmeckt salzig vor Lust und ich koste ihn mit meiner Zunge und meinen Lippen, während ich ihm seine Sachen auf halber Höhe seiner Oberschenkel anlasse. Das ist so gut wie eine zweite Fessel für seine Beine. Ich massiere ihn und nasche an ihm, als wollte ich eine Eiswaffel ausschlecken. Das Gummi der Matratze quietscht, weil er seine Finger hinein krallt, um sie über seinem Kopf zu behalten. Das ist der erste Blowjob, der mir wirklich Spaß macht, und ich lasse mir Zeit damit und koste es aus, ihn zu verführen.

Desmodan stöhnt und windet sich immer krampfhafter. Sein Stöhnen erregt mich und ich will ihn nur noch in mir spüren und reiten, bis ich auf ihm zusammenbreche. Also lasse ich ihn liegen, schlüpfe aus meinem Slip und setze mich ganz langsam auf ihn.

Ihm bricht schier der Schweiß aus und ich fühle, wie er Zentimeter für Zentimeter in mich eindringt. In diesem Moment wird er ein sehr frommer Mann. „Oh, Gott. Oh, Gott. Oh, Gott … verdammt."

Ich lächele und küsse ihn erst einmal ausgiebig, ohne mich weiter zu bewegen. Sonst kommt er mir noch viel zu früh und das will ich nicht.

„Schön durchatmen", flüstere ich an seinem Mund. „Ich verbiete dir zu kommen, bevor ich es tue."

„Scheiße." Er lacht verkrampft. „Wie soll denn das gehen?"

Langsam lasse ich mein Becken kreisen und nehme ihn so tief es nur möglich ist in mich auf. Ich verlagere mein Gewicht, bis der Winkel für mich passt, und ich mit jedem Stoß näher an meine eigene Erlösung komme.

„Lange kann ich das nicht mehr", keucht er.

„Wolltest du nicht wissen, wie ich schmecke, wenn ich komme?", reize ich ihn.

„Ah, verflucht!" Desmo zerrt sich den Gürtel von seinen Armen und greift nach unten. Mit einer Hand umfasst er seinen Schwanz wie einen Ring, mit der anderen beginnt er mich zu massieren, bis ich vor Lust fast schreie.

Er richtet sich auf, sucht mit seinem Mund meinen Hals und schlägt die Zähne in mich, während er anfängt, von unten gegen zu stoßen. Wenige Sekunden später durchflutet mich ein wundervoller Höhepunkt und ich sitze auf ihm und kann mich kaum rühren, so überwältigt bin ich von diesem Gefühl. Sex mit meinem Mann. Sex mit Desmo.

Er packt mich, rollt sich mit mir herum, während er in mir bleibt, und stößt in mich. Endlich ist er frei, selbst zu kommen, und er tut es. Ein heiseres Keuchen rollt durch seine Kehle und er saugt an mir und meinem Blut, während er sein Becken immer weiter bewegt. Zwar hatte er seinen Höhepunkt schon, doch er hält sich weiter eisern selbst fest und zögert damit sein Erschlaffen hinaus.

Ich schlinge meine Arme um ihn und streichele seinen Rücken. Mit tausenden Küssen bedecke ich seine Haut. Für jeden Traum, der nun wahr werden kann, gebe ich ihm einen Kuss. Vermutlich muss ich ihn für alle Tage küssen.

„Verflucht, ich will noch mal", ächzt er und schließt die Wunde an meinem Hals. „Du schmeckst so göttlich, wenn ich dich erlöse."

Er legt seine Stirn auf meine und ich hebe ihm meinen Mund entgegen, damit er mich schwindlig küsst.

„Das Gute ist", flüstert er nach einer Weile. „Dass du viel öfter kannst als ich. Wir sollten das gleich mal ausprobieren."

KAPITEL 18

Mit einem Lächeln laufe ich von der Arbeit nach Hause zurück und freue mich auf die freie Zeit mit meinem Mann. Sein Gesichtsausdruck ist einfach himmlisch gewesen, als ich mich zu Beginn der Nacht mit ihm gemeinsam angezogen und fertig gemacht habe, statt einfach im Bett liegenzubleiben. Das war der Moment, als ich ihm erzählte, dass ich einen Job hätte. So viel Staunen in seiner Miene, weil ich es in Rekordzeit geschafft hatte, tat mir gut. Ich weiß nicht, wann das letzte Mal in meinem Leben jemand stolz auf mich gewesen ist, doch ich könnte süchtig danach werden, Desmo zu beeindrucken.

Deshalb trage ich nun auch eine Tüte mit leckeren Lebensmitteln unter meinem Arm, weil ich Lust habe, für ihn zu kochen, wie so viele Frauen das für ihre Männer tun. Ich liebe es über alles, dass ich mir nun einen normalen Alltag mit ihm aufbauen kann.

Befreit atme ich die nächtliche Luft ein und könnte regelrecht nach Hause hüpfen. Allerdings täte das nicht allen Lebensmitteln in meiner Packung gut, also lasse ich es. Hier in der Stadt sieht man nicht mehr so viele Sterne wie draußen in den Bergen. Dafür strahlt mir ein Lichtermeer aus den Fenstern der Wohnhäuser entgegen. Für ein Stadtmädchen wie mich ist das beinahe noch schöner. Trotzdem denke ich mit ganz anderen Gefühlen an jene Zeit in der Wildnis zurück, als ich das anfangs für möglich gehalten hätte. So vieles hat sich verändert.

Als ich um den Häuserblock biege, sehe ich gerade noch, wie jemand in einen Wagen steigt und eilig davonfährt. Ein paar Sekunden später und ich hätte ihn nicht gesehen, doch so macht sich ein flaues Gefühl in mir breit. Ich habe ihn gut genug vor Augen gehabt, um erkennen zu können, dass es der unangenehme Angestellte meines Vaters war, der ihn neulich begleitet hat.

Wieso kam er aus unserem Wohnhaus?

Die letzten Meter renne ich und fliege förmlich die Stufen zu unserer Wohnung hinauf. Die Wohnungstür ist zwar geschlossen, doch als ich aufsperre, sacken mir beinahe die Knie weg. Meine Tüte mit den Einkäufen landet krachend auf dem Boden. Alles, wirklich alles in unserem Zuhause ist auf den Kopf gestellt. Es sah schon vorher nicht ordentlich aus, doch nun liegen sämtliche Kartoninhalte verstreut auf dem Boden, bereits aufgebaute Möbel sind verrückt oder Schubladen stehen offen. Selbst meine Küche wurde nicht verschont.

Ich schlage die Hände vors Gesicht und kann mich kaum rühren, so fassungslos bin ich über dieses rohe Eindringen in unser Privatleben. Ich dachte, ich hätte meinem Vater klar die Tür gewiesen und alle Brücken abgerissen, doch die Anwesenheit seines Handlangers belehrt mich abrupt eines Besseren. Zitternd wähle ich Desmos Nummer.

„Hey, Mari, ich musste gerade an dich denken“, begrüßt er mich gutgelaunt. „In zwei Stunden mache ich Feierabend.“

„Bei uns wurde eingebrochen.“ Mit der Kraft einer sterbenden Schildkröte hebe ich eine Pfanne auf, die im Flur liegt, und trage sie zurück an ihren Platz.

„Was?“

„Das war mein Vater.“

„Ist er etwa da?“

„Nein, ich bin allein.“ Andernfalls würde ich die Pfanne wohl benutzen, um auf diesen alten Mann einzuschlagen. Wie kann er mir das nur antun?

„Wir sind sofort da.“

„Wir?“ Panik macht sich in mir breit, als ich mir vorstelle, dass er mit Konstantin unterwegs ist. Ich will nicht auch noch meinen Ex hier bei uns eindringen lassen.

„Marcellus und ich“, erklärt er zum Glück und ich atme erleichtert aus.

„Okay.“

Ich kappe die Verbindung und mache mich daran, das Chaos zu beseitigen. Weit komme ich nicht, denn zunächst muss ich die Lebensmittel aufputzen, die auf der Türschwelle liegen.

Tiziana schiebt genau in diesem Moment ihr Gesicht zur Tür heraus.

„Ist dir was runtergefallen?“, will sie wissen.

Ich nicke und wische mir schniefend eine Strähne aus dem Gesicht. „Ja, ich war so ungeschickt.“

„Bist du traurig?“ Mit einer Puppe im Arm läuft sie über den Flur auf mich zu und hockt sich neben mich.

„Ja, ich wollte kochen und nun liegt alles am Boden.“ Vom Einbruch will ich ihr nichts erzählen, um sie nicht zu beunruhigen. Tiziana scheint davon nichts mitbekommen zu haben. Wenigstens etwas.

Sie legt mir ihren Arm um die Schulter und tröstet mich. „Sei nicht traurig.“ Dann hält sie mir ihre Puppe hin. „Flora ist mir auch schon runtergefallen, aber es geht ihr gut.“

Das bringt mich zum Lächeln und ich drücke Tiziana und genieße es, von ihr Beistand zu erhalten.

Sie wirft einen Blick in unseren Wohnungsflur und runzelt die Stirn. „Weißt du, du bist noch unordentlicher als meine Mama.“

Ich grunze wenig damenhaft. „Ach, echt?“

Tiziana nickt beharrlich. „Ja, schlimm. Ich erkläre dir mal, wo du was hin tun kannst.“

Vorerst begnügt sie sich zum Glück damit, mir beim Aufsammeln der Einkäufe zu helfen.

Als sie grübelnd eine Schachtel zwischen ihren Fingern dreht, laufe ich rot an. „Was ist denn das?“, will sie wissen.

„Ähm …“ Zum Glück kann sie noch nicht lesen. „Luftballons für unsere Einweihungsfeier.“

„Cool.“

Ich nicke und nehme ihr die Packung mit den Kondomen weg. Nachdem Desmo und ich uns am vergangenen Morgen ohne irgendwelche Schutzmaßnahmen geliebt haben, will ich das Glück lieber nicht zu sehr herausfordern und künftig vorbereitet sein. So kinderlieb unser Vermieter auch sein mag und so sehr sich Desmos Mutter auch über Nachwuchs freuen würde, ginge mir das dann doch zu überstürzt. Ich habe nicht vor, im Schnelldurchlauf durchs Leben zu hetzen.

Gerade als ich einen Lappen hole, um die Mascarponecreme vom Boden zu wischen, höre ich zügige Schritte auf der Treppe, und Sekunden später stehen Desmo und Marcellus vor mir, als wären sie ein Noteinsatzkommando. Als sie mich mit der Kleinen sehen, entschärft sich ihre Mimik zum Glück. Ich will nicht, dass sie sich erschreckt.

„Marcellus, Marcellus!“, flötet sie und springt auf, um ihm in die Arme zu fallen. Sie kuschelt ihren Kopf an seine breite Brust und schmust mit ihm, dass ihr Lieblingskuscheltier neidisch werden könnte.

Desmodan nimmt mich seinerseits in seine wundervollen Arme und erst jetzt fällt die Anspannung von mir ab. Er legt seine Hände um mein Gesicht und schaut mich prüfend an. „Bist du okay?“

Ich nicke und drücke meine Nase an seinen Hals, um seinen Duft einzuatmen. Dieser Mann gibt mir eine Sicherheit wie niemand sonst auf diesem Planeten. „Es war ein Angestellter meines Vaters. Dieser Passant, den wir neulich bei der Besichtigung gesehen haben.“

Mein Mann runzelt die Stirn. „Ich dachte, du kennst ihn nicht.“

„Da kannte ich ihn auch nicht, aber er hat letztens meinen Vater hierher begleitet. Darum weiß ich, dass sie zusammengehören.“

Desmo stöhnt genervt. „Können die uns nicht einfach in Ruhe lassen?“

Marcellus gesellt sich zu uns. „Alles okay?“

Weil Tiziana neugierig neben ihm steht, nicke ich nur.

„Prinzessin Tiziana möchte gerne Lord Desmodan kennenlernen, bevor sie wieder nach drüben geht“, informiert er uns.

Er stellt die beiden einander vor und wendet sich dann an mich, während mein Mann der Kleinen Rede und Antwort stehen muss, zum Beispiel darüber, ob er auch zaubern könne.

„Ich sehe mich drinnen schon mal um, okay?“, fragt er mich und legt mir seine Hand auf den Arm.

Ich nicke nur und bin erstaunt darüber, wie vertraut wir plötzlich miteinander umgehen können. Inzwischen vertraue ich ihm tatsächlich.

Desmo und ich verabschieden das Nachbarmädchen und winken gespielt fröhlich, während ich mich innerlich noch ganz elend fühle.

Kurz darauf kommt Marcellus aus unserer Wohnung. „Der Einbrecher hat definitiv etwas gesucht.“

„Was denn gesucht?“ Desmo sieht irritiert in unseren Flur.

„Den Schlüssel“, flüstere ich und eine Gänsehaut legt sich über meinen Rücken, als mir siedend heiß einfällt, dass mein Vater so etwas von mir gewollt hat.

„Was für einen Schlüssel?“, fragen sie gleichzeitig.

Hilflos zucke ich die Schultern. „Das weiß ich eben überhaupt nicht. Mein Vater war hier und verlangte neben der Annullierung unserer Ehe auch irgendeinen Schlüssel von mir. Ich dachte, er ist langsam total wirr. Ich weiß wirklich nicht, was er will, aber er soll hier nicht mehr herkommen!“ Verzweifelt schlage ich die Hand gegen die Wand und atme durch.

Endlich bin ich keine Machiavelli mehr. Was ist denn

noch alles nötig, damit mich diese schreckliche Familie nicht mehr behelligt?

Marcellus nickt entschlossen. „Ich kläre das ab und mache denen deutlich, dass sie das Eigentum meiner Familie nicht anzurühren haben, oder mit Konsequenzen rechnen müssen."

Mir fallen vor Schreck fast die Augen heraus. „Bist du denn total verrückt? Ich denke, das ist genau das, was wir die ganze Zeit vermeiden wollen: Einen hässlichen Konflikt mit ihnen."

Marcellus verschränkt seine Arme vor der Brust. „Wir wollten keine Blutfehde wegen des Mordes an deinem Halbbruder." Ich nehme dankbar zur Kenntnis, dass er nun auch ein Halb vor den Bruder setzt. „Aber jetzt haben sie einen neuen Schuldigen und wir haben mit der alten Sache nichts mehr zu tun. Das hier ist etwas Neues: Einbruch auf unserem Territorium. Dort haben sie nichts zu suchen. Es ist immer besser, wenn man sich keine Schwächen leistet und klarmacht, dass sie damit zu weit gehen. Dein Vater wird keine Fehde wegen eines Schlüssels lostreten, von dem er nun auch weiß, dass du ihn gar nicht hast, weil eure Wohnung gründlichst auf den Kopf gestellt wurde. Also, wofür sollte er um etwas kämpfen, was sich mit diesem Einbruch ohnehin für ihn erledigt hat? Nein, ich gehe zu ihm und geige ihm die Meinung. Er würde sich das auch nicht bieten lassen. Und danach hast du hoffentlich endlich deine Ruhe."

Ich schlucke und nicke matt. Das wäre zu schön. „Ich hätte mir denken sollen, dass er sich nicht einfach auf mein Wort verlässt. Besonders, weil er mir gar nicht geglaubt hat."

„Deine Familie ist scheiße", findet Desmo erneut.

Ich lächele und schüttele den Kopf. „Das stimmt nicht. Ihr seid toll. Und das da …“ Ich deute hinter mich, als läge dort meine Vergangenheit. „… ist nicht mehr meine Familie. Aber ja, die Machiavellis sind furchtbar.“

Wir brauchen unseren gesamten Dienstschluss und noch zwei weitere Nächte, bis alles wieder ordentlich aussieht. Ich weiß, dass Marcellus in der Zwischenzeit eine kleine Stippvisite bei meinem Vater gemacht hat. Welche Worte mein Schwager für seinen Ärger fand, weiß ich nicht, doch zimperlich dürfte er nicht gewesen sein. Denn es wirkt: Ich sehe und höre nichts mehr von meinem Vater. Endlich kehrt Ruhe ein und unsere auf den Kopf gestellte Wohnung verwandelt sich in ein behagliches Zuhause.

Wir sitzen am Frühstückstisch und sind ein ganz normales Paar. Es spielt keine Rolle mehr, dass wir durch widrige Umstände zusammenkamen. In den letzten Wochen hat sich unsere Ehe eingespielt und Tiziana würde wohl finden, dass wir viele Luftballons brauchen. Es stimmt tatsächlich, dass ich öfter kommen kann als er, und damit ziehe ich ihn auch sehr gerne auf.

Während ich früher Nähe nicht ertragen konnte, kann Desmo mir gar nicht nah genug sein. Längst habe ich keine Beklemmungen mehr, wenn er mich auf seine charmante und völlig abhängige Art bedrängt. Inzwischen bin ich ja genauso verloren. So gerne ich auch arbeite, die Feierabende mit ihm sehne ich herbei wie nichts anderes auf der Welt. Die Kuhle an seiner Schulter passt perfekt für meinen Kopf. Stundenlang kann ich meinen Herzschlag mit seinem synchronisieren. Wir leben im selben Takt.

„Noch einmal arbeiten und wir haben Wochenende“, sagt er erfreut.

„Mhm, klingt gut. Zum Glück mögen wir beide unsere Jobs. Das macht es doch erträglicher.“

Tizianas Mutter ist eine sehr nette Frau, die es liebt, mich im Polarium besuchen zu kommen. Und mit Kassy habe ich mich mittlerweile befreundet.

„Mein Job ist besser als deiner“, behauptet er. „Ich darf den ganzen Tag Auto fahren.“

In dem Punkt lebt er den Traum kleiner Jungen – herumfahren mit einem Luxuswagen und Geld dafür bekommen.

„Kommt Konstantin mittlerweile damit klar, dass wir zueinandergefunden haben?“

Desmo schüttelt grinsend den Kopf. „Du solltest mal sein blödes Gesicht sehen, wenn ich von dir zu ihm fahre, und er genau weiß, wo ich herkomme. Erst hat er mich etwas verwundert angesehen, aber inzwischen grinst er nur noch.“

„Dann ist er nicht mehr – ich weiß nicht – sauer oder so?“

„Nee, er sieht ja, wie glücklich ich bin. Außerdem warst du damals wie ferngesteuert durch deine Familie und er hat nie kennenlernen können, wie toll du bist, wenn du du selbst sein darfst.“

Vor Rührung könnte ich lachen, heulen und ihn gleichzeitig bewusstlos küssen.

„Aber er ist bereit, es herauszufinden“, fährt Desmo fort.

Ich runzele die Stirn. „Was denn?“

„Wie deine Schokoladenseite aussieht. Ich soll dir ausrichten, dass dein Hausverbot bei ihm aufgehoben ist.“

Das erstaunt mich mehr, als ich sagen kann. Im Leben hätte ich nie damit gerechnet, dass zwischen uns noch einmal andere Worte als die zuletzt ausgesprochenen fallen könnten.

„Bitte nicht dieses Wochenende, ja? Ich muss mich erst mal emotional darauf einstimmen, Kapiteln meiner Vergangenheit zu begegnen.“

Er greift über den Tisch nach meiner Hand. „Keine Eile. Es ist eine Einladung und keine Vorladung. Wir können das machen, wann immer du dazu bereit bist. Aber es gibt kein böses Blut mehr.“

„Bloß Elise ...“

Er schüttelt abwehrend den Kopf. „Wer, meinst du denn, hat Konstantin gesagt, dass er dieses – ich zitiere – *‚lächerliche Hausverbot‘* aufheben soll?“

„Sie?“, frage ich erstaunt. Dann trägt sie mehr Großherzigkeit in sich, als ich von dieser jungen Frau je erhofft hätte.

„Klar.“ Desmo zwinkert ausgelassen. „Elise ist nicht nur Mensch, sondern auch sehr menschlich. Außerdem hast du vielleicht zu wenig darüber nachgedacht, dass ihr beide zum Teil dasselbe Schicksal erleiden musstet. Du wirst sie mögen. Sie trägt dir nichts nach. Elise hat mir gesagt, dass sie einfach nur froh ist, dass du und Konstantin nie wirklich verliebt wart, sonst hätte sie jetzt mehr Probleme, dich willkommen zu heißen.“

„Sie liebt ihn wohl über alles.“

Er nickt. „So wie ich dich. Ich wusste genau, was sie meint. Ich hätte auch meine Schwierigkeiten damit, wenn ich denken müsste, dass du und Konstantin ... Na ja. Aber da war nie mehr, oder?“

Ich lächele ihn von ganzem Herzen an. „Das weißt du doch. Du bist der erste und einzige Mann, den ich je geliebt habe.“

„Ich wollte es nur noch mal hören“, gibt er zu. Er kann so romantisch sein.

„Was stellen wir denn an unserem schönen Wochenende an?“, frage ich ihn. Unsere Möbel sind mittlerweile alle aufgebaut und ich liebe es, mit ihm Pläne zu schmieden.

„Da gibt es zwei Möglichkeiten“, erklärt er kurzerhand.

„Nur zwei?“ Ich lächele ihn über den Rand meiner Kaffeetasse an.

„Erstens, wir könnten nach einer größeren Wohnung schauen, jetzt wo du auch arbeitest, oder zweitens: Wir suchen endlich Möbel für den Abstellraum.“

„Eigentlich gefällt es mir hier.“ Nachdenklich spiele ich mit meiner Tasse.

„Mir auch. Es ist klein, doch irgendwie nett. Unser eigenes Liebesnest. Irgendwie hänge ich dran.“

„Dann also Möbel.“ Ich strahle ihn an.

Er nickt. „Ich dachte, wir könnten ein paar Regale reinstellen und einen Teil der Küchenvorräte dort unterbringen. Dann haben wir mehr Platz in den Schubladen.“

„Ach, der Küche geht’s gut. Etwas anderes wäre viel dringender.“

„So?“

Felsenfest überzeugt nicke ich. „Ich habe überhaupt nicht genügend Platz für Kleider und Schuhe.“

Ich kann Desmo dabei zusehen, wie die Vorstellung ihn nicht gerade dazu antreibt, jubelnd die Fahnen zu schwenken. Aber das macht nichts. Wir haben noch ein paar Minuten, bevor wir zur Arbeit los müssen. Die Idee von Ankleidezimmern muss man Männern schon anders verkaufen.

„Bisher hat dein Leben in einen Koffer gepasst", weicht er aus.

Ich lasse meine Stimme verführerisch klingen: „Schon, aber ich habe Lust, shoppen zu gehen und mich für dich aufzubrezeln. Ein paar sexy Kleider und noch mehr hohe Schuhe." Ich hebe meinen nackten Fuß unter dem Tisch und lege ihn ihm auf den Oberschenkel. Sanft streiche ich zu seiner Körpermitte und wackele spielerisch mit den Zehen. „Siehst du, Schatz? Mein Bein ist ganz nackt. Ein schöner Highheel ließe mich auch gut aussehen, wenn ich sonst gar nichts weiter anhätte."

Er fächelt sich Luft mit der Zeitung zu. „Hey, ich muss gleich arbeiten gehen. Allein die Vorstellung ..."

„Es gibt traumhafte Unterwäsche", fahre ich fort, als hätte ich nichts gehört. Langsam hole ich mein Bein unter dem Tisch hervor, schiebe den Rock etwas höher und lege es auf die Tischplatte. Mit der Hand fahre ich über meine Haut. „Halterlose Strümpfe ..." Ich wandere von meinem Bein an meinem Oberkörper hinauf. „... und Korsagen."

Sein Blick wird schwarz. „Maribella", warnt er mich.

„Was denn?", frage ich unschuldig. „Ich versuche dir nur zu verdeutlichen, wie wichtig ein begehbarer Kleiderschrank ist. Gar kein Vergleich zu blöden Küchenkonserven. Die kann ich mir nicht anziehen. Schau mal hier." Ich krempele das Shirt tiefer und lege neben meiner Schulter, die vom Polarium besonders sexy blass ist, auch ein BH-Körbchen frei. „Das ist schon ganz alte rote Spitze. Ich brauche noch mehr in rot und schwarz und violett und blau. Und habe ich dir schon erzählt, dass ich praktisch keine transparente Wäsche besitze?“

„Hm“, macht er nur und starrt auf meinen vollen Busen.

„Wenn sie transparent ist, dann kann man bis hier durchgucken.“ Ich erläutere ihm das, indem ich die BH-Schale bis unter meine Brustwarze schiebe. „Schau so.“

Er hechtet über den Tisch, schneller als ich gucken kann, und für einen ausgehungerten Quicky in der Küche bekomme ich den besten Wandschrank aller Zeiten. Desmo kommt zu keiner Zeit mehr auf die Idee, langweilige Küchensachen, Putzeimer oder Werkzeuge in diesem Zimmer aufzubewahren.

Gut gelaunt gehe ich zur Arbeit. Seit Desmo und ich wirklich zusammen sind, habe ich kein einziges Mal mehr geweint. Er hat es geschafft, mein Tränenschloss aufzulösen und meine Träume zu befreien. Ich vertraue ihm und er mir. Jetzt brauche ich ihn nicht mehr zu fesseln oder zu betäuben. Bei ihm fühle ich mich sicher.

Alles hat sich so traumhaft eingespielt, dass ich ganz in meinen Gedanken versunken bin und den Mann an der Straßenecke erst nicht bemerke.

„Maribella.“ Ich höre meinen Namen aus seinem Mund. Diese Stimme, die aufgehört hat, für mich zu meinem Leben zu gehören.

Mein Vater löst sich wie ein Schatten von der Hauswand. Ich blicke nach links und rechts, doch er scheint allein gekommen zu sein.

„Was willst du noch? Reicht dir der Einbruch etwa nicht? Und wurde nicht längst alles gesagt? Mein Mann liebt mich und du kannst mich nicht mehr kaufen."

Er nickt und sieht aus, als würde er nicht mehr lange unter uns weilen. Dieser Gedanke scheint auch ihm nicht neu zu sein. „Ich fühle, dass mein Tod bald kommt", sagt er mit brüchiger Stimme. „Wir haben den Vampir aufgegriffen, der für Callistus' Verschwinden verantwortlich ist." Trauer brennt in seinem Blick. „Von ihm weiß ich auch, dass er ihn getötet hat. Mein geliebter Sohn kommt nie mehr wieder. Innerlich habe ich das gewusst, aber nun ist es auch real geworden."

Er senkt den Kopf und krampft die Hand um einen Gehstock, der ihm nicht die Stütze sein kann, die er bräuchte, um sich in dieser Welt noch halten zu können. „Ich habe im Grunde bloß noch für diese Nacht weitergelebt", erklärt er. „Für den Moment, da ich einen Schlussstrich unter dieses Kapitel ziehen kann."

„Dann stirbst du also", sage ich nur und wundere mich, dass ich nicht vollkommen gleichgültig klinge.

Er nickt. „Du weißt, es ist nicht üblich, dass Frauen etwas vererbt wird", beginnt er und im Stillen denke ich, dass das nicht in allen Familien so ist. „Aber wir haben das Testament deines Bruders geöffnet und Callistus wollte, dass du seine Kristallzuchtsammlung erhältst." Mein Vater zuckt mit den Schultern. „Es ist wertloses Zeug, also spricht nichts dagegen, dass du es bekommst. Wenn es nach mir ginge, stünde dir gar nichts zu, aber ich respektiere den letzten Willen meines Sohnes."

„Dann bist du also gar nicht hier, um mir von deinem Tod zu erzählen, sondern von seinem."

Er sieht mich mit ausgestorbenen Augen an. „Ich lasse es dir mit der Post zukommen."

Dann ist er weg und wenn es stimmt, was er gesagt hat,

werde ich ihn wirklich nicht mehr sehen. Er hat sein Leben mit Callistus' verbunden, nie mit meinem. Trotz allem wünsche ich ihm, dass er friedvoll geht. Bei der Beerdigung werde ich nicht dabei sein. Doch das würden die Machiavellis von einer Ausgestoßenen, die ich nun bin, auch nicht dulden. Ich habe das Anrecht auf ihren Namen verwirkt. Wenn er tot ist, werden sie mich endgültig in Frieden lassen. Ich war seine Tochter und der Rest der Machiavellis interessiert sich nicht für den Spross dieser unglücklichen Liaison, die er mit meiner Mutter gehabt hatte.

Bloß, was soll ich mit den Kristallen meines Halbbruders? Immer daran erinnert werden, dass sein Herz so leblos war wie diese gewachsenen Gebilde?

In der nächsten Woche trifft tatsächlich ein Kurier ein. Keiner von den normalen Zulieferfirmen, sondern ein teurer Eilkurier. Dabei habe ich es kein bisschen eilig, die Sendung in Empfang zu nehmen. In den letzten Nächten habe ich mich oft gefragt, was ich mit dem Nachlass eigentlich anfangen soll. Als ich nun den Karton öffne, habe ich noch immer keine Antwort darauf. Das muss ich demnach spontan regeln.

Ich wickele verschiedene kleinere und größere Kristalle aus dem edlen Packpapier. Callistus hat sie in allen Formen und Farben gezüchtet. Am auffallendsten ist ein großer hässlicher Klumpen aus diversen trüben Kristallverwachsungen. Er sieht mehr wie ein geschmackloser Briefbeschwerer aus. Einer aus Frankensteins Labor. Callistus muss irgendeinen Farbstoff hineingegeben haben, denn der Kern besteht aus einem reizlosen Grünschwarz. Drumherum schichten sich klarere Elemente.

Ich halte den Batzen in der Hand. Damit könnte man jemandem den Kopf zertrümmern. Nicht mal Marcellus würde dieses Andenken wollen. Was soll ich mit dem Ding? Unsere Wohnung ist klein genug und ich will die Sammlung von meinem kranken, toten Halbbruder hier nicht ausstellen. So selbstzerstörerisch, dass ich ein Mahnmal für ihn bräuchte, bin ich nicht.

Mit einem Scheppern lasse ich den Kristallhaufen in den Metalleimer fallen und sehe zu, wie er in unzählige Einzelteile zerspringt. Nur noch bunte Scherben. Dasselbe hätte vielleicht mit meinem Herzen passieren können, wenn ich es immer mehr zu einem Eiskristall hätte verkommen lassen. Irgendwann wäre es in tausend Splitter zerborsten.

Geistesabwesend schaue ich in die Tonne. Aus dem dicken grünschwarzen Kern ragt ein Stück Metall heraus. Das ist seltsam, weil ich Callistus früher oft dabei zugesehen habe, wie er seine Kristallzuchtschalen angelegt hat, und nie wurde je Metall daraus.

Ich bücke mich zum Mülleimer hinab und hebe das Mittelteil auf. Es ist von all den Fragmenten am wenigsten beschädigt. Ich drehe ihn in meiner Hand und kratze über das Metallstück. Es ist eine runde geschwungene Kante wie von einer Münze. Kurzerhand schlage ich den Brocken am Rand der Tonne auf wie ein Frühstücksei. Die grünschwarzen Splitter klimpern in den Müll und ein paar landen daneben. Doch was aus dem Kristall zum Vorschein kommt, ist keine Münze, sondern ein Schlüssel.

Die Erkenntnis trifft mich wie ein Schlag und ich schnaube ungläubig. Da ist das verdammte Ding also, das mein Vater gesucht hat. Ist das etwa der Schlüssel zu Callistus' grünschwarz verklumpten Herzen? Ich drehe ihn in meiner Hand und die glatte Seite wendet sich zu einer mit Prägung. Erst runzele ich die Stirn, dann erkenne ich siedend heiß, was es ist. So einen habe ich schon mehrmals gesehen. Die Nummer 28 ist eingestanzt. Das ist alles. Mehr Hinweise gibt der Schlüssel nicht preis, aber ich weiß, wofür die Zahl steht und wohin er gehört.

Callistus hatte diverse illegale Geschäfte am Laufen. Es gibt eine Bank in Tulsa, die Schließfächer anbietet. Sie interessiert sich nicht für Namen oder Daten. Alles, was sie abfragt, ist ein Schlüssel zum Schließfach. Jeder kann ihn dann verwenden, wenn er ihn hat und weiß, wozu er dient.

Auf diese Weise wandert Geld in eine der Schatullen, der Schlüssel wird weitergereicht und jemand anderer holt es heraus. So kann man Drogen, Bargeld, Edelsteine und einfach alles eintauschen, ohne dass es Spuren hinterlässt.

Callistus hat mir den Inhalt von Schließfach 28 vererbt und nicht etwa nur seine Kristallsammlung, wie mein Vater dachte. Nichts, wofür man auch nur zwei Beutel *BoBlood* bekommen würde. Seit über eineinhalb Jahren liegt dort etwas für mich drin. Vielleicht auch schon viel länger. Er hat ja das Fach genauso gut vor zehn Jahren einrichten können. Wer weiß schon, wie lange er diesen Kristall darum gezüchtet hat? Mich beschleicht der Verdacht, dass er es in dem Jahr getan hat, in dem er darauf warten musste, dass ich siebzehn werde.

Normalerweise sind sie durchsichtig wie Glas, doch dann hätte man den Schlüssel darin gesehen und das wollte er nicht. Er hat einen Weg gefunden, mir für den Fall der Fälle unbemerkt etwas zu vererben.

Mir ist fast schlecht, als ich auf den Schlüssel starre. Weil er in dem Kristall eingebettet ist, kam Callistus selbst auch nicht mehr an den Inhalt von Fach 28. Andernfalls hätte er die Verschalung um den Schlüssel selbst kaputtschlagen müssen. Mein Vater hat ihn zu dringend finden wollen und auch Callistus hat sich zu viel Mühe damit gegeben, als dass es ein leeres Fach sein könnte. Falls dieses Geschenk in der Stunde seiner größten Obsession entstanden ist, als er mich wollte, aber noch nicht hatte, war er womöglich besonders großzügig. *Irgendetwas* ist dort drin. Das weiß ich einfach. Doch ich stolpere über die Frage, ob ich es will.

EPILOG

Vergnügt schlendere ich aus meinem wundervollen begehbaren Wandschrank. Gleich drei Paar neue Pumps gesellen sich in die Fächer und ich fühle mich wie eine kleine Prinzessin. Im Wohnzimmer sitzt wie aufs Stichwort Tiziana am Tisch und ist mit Kleber und Goldfolie bewaffnet. Wir haben uns angefreundet und jetzt wird etwas unglaublich Wichtiges endlich gebastelt.

„Hier habe ich sie“, sage ich und zeige ihr die Urkunde unserer Eheschließung aus dem Automaten.

„Du hast recht“, findet sie und nickt entschlossen. „Die kann eine Goldkante gebrauchen.“

Ich habe bereits einen Kristallrahmen in der passenden Größe besorgt, doch bevor ich das Dokument unserer Liebe dort hinter Glas aufhänge, will ich es aufwerten. Ein bisschen ist es symbolisch für den Verlauf unserer ganzen Ehe. Sie begann sehr schmucklos und hässlich mit Erpressung zwischen zwei Personen, die einander nicht mochten. Doch nun lieben wir uns. Die Luftmatratze brauchen wir nicht mehr und haben sie an

Marcellus verschenkt für eines seiner Geheimverstecke. Sogar mit der Luftpumpe. Desmo schläft bei mir im Bett. Es ist nun *unser* Schlafzimmer. Wie sich herausgestellt hat, besitzt unsere Wohnung keinen einzigen Raum zu wenig. Alles passt perfekt.

Tiziana arbeitet ganz konzentriert an der Kante der Urkunde entlang. „Da müssen wir aufpassen“, erklärt sie mir sachlich. „Sonst hast du Kleber an der Scheibe.“

„Na, das will ich nicht. Du musst dir schon Mühe geben. Erst dann gehen wir ins Kino.“

„Um den Film kommst du nicht rum“, orakelt sie. „Ich kann das.“

Da bin ich sicher. Sie hat mir einige Jahre basteln voraus. Wie sich herausgestellt hat, ist sie nicht erst drei oder vier, sondern bereits fünf. Ich bin wirklich mies darin, das Alter von Kindern zu schätzen, doch es wird besser, seit Desmo und ich uns öfters mit seiner Schwester Lindana und Marcellus treffen. Ich sage Mama zu seiner Mom und bin mit Kassy und Tizianas Mutter befreundet. Dass sich alles einmal so entwickeln könnte, dass ich ein vollkommen normales und glückliches Leben führen könnte, schien mir vor gar nicht so langer Zeit völlig undenkbar.

Sogar Elise und Konstantin bin ich inzwischen wieder begegnet. Dabei habe ich mich schrecklich angespannt gefühlt und so lieb sie auch waren, habe ich es bei ihnen noch nicht ganz geschafft aufzutauen. Doch Desmo sagt, dass wir daran arbeiten wie an meiner früheren Phobie vor körperlicher und emotionaler Nähe. Mit ihm als Therapeut könnte alles möglich sein.

Tiziana und ich klappen die Goldkante um die Eheurkunde und ich betrachte den Ring aus echtem

Gold an meinem Finger, den mir Desmo inzwischen geschenkt hat. Er hat genau so einen. Unser Motto müsste eigentlich lauten: *Du kannst lügen und erpressen, Hauptsache du liebst*. Trotzdem sagt unsere Gravur nichts über solche Widrigkeiten. Da steht einfach nur: *Für immer Desmo und Mari*. Es gibt nichts, was ich mir mehr wünschen würde.

„Fertig“, verkündet Tiziana entzückt und tatsächlich ist die Urkunde kaum wiederzuerkennen. „Kino! Kino! Kino!“, kräht sie und hopst vom Stuhl.

Lächelnd setze ich die Kappe zurück auf den Kleber, damit am Ende keine zähe Pfütze an unserem Frühstückstisch haftet. Ich rahme die Urkunde und hänge sie an ihren neuen Ehrenplatz an der Wand über unserer Couch. Es ist die Stelle, an der die Luftmatratze lag, auf der wir uns das erste Mal geküsst und geliebt haben. Ein Ort, der bisher nach nichts Besonderem aussah, und mir dennoch stets eine wohlige Gänsehaut beschert.

„Das sieht toll aus!“, lobt mich Tiziana.

„Ja, nicht wahr?“

„Desmo wird umkippen.“ Ja, sie darf ihn Desmo nennen, denn irgendwie gehört die Kleine auch zu unserer Familie, obwohl sie in einer anderen Wohnung lebt und mit keinem von uns verwandt ist.

„Danke für deine Hilfe.“

Sie verschränkt grinsend die Arme vor der Brust. „Das war doch klar. Obwohl du mich eigentlich erpresst hast.“

Es wäre gewiss nicht meine erste Erpressung. „Ich weiß gar nicht, was du meinst“, stelle ich mich ahnungslos.

„Na, du wärst doch sonst nicht mit mir ins Kino

gegangen."

„Das hast du dir jetzt wirklich verdient", stimme ich zu.

„Ich will Popcorn! Einen Jumbobecher Popcorn!"

„Aber nur, wenn wir uns den auch teilen."

„Okay", sagt sie gedehnt. „Die besonders zuckrigen Knubbel gehören aber mir."

Ich lächele und zusammen sehen wir uns einen dieser Kinderfilme an, bei dem niedliche Tiere mit viel zu großen Augen für Liebe und Gerechtigkeit kämpfen.

Meinen eigenen Kampf für Liebe und Gerechtigkeit habe ich aufgenommen, als ich vor dem Inhalt von Schließfach 28 saß und auf die Sammlung an echten Edelsteinen blickte, die zwar wie Callistus' Kristalle aussahen, aber ungleich mehr wert waren. Millionenschwer mehr wert. Trotzdem konnte ich es nicht anrühren. Nichts davon will ich für mich ausgeben. Desmo versteht mich, obwohl er es nicht ganz sinnfrei als Schmerzensgeld bezeichnet hat.

Ich selbst habe mein Glück endlich gefunden. Viele andere Frauen hingegen noch nicht. Marcellus ist seit einigen Jahren berechtigt, Konstantins Vermögen zu verwalten. Und nun tut er es auch mit diesem Geld. Er hat einen Fonds eingerichtet, der für notleidende Frauen aufgewendet wird, die sich in mein Frauenhaus retten können, um wieder eine Perspektive zu erhalten. Irgendwie scheint es wie ein Wink des Schicksals zu sein, dass nun ausgerechnet mit dem Geld von Callistus, der mich so lange gequält hat, Frauen geholfen wird, die auch gequält wurden.

Den Job im Polarium habe ich trotz der Freude, die ich dort hatte, mittlerweile aufgegeben. Es gibt wichtigere Ziele als blasse Haut. Auf meine beste Freundin Kassy wollte ich dabei nicht verzichten und habe sie Felipolo abgeluchst, der mich noch immer wehmütig ansieht, wenn er mir von den beiden neuen Angestellten berichtet, mit denen er sich nun herumschlägt. Das alles ist jedoch halb so schlimm, denn in einem Punkt ist ihm Kassy erhalten geblieben: Die beiden sind tatsächlich ein Liebespaar geworden.

Später in der Nacht, als ich Tiziana nach einem lustigen Kinobesuch bei ihrer Mutter abgegeben habe, stehe ich wieder in meiner Wohnung und blicke auf die dekorierte Urkunde.

„Sie ist toll geworden“, sagt Desmo, der neben mir steht und ebenfalls den aufgehängten Trauschein betrachtet. „Ich liebe dich und werde versuchen, deine Träume zu erfüllen.“

„Dann wirst du wohl bei mir bleiben müssen“, flüstere ich in einen Kuss. „Ich träume von einer Zukunft mit dir.“

„Dann wird es wohl so sein.“

Einst baute ich ein Schloss aus Tränen und versteckte meine Träume darin. Doch wenn ein Prinz ins Tränenschloss einzieht, können Träume wieder fliegen lernen. Mein Herz ist kein kalter Platz mehr. Ich habe meinen Traummann hineingelassen und er hat alle Tränen fortgewischt. Nur die Glückstränen sind mir geblieben und ich hoffe, dass es noch viele von ihnen geben wird.

~~~Ende~~~
~~~

ANNA WINTER

Anna Winter wurde 1982 geboren und lebt mit ihrem Mann und einer kleinen Tochter in Süddeutschland.
Schon als junges Mädchen war sie von Märchen und anderen Geschichten gefesselt, sie illustrierte Erzählbände für ihre Familie und begann, mit acht Jahren auf einer alten Schreibmaschine zu schreiben.
Sie hat unzählige Bücher gelesen und die Faszination für Worte nie verloren. Später schrieb sie Romane für ihre Freundinnen, die sie zur Veröffentlichung ermunterten. Inzwischen erfreut sich ein breites Publikum an ihren Büchern.

Sie schreibt bereits an ihrem nächsten Roman und immer geht es dabei um die Liebe.

Bisher von Anna Winter erschienen:

„Lea – Untermieterin bei einem Vampir“
„Schattenherz – Fesseln der Dunkelheit“ (1)
„Nachtkuss – Fesseln der Dunkelheit“ (2)
„Tränenschloss – Fesseln der Dunkelheit“ (3)
„Der Werwolf in der Badewanne – Eine Vollmondlektüre“
„Lucys Wunsch – Ein Winterroman“

DANKSAGUNG

Ein herzliches Dankeschön möchte ich an dieser Stelle an **Dorothea Kenneweg** richten, die sich liebenswerterweise die Zeit nimmt, meine Bücher zu lektorieren, stets einen Haufen nützlicher Tipps auf Lager hat und dabei immer den Geist meiner Geschichten spürt. Liebe Doro, am liebsten möchte ich dich für immer als meine Lektorin haben. Du bist ganz toll.

Außerdem möchte ich mich bei **Jaqueline Zweck** bedanken, die mir diese wundervollen Cover gestaltet, in die ich mich jedes Mal aufs Neue verliebe. Sie kann wirklich zaubern, da bin ich mir sicher. Liebe Jacky, bitte höre niemals auf mit deiner visuellen Magie. Ich will noch ganz viele Bücher schreiben und sie sollen alle in einem Gewand von dir erstrahlen.

Danken möchte ich auch **meinem Mann**, dem besten Mann auf diesem Planeten – ja, ich weiß: Eure Männer sind auch ganz nett. Aber meiner ist wirklich toll und ich gebe ihn niemals mehr her. Danke, dass du meine kleine Schreibsucht nicht völlig furchtbar findest und darüber lachen kannst, wenn ich nachts mal wieder aus dem Bett springe, du dann erst ein Trappeln auf der Treppe und dann ein wildes Klappern von Tasten hören kannst ... und irgendwann wieder das Trappeln über die Treppe zurück. Ich weiß auch nicht, warum ich nicht einfach normal einschlafen kann, aber manchmal – zack –

kommt meinen Protagonisten noch etwas in den Sinn und ich schwöre, sie bestehen dann darauf, dass ich es umgehend aufschreibe, weil ich einen totalen Siebkopf habe. Ich kann gar nichts dafür. Ihr könnt ja selbst mal mit denen streiten.

Vielen Dank auch an **Lidia, Tanja, Sandra, Corinna** und **Ines**. Ihr seid die allerbesten Freundinnen überhaupt. Wir haben gemeinsam schon so viele Jahre Freundschaft auf dem Buckel – auch wenn mein Buckel immer achtzehn bleibt; das mit dem Altern geht bei mir eben anders als bei anderen –, dass man damit wohl ein ganzes Leben füllen könnte. Auf das nächste Leben mit Euch!

Und auch wenn Euch bereits meine Widmung galt, möchte ich einen begeisterten Dank an alle meine lieben **Leser/innen** richten. Ich bin so froh, dass Ihr meine Bücher mögt und lest und nicht schon nach dem ersten das Handtuch geschmissen habt. Ich freue mich immer über Eure Rückmeldungen und versuche stets, alles zu beantworten, was Ihr an mich richtet. Und falls Ihr an dieser Stelle noch die Zeit für eine Buchbewertung findet, möchte ich Euch dafür gleich noch einmal herzlichst danken. Ich bin immer ganz aus dem Häuschen, wenn ich eine neue schöne Rezension vorfinde.

Ich wünsche Euch allen eine wunderbare Zeit.
Bis zum nächsten Buch! Eure Anna.

IMPRESSUM

Herausgegeben von
Alexander Pohl
IDEEKARREE Leipzig
Alfred-Kästner-Str. 76
04275 Leipzig
www.ideekarree.de

Printed in Poland
by Amazon Fulfillment
Poland Sp. z o.o., Wrocław

63066412R00197